Die schamlosen
Offenbarungen
der Mrs. Warren
Ingrid Schampel

Ingrid Schampel

Die schamlosen Offenbarungen der Mrs. Warren
Erotische Geständnisse ohne Tabus

Erotischer Roman

DeBehr

Herausgeber: Verlag DeBehr, Radeberg
Erstauflage 2024
ISBN: 9783987272769
Grafiken erstellt über midjourney.com

INHALT

Im Allgemeinen hätte sich Mrs. Warren gefreut, wenn sich ein ihr nahestehender Mensch nach langer Zeit wieder einmal gemeldet hätte. Doch in diesem Fall stand sie dem Inhalt des Päckchens etwas hilflos gegenüber. Als sie es öffnete und eine Menge in Handschrift verfasster Blätter mit einem Brief ihrer Kusine Laura in der Hand hielt, war sie nur erstaunt, dass Laura sie in all den Jahren nicht vergessen hatte und ausgerechnet ihr offenbar ein Manuskript oder was es sonst war, zuschickte. Die Erinnerungen an Laura waren an einigen Stellen etwas diffus.
Auch stand Mrs. Warren im Allgemeinen auf zwei recht soliden Beinen und konnte sich einbilden zu sagen: „Ich kenne die Menschen, nichts Menschliches ist mir fremd." Dabei vergaß sie die Tatsache, dass sie sich am besten in ihrem eigenen Lebensraum auskannte und daraus ihre Menschenkenntnis schöpfte.
Sie hatte sich für eine höchst genormte Lebensweise entschieden und das bereits zu der Zeit, als sie mit Laura auf dem Internat der Heiligen Antonia drei Jahre lang verbracht hatte. Wenn es hier Sünden irgendwelcher Natur gab, so waren sie Mrs. Warren entgangen. In der Strenge jener Zeit gab es ohnehin wenig Möglichkeit, sich anders als normal zu verhalten. Zudem wurden die Mädchen nach dem Unterricht, gestärkt durch frugale Mahlzeiten, abends zeitig zu Bett geschickt, und zwar jede in einem verschlossenen Raum für sich, der mehr die Bezeichnung Zelle verdiente.
Und, was noch schlimmer war, man schickte diese Schülerinnen um fünf Uhr morgens, egal bei welchem Wetter, zum Beten in die ungeheizte Kapelle und anschließend zur Morgengymnastik in den meist feuchten Park. Nun, diese mehr einem Gefängnis als einem Internat ähnelnde Institution ließ wenig Möglichkeit, an etwas anderes zu denken als an die Hoffnung, hier wieder lebend herauszukommen, was Mrs. Warren und auch Laura gelungen war. Erstere war glücklich, bald danach in einer Kirche mit dem angesehenen Banker Stanley Warren getraut zu werden, wobei sie nie den amüsierten Ausdruck in Lauras Gesicht

vergaß, als das Paar die Kirche verließ und der Brautstrauß zufällig in Lauras Armen landete, wobei diese laut lachend ausrief: „Irrtum, ich gebe ihn weiter.“ Einige Jahre später hätte Mrs. Warren gerne rückwirkend das Gleiche getan, denn Herr Warren schenkte ihr zwar einen Sohn – besser gesagt, er hatte ihn ihr aufgedrängt –, denn seine bekannte Vorhand beim Tennis machte ihn, trotz gewisser anderer Vorzüge, nicht zum zartesten Liebhaber. Außerdem konnte er seine Junggesellenallüren nicht ablegen und fuhr fort, seinen ihr manchmal merkwürdig erscheinenden Liebesbedarf in gewissen Häusern zu decken.
Daraufhin war sie zunächst in eine Depression verfallen, aus der sie ohne Laura nicht herausgekommen wäre. Denn es war Laura, die viel mehr angeborene Weisheit ohne Lebenserfahrung besaß und mit ihrem manchmal sarkastischen Humor Möglichkeiten fand, Mrs. Warren abzulenken, ja sogar die Frechheit besaß, ihr acht Jahre nach der Geburt von George einen Liebhaber zuzuführen, denen später zwei andere gefolgt waren, an die sich Mrs. Warren bis heute weniger verschämt, aber ungern erinnerte. Mr. Warren starb mit zweiundfünfzig Jahren an einer Leberzirrhose, die er wohl seinem erhöhten Whiskygenuss zu verdanken hatte. George trieb es zu einer Bank in Australien.
Laura war zu diesem Zeitpunkt fast aus Mrs. Warrens Leben verschwunden, obwohl beide noch lange Zeit in brieflichem oder telefonischem Kontakt miteinander standen. Beruflich bedingt war Laura häufig als Auslandskorrespondentin unterwegs, führte offenbar ein ungebundenes Leben, wobei sie hin und wieder Mrs. Warren mit Fotos versorgte, auf denen sie manchmal mit gut aussehenden Männern zu sehen war. Auch erinnerte sich Mrs. Warren gut an Lauras erste Liebe zu dem Forstwirtschaft studierenden John Walker, mit dem sie einige Zeit sehr glücklich zu sein schien.

Plötzlich fühlte Mrs. Warren Tränen in den Augen; sie war gerührt, dass Laura ihr offenbar etwas anvertraute, das ihr viel bedeutete. Daher wartete sie nicht lange und setzte sich in ihren Lieblingssessel, einen Ohrenstuhl, aus dem sie zuerst Kater Gingerboy vertreiben musste, der sich immer dort, wo sie gerne saß, niederließ. Dann vertiefte sie sich in Lauras Brief, dessen Umschlag sie ungeduldig aufgerissen hatte.

***

„Du bist der einzige Mensch, dem ich das anvertraue, was in meinem Leben wichtig war, nämlich die Liebe und, es wird dich schockieren, vor allem die Liebe zu Frauen, die hetero lebten, genauso wie du und ich oder andere weibliche Wesen. Bei mir sind sie es durch mich geworden. Ich, die ich mich nie als Lesbe fühlte, sondern die Liebe zu Frauen, besonders zu heterosexuellen, als großes Glück empfand. Sie waren so wie ich damals, unerfahren und auch erstaunt, als sie merkten, dass man nicht nur einen Mann lieben kann und hatten keine Ahnung, welche Gefühle geweckt werden können, wenn wir nur den richtigen Menschen im richtigen Augenblick begegnen. Du bist sensibel genug, um das Einzige, was ich dir schenken kann, meine Notate, irgendwann vielleicht, in einer Form schriftlich anderen vermitteln zu können, ein Talent, das mir die Natur wohl nicht geschenkt hat.“

***

Mrs. Warren starrte überrascht auf den Brief in ihrer Hand. Niemand hatte etwas von Lauras geheim gehaltenem Liebesleben gewusst. Zwar war sie nicht gerade als ruhiger, bedachtsam wirkender Mensch bekannt, auch war ihr Wesen nicht leicht zu verstehen, aber ihre Art, manchmal katastrophale Wahrheiten zu verkünden, konnte kleine persönliche Katastrophen auslösen. In diesem Moment fühlte Mrs. Warren einen Anflug von Panik bei der Vorstellung, wie sie sich selbst gefühlt hätte, wenn sich ihr eine Frau mit sexuellen Absichten genähert hätte. Zwar hatte Laura nie geheiratet, war aber den Männern nicht aus dem Weg gegangen. Mrs. Warren dachte erneut an Lauras leidenschaftliche Liebe zu dem sympathischen John Walker, den sie, wenigstens eine Zeit lang, hatte heiraten wollen. Später wurden ein paar Affären ihrer Auslandsreisen bekannt, die jene, die Laura kannten, bedauernd zur Kenntnis nahmen, weil sie nie zu einer festen Bindung führten. Nein, Mrs. Warren hatte das Gefühl, Laura wolle sie jetzt mit ihren oft merkwürdigen Späßen, so wie in ihrer Jugend, vielleicht bis zu ihrem Tod, zum Narren halten. Irgendetwas hätte doch auf ihre lesbische Anlage hindeuten müssen, während sie das gleiche Internat besuchten oder auch später. Zwar war Laura durch ihre lässige Art des Lernens aufgefallen, das von einigen Nonnen als Verträumtheit gedeutet wurde. Beide waren sie Teile zweier verschiedener Lebensformen gewesen, die sie einander näherzubringen versuchten. Sicher hätte Laura das Leben ihrer Kusine gelangweilt. Später wurde das Mrs. Warren immer klarer, als sie angefangen hatte, in Lauras, wie diese es nannte, Notaten zu lesen, besonders aber, wie Laura in ihrem Brief ein fast zynisch erscheinendes Weltbild erstellte:

**

„Seit vielen Jahren habe nicht nur ich festgestellt, dass sich immer mehr Menschen in Menschen des eigenen Geschlechts verlieben. Die Gründe dafür sind nicht so vielfältig, wie es die Urteile über diese Art, sich zu lieben, erscheinen. Dabei ist die Lösung dieser Entwicklung, außer dem üblichen Gerede über Mutterkomplexe, sexuelle frühkindliche Erfahrungen und ähnlich angeführter Schäden, darunter auch der Fakt, als Kleinkind falsch auf den Topf gesetzt worden zu sein, recht einfach: Es liegt in der Natur fast aller existierenden Wesen der Erde. Ja, die Biologen wissen es: Fast alle tun es, auf jeden Fall weit über tausend Tierarten. Nicht nur die hemmungslos erscheinenden

Affen, ganz speziell aber jene männlichen Giraffen, die beim Balzen stundenlang und offenbar genussvoll die Hälse aneinander reiben, um dabei häufig den Höhepunkt der Gefühle zu erreichen. In einer Lachmöwenkolonie ist etwa jedes zehnte Paar ein lesbisches. Flamingos, Delfine, Enten, Pinguine, Fische, Spinnen, Käfer und viele andere treiben dieses angeblich unmoralische Spiel der gleichgeschlechtlichen Liebe. Viele von ihnen sind bisexuell, aber Sex macht nicht nur Spaß, sondern dient, wie bei den Menschen, auch der Fortpflanzung. Doch im Gegensatz zu ihnen kennt das Tierreich keine Homophobie, allenfalls eine Heterophobie.

Wie man es auch dreht und wendet: Viele Menschen haben sich entschlossen, nicht mehr der gesellschaftlichen Norm zu entsprechen. Sich mit dem entgegengesetzten Geschlecht zu vereinen, mit ihm, in oft vielfältiger Version, Kinder in die Welt zu setzen, um diese dann oft scheidungsgeplagt ins Erwachsenenleben zu schicken.
Diese Nachkommen lassen sie traditionsbewusst diese Lebensweise mit den gleichen Konsequenzen weiterleben. Ist das zu einseitig und negativ betrachtet, so als gäbe es keine Ausnahmen glücklich geführter Partnerschaften, sogar fürs ganze Leben? Natürlich gibt es alles auf dieser Welt, vor allen Dingen aber auch die damit verbundene Langeweile, mit der man durch den Zwang, jeden Morgen ins gleiche unrasierte Gesicht, auf die immer tiefer werdenden Falten des gewählten Partners oder der Partnerin schauen muss, und dahinlebt, um das Wort „vegetiert" zu vermeiden. Ja, die Quälerei nimmt erst mit dem natürlichen Ende ein Ende, sofern man sich beherrschen kann, nicht die Sache auf kriminelle Art zu beenden.
Natürlich übertreibe ich, wie immer. Der Mensch ist ein Gewohnheitstier, und er liebt seine Gewohnheiten. Aber bitte lasse auch andere Menschen ihre Lebensart pflegen. Da hat sich eben ein Junge in einen Jungen verliebt, ein Mädchen in ein Mädchen,

der Mann in einen Mann. Ist er alt, hat er Pech, in einen viel zu jungen Partner verliebt zu sein, genau wie das junge Mädchen, das eine ältere Frau begehrt, die womöglich noch mit der Aufzucht ihres Nachwuchses beschäftigt ist. Auch die alte Frau, der man so etwas überhaupt nicht mehr zutraut, kann sich noch in ihre Pflegerin oder deren Enkelin verlieben. Ich gebe zu, es mögen die Ausnahmen sein, aber was macht man, wenn die oft zitierten Schmetterlinge, egal bei und wegen wem, in den unteren Körperregionen, wo immer diese auch beginnen, im Frühling wie im Winter zu tanzen anfangen? Keineswegs immer angenehm für die Betroffenen, wenn sie nicht auf Gegenliebe stoßen. Aber das garantieren ja auch nicht die üblichen Gesellschaftsformen, die man normal nennt. Ich rede an dieser Stelle, man merkt es schon, von den Heterosexuellen, die das Glück haben, nur dann kritisiert zu werden, wenn sie, nach Ansicht ihrer Umgebung, fremdgehen, gar nicht zusammenpassen, er zu klein, sie zu dick, er zu faul, sie zu arm oder was immer es für Ausreden gibt, wenn die Altvorderen oder ihre jüngere Umgebung etwas gegen die Liebenden einzuwenden haben.

Ich habe mich nie um irgendeine verurteilte Lebensweise gekümmert. Soll doch jeder nach seinen Bedürfnissen in dieser manchmal so elenden Welt zurechtkommen. Es gibt nur eine Sache, für die es wert ist, zu leben: die Liebe, egal in welcher Form auch immer! Du hast die Liebe, so hoffe ich, auch einmal kennengelernt. Nur dann kannst du begreifen, dass sich dieses Gefühl nicht wiegen und wägen lässt.“

***

Mrs. Warren konnte einfach nicht aufhören, Lauras sowohl verwirrte als auch verirrt erscheinende Ansichten zu lesen. Wie konnte sie sich anmaßen, ein so zynisches Weltbild zu erstellen? So, als sei nur die Liebe zweier Frauen von Bedeutung.

Aber das stimmte wieder nicht mit dem letzten Absatz ihres Briefes überein. Laura war wohl selbst verwirrt und irrte durch ihre Welt, die Mrs. Warren fremd erschien, die sie zugleich aber reizte, kennenzulernen. So nahm sie sich vor, Lauras Notizen von Anfang an zu lesen, obwohl sie mitten im Verfassen eines neuen Kriminalromans steckte.
Nachdem George nicht nur nach Australien ausgewandert war und, zum Leidwesen seiner jungen Frau, in den Spuren seines Vaters zu wandeln schien, hatte sie sich mit einigem Erfolg an die Spitze der englischen Kriminalautoren hochgearbeitet. Wegen ihrer spitzfindigen Art, nicht nur Mordwaffen, sondern auch die Täter zu verstecken, nannte man sie nur noch Mrs. Warren – Labyrinth – was nicht zufällig mit ihrem Namen übereinstimmte. Allerdings kam ihr Lauras Brief etwas in die Quere; ihr Verleger mahnte seit Wochen ihr neues Manuskript an. Allerdings hätte sie auch ein neues Thema gereizt. Gleichzeitig erfüllte sie diese Idee mit Schrecken. Immer hatte sie Leute bewundert, die ihre heimlich gehaltenen Leidenschaften an die Öffentlichkeit trugen.
Zum Glück würde sie selbst davon verschont bleiben, denn, außer jenen drei bedeutungslosen Affären, die ohnehin bekannt waren, hatte sie selbst nichts zu verheimlichen oder zu befürchten.
Ganz davon abgesehen, fühlte sie sich mit ihren sechsundsechzig Jahren immer noch sehr lebendig und bezeichnete sich selbst gerne als eine immer noch gut erhaltene Ruine.

Trotz ihres Zeitmangels, der sich wegen ihres Unfalls noch vergrößert hatte, öffnete sie das erste Notat, aus dem sich einige Blätter gelöst hatten.

LAURAS NOTAT 1

Seitdem ich dem Gefängnis des Klosterinternats entronnen bin, kann mich so schnell nichts mehr umhauen. Jetzt lebe ich im Haus der Warrens und habe zum ersten Mal ein Gefühl von dem, was man Freiheit nennt. Nun ja, ich muss meiner ersten Begeisterung einen kleinen Dämpfer verpassen. Zwar hat man versucht, mich in die Gesellschaft einzuführen. Das ging nicht ganz nach Wunsch von Arthur Warren, der nach dem Tod meiner verunglückten Eltern zu meinem Vormund bestimmt wurde. Ich war fast stumm geworden über dieses abrupte Ende meiner frühen Kindheit, obwohl ich nicht viel von meinen Eltern wusste. Sie hatten in ihren Konstruktionen von Flugobjekten mehr Talent bewiesen als in der Aufzucht ihrer wahrscheinlich zufällig entstandenen Tochter, die ihrer Ansicht nach am besten von anderen Leuten erzogen werden konnte. Dadurch erwartete kaum jemand, dass ich den Rest meines Lebens trauernd verbringen würde. Jetzt war ich fast achtzehn, klösterlich geprägt, an Einsamkeit gewöhnt und ziemlich unbrauchbar für die moderne Gesellschaft der Stadt, die mir aber unbekannte Möglichkeiten gab, kulturelle Genüsse zu erleben, die mir bisher verborgen geblieben waren.

Arthur Warren wohnte mit seiner Frau Anne in Maidstone, der Hauptstadt von Kent. Er und seine Frau waren fleißige Abonnenten von Konzerten und Theatervorstellungen, die sie mir nicht vorenthielten. Da Anne Warren aber eine kränkliche Frau war, begleitete ich oft Mr. Warren an ihrer Stelle. Zunächst löste das für mich Begeisterung aus, eine neue Welt kennenzulernen, und als ich das erste Mal die Operette **Land des Lächelns** sah, blieb ich während der Pause wie betäubt auf meinem Platz sitzen, während Mr. Warren an die Bar stürzte, um mindestens einen Whisky im Kreis seiner Bekannten und Freunde einzunehmen. Ich aber saß angespannt und verzaubert und wartete auf den ten Akt, wo diese unvergleichlich schöne und charmante

Sängerin, Eve Grand, die Rolle der Lisa von Lichtenfels sang. Schon bei ihrem Auftritt im ersten Akt war ich von ihr so hingerissen, dass sich, als ich ihr später während eines Festes in der Gesellschaft vorgestellt wurde, mein Herzschlag so rasend beschleunigte, dass ich fürchtete, jeder könnte das Hämmern hören, zumal mein Gesicht die Farbe einer reifen Tomate annahm. Sie aber lächelte mich gelassen, gleichzeitig liebevoll an; offenbar waren ihr solche Reaktionen junger Mädchen nicht unbekannt. „Sie hat das, was man Charme nennt", dachte ich hingerissen von der Sicherheit ihres Auftretens und konnte nicht verhindern, dass ich nachts von ihr zu träumen begann und in den Wochen danach jede Gelegenheit suchte, um sie wieder auf der Bühne zu sehen.

Einmal ging ich so weit und warf ihr, bevor der letzte Vorhang zu fallen drohte, Blumen auf die Bühne. Sie beugte sich herunter und lächelte mich, wie ich glaubte, mit einem tiefen Blick ihrer schönen Augen an, den ich wie einen Schatz mit in eine unruhige Nacht nahm. Später erfuhr ich, dass sie kurzsichtig war und öfters in die Lage geriet, während der Vorstellung eine Vase oder Teetasse fallen zu lassen, was sie immer sehr souverän und routiniert mit ein paar scherzenden Worten in die Handlung einbezog, sodass jeder glaubte, es gehöre zu ihrem Text.

Kurz gesagt, ich war von ihr verzaubert und bat meinen Vormund immer häufiger um einen Vorschuss meines Taschengeldes, den ich ins Theater trug.

Auf diese Weise sah ich das Stück ungelogen fünfzehn Mal. Die Warrens waren entzückt von meiner Musikbesessenheit und machten Pläne, mir Klavierunterricht und Gesangsstunden aufzudrängen. Auch wurde ich in Konzerte mitgenommen, besonders wenn Anne Warren ihre Migräneattacken bekam, die sich durch die Lautstärke des Orchesters so verschlimmerten, dass sie mich mit meinem Vormund alleine ins Konzerthaus schickte.

Inzwischen waren mir ein paar Dinge aufgefallen, denen ich zuerst wenig Bedeutung beimaß. Man hatte es in der noch prüden

Zeit der späten sechziger Jahre unterlassen, mich mit gewissen Dingen der Sexualität bekannt zu machen. Tatsächlich laufe ich heute noch, während ich das schreibe, ungeküsst und unschuldig durch die Gegend. Damit komme ich auf Mr. Warrens mir merkwürdig erscheinende Angewohnheit zurück, zu Hause die Hände in den Hosentaschen zu haben, die er dort bewegte. Es sah für mich aus, als würde er Geldstücke zählen. Später hörte ich einmal den Gärtner lachend der Köchin zurufen: „Der Alte spielt wieder Hosentennis.“ Je häufiger seine Frau ihre Migräne pflegte, rief er mich in sein Arbeitszimmer, um mich Belangloses zu fragen. Einmal bat er mich, indem er mir ein Schriftstück oder Buch zeigte, neben ihn zu treten. Ahnungslos beugte ich mich zu ihm herunter und spürte, wie seine rechte Hand meinen unteren Rücken berührte, während er mich scheinbar väterlich belehrte.

Als ich ein anderes Mal vor ihm auf seinem Schreibtisch Platz nehmen sollte, wurde diese rechte Hand mutiger, bewegte sich höher in die Nähe meiner Oberschenkel, klopfte aber zuerst scheinbar beruhigend auf mein Knie; langsam wanderte diese Hand höher, während seine linke Hand in der Hosentasche nach Kleingeld suchte, wie ich glaubte. Dann kam ein so starker Seufzer aus seinem Mund, dass ich erschrak und ihn besorgt musterte, weil er mit geschlossenen Augen in seinem breiten Stuhl hing. Die dreiste rechte Hand aber hatte er ruckartig auf seinen Schritt gepresst. Das Ganze machte mir Angst. Danach blieb ich immer vor seinem Schreibtisch stehen und überhörte seine Bitte, näherzutreten. Aber ich war auf mein Taschengeld angewiesen, das ich in jene Theaterbesuche investierte, um Eve Grand in einer ihrer Nachmittagsvorstellungen bewundern zu können. Da man derart zahlreiche Theaterbesuche nicht mehr als Musikbesessenheit deuten konnte, gab ich vor, lange Spaziergänge zu machen.

Tatsächlich kam ich mit roten Wangen zurück, so als sei ich zwei Stunden an der frischen Luft gewesen. Mr. Warren äußerte einmal den Verdacht, ich würde mich wohl mit einem Studenten des Colleges treffen. Mit strenger Miene wollte er mich vage auf drohende Gefahren, die von diesen, wie er meinte, leichtsinnigen Burschen ausgingen, warnen. Meine Frage, was dieser Leichtsinn beinhalte, nahm er zum Anlass, mich mit kleinen Schritten zu umkreisen, einen Arm so um mich zu legen, dass eine Hand meine Brust berührte, während die andere sich lebhaft in der Hosentasche bewegte. Ich hatte Angst, er könnte wieder ohnmächtig werden.

Zum Glück hatte er mir mein Taschengeld vorher ausgehändigt, sodass mich mein angekündigter Spaziergang wieder zum Theater führte. Dort erblickte ich an der seitlichen Bühnentür meine angebetete Diva in heftiger Umarmung eines Mannes, dem sie erlaubte, sie in einer Art zu küssen, die ich nicht mal in Theatern oder Filmen gesehen hatte. Er wühlte sich förmlich in ihren Mund hinein. Gleich mischte sich in mir Eifersucht mit dem Wunsch, an der Stelle dieses Mannes zu sein. Auch das machte mir Angst. Besonders nachts, wenn ich alleine vor mich hin träumte, fühlte ich immer wieder diesen Wunsch so stark, dass ich mich einmal vorsichtig selbst berührte und völlig unerwartet eine Explosion in meinem Unterleib spürte, die mich erschreckte.

Was war in meinem Körper geschehen? Ich hatte nie von Masturbation gehört; mein Schreck war so groß, dass ich Eve Grand völlig vergaß und beschloss, meine Kusine, Mrs. Warren, zu konsultieren, die immerhin älter war als ich und wohl dementsprechend erfahrener. Sie wohnte wieder bei ihren Eltern in Ashford; ab und zu telefonierten wir und tauschten Erinnerungen über unsere „klösterliche Gefängniszeit“ aus. Sie konnte ihren Eltern diesen Entschluss zur Strafverbüßung nach einem, wie sie behauptete, kleinen Flirt mit dem jungen Stanley Warren nicht verzeihen. Es hatte mich schon gewundert, den Sohn meines Vormunds so selten in Maidstone zu sehen. Unsere Familien sind auf eine nur umständlich zu erklärende Weise miteinander verwandt. Deshalb kamen wohl die gemeinsamen Beschlüsse wie Schulbesuch und andere Bestimmungen meines Vormunds zustande.

Vormittags verbrachte Mr. Warren seine Zeit meist in seiner Bank, wo er höchstpersönlich die vermögendsten Leute von Maidstone beriet, wie sie ihren Reichtum noch vermehren konnten. Wie gewöhnlich lag seine Frau mit Migräne zu Bett, und ich konnte ungestört mit meiner Kusine sprechen. Sie war völlig außer sich und klagte verbittert über die Dickköpfigkeit ihrer Eltern, die wieder nur Unangenehmes über Stanley Warren verbreiteten. Offen gesagt, war ich ausnahmsweise einer Meinung in dieser Beurteilung. Stanley, der Sohn meines Vormunds, war ein hoch aufgeschossener junger Mann mit großer Nase und einer fast unverschämt und frivol wirkenden Unterlippe, der sich, wie mein Vormund, ins Bankwesen einarbeitete. Ich konnte ihn nicht ausstehen. Nach einigen Versuchen, in mein Schlafzimmer einzutreten, ohne anzuklopfen, hatte ich ihm lautstark gedroht, seine Mutter zu rufen. „Blöde Ziege“, hatte er gemurmelt, „du solltest mal ordentlich gefickt werden.“ Seine Nase machte Bekanntschaft mit meiner Zimmertür, die er danach mied.
Nachdem sich meine Kusine ihren Frust von der Seele geredet hatte, der in verliebten Beschreibungen ihrer Gefühle zu Stanley endete, fragte ich sie unverblümt, wie intim ihre Beziehung zu ihm sei. Sie flüsterte:
„Du ahnst nicht, wie Stanleys Körper gebaut ist. Alles ist groß und kräftig, besonders wenn er sich auf mich legt.“ Dabei kicherte sie höchst albern, wie ich fand.
„Was fühlst du denn selber dabei? Hast du keine Angst, schwanger zu werden?“
„Ich lasse ihn doch nicht rein, Schäfchen, er reibt sich an mir von außen, und dann kommt es eben.“
„Was kommt?“, fragte ich gespannt.
„Der Höhepunkt, der Orgasmus, so nennt das Stanley, du fährst

direkt in den Himmel und landest wieder sachte auf der Erde. Man zuckt auch dabei am ganzen Körper. Hast du das noch nie erlebt?“

***

An dieser Stelle ließ Mrs. Warren das Manuskript entsetzt sinken. Zwei Blätter fielen dabei auf ihr gepflegtes Parkett. Vergeblich suchte sie in ihrem Gedächtnis nach diesem Telefongespräch, in dem sie derart intime Dinge erzählt haben sollte. Zwar wusste sie, dass sie sich häufig belustigt über Lauras Unschuld geäußert hatte, dann fiel ihr ein, wie sie selbst unwissend aus diesem Klosterinternat gekommen war. Nicht ein Wort war dort über Sexualität geredet worden. Ein Austausch mit den Mitschülerinnen wurde durch die strenge Tagesordnung verhindert.
Ja, nach der Rückkehr aus dieser Anstalt hatte sich Stanley gleich an sie herangepirscht, offenbar nicht nur an sie. Er war immer ein Schweinehund gewesen, dieser Stanley, mit ihm hatte der unglückliche Teil ihres Lebens angefangen. Ihre blinde Verliebtheit war erst ein paar Monate nach ihrer Heirat verschwunden, als sie ihn dabei überraschte, wie er über den Küchentisch gebeugt das Hausmädchen zum Schreien brachte. Dieses Schreien hatte sie noch in den Ohren, es glich etwas den Lauten, die er auch ihr am Anfang ihrer Beziehung entlocken konnte.
Ja, wenn er ein Talent hatte, so war es in seinem Unterleib zu finden. Eine Waffe, groß und immer bereit, noch größer zu werden, die er bei jeder sich bietenden Gelegenheit geschickt einsetzte. Kurz nach ihrer Rückkehr ins Elternhaus war er dort aufgekreuzt; erst waren es die Blumen, die kleinen Geschenke, die er samt dem Ansehen der reichen Bankerfamilie mitbrachte, später hatte dann der üppige Brillantring zur Verlobung ausgereicht, um ihren Eltern das Ja zur Heirat zu entlocken. Einer Heirat, die er nur deshalb anstrebte, weil sie ihm den Verlust ihrer Unschuld immer verweigert und ihn mit Liebesspielen hingehalten hatte. Übrigens auch deshalb, weil es ihr genügte, davon befriedigt, ihn

immer verabschiedete, während er täglich darum bettelte, in sie eindringen zu dürfen. Heute war ihr klar, wie oft er damals in Bordellen die Befriedigung seiner ihr später abstrus erscheinenden Wünsche fand.
In der Ehe verweigerte sie ihm einiges. Gut, er konnte in sie eindringen, gerne mehrmals in der Woche, obwohl sie nie mehr so leicht die Höhepunkte ihrer anfänglichen Beziehung erreichte und in seiner Abwesenheit sich selbst befriedigen musste. Kurz gesagt, nachdem sie von seinen Affären wusste, konnte sie ihre Abneigung gegen diesen Mann mit seiner großen Nase, die seinem übrigen Zubehör entsprach, kaum noch ertragen. So hilflos und unaufgeklärt, wie Laura sich damals an sie gewendet hatte, nahm sie nun Kontakt zu ihrer Kusine auf und vertraute ihr das Meiste aus diesem Eheleben an. Damals war sie die Überraschte gewesen, als Laura zur Problemlösung beitrug, indem sie ihr einen der zahlreichen Männer aus ihrem Freundeskreis mit der trockenen Bemerkung vorstellte:
„Tue das Gleiche und betrüge ihn, das wird dir gut tun." Zu diesem Zeitpunkt hatte sie Stanley wegen seiner Verhältnisse zu leichten Mädchen, um das Wort Huren zu vermeiden, aus ihrem Schlafzimmer verbannt und tatsächlich Lauras Freund erlaubt, sie zu verführen, was er übrigens nur halb so geschickt tat wie Stanley. Kurzum, das Ganze hatte ihr wenig Spaß gemacht, sondern, ganz im Gegenteil, eine gewisse Abscheu vor dem männlichen Glied ausgelöst.
Als Mrs. Warrens Blick so weit in die Vergangenheit zurückgeschweift war, klingelte es an ihrer Haustür. Es war ihre Hausgehilfin Sara, eine hübsche etwa vierzigjährige Frau. Das lenkte Mrs. Warren von Lauras Notaten ab, die verstreut auf dem Boden lagen. Sara bückte sich sofort und wollte Mrs. Warren beim Aufheben helfen, was diese durch kleine Protestschreie zu verhindern wusste, denn keiner sollte diese doch sehr intimen Mitteilungen auch nur im Ansatz zu lesen bekommen. Beim Aufheben stießen beide mit den Köpfen zusammen, und Mrs. Warren

blickte in Saras außergewöhnlich schönes Gesicht, das von dunklem, glattem, im Nacken zusammengefasstem Haar umrahmt war und sie aus erstaunlich hellgrünen Augen anschaute. Sie verstand nicht die plötzlich ausgelöste Verwirrung, die in diesem Augenblick in ihr entstand. Dann aber platzierte sie, nachdem sie Kater Gingerboy wegjagte, die Notate energisch neben sich in ihrem Lieblingssessel, fest entschlossen, Lauras Ergüsse nicht zu tief in ihre Gedanken eindringen zu lassen. Gleichzeitig wusste sie: Die Neugierde würde überwiegen. Außerdem hatte sie sich fest entschlossen, die zunächst kurzzeitig bei ihr angestellte schöne Sara fest zu engagieren. Danach aß sie eine Kleinigkeit, die durch ein Glas trockenen Sherrys verschönt wurde, und griff erneut zu Lauras Notaten.

LAURAS NOTAT 2

Das Gespräch mit meiner Kusine hatte Klarheit geschaffen: Sich selbst einen Orgasmus zu verschaffen, wie sie es ausdrückte, sei zwar normal, könne aber auf Dauer zu psychischen Schäden führen, so jedenfalls hatte es Stanley ihr erklärt. Es sei immer besser, den Mann als Partner mitwirken zu lassen. Zweifel entstanden: Sollte ich dieses merkwürdige, doch fantastische Gefühl nie mehr erleben, diese Explosion, die in meinem ganzen Körper zu spüren war? Musste ich es unterdrücken, weil es schädlich sein könnte?

Oder, dieser Gedanke tauchte plötzlich bei mir auf, hatte Stanley die Warnung ausgesprochen, weil er als Mann den Anspruch erhob, nur als solcher einen Orgasmus bei einer Frau auslösen zu können? Mir fielen ein paar Schuppen von den Augen: Männer konnten sich sehr viel herausnehmen, sie dominierten. Nicht nur im Geschäftsleben, nein, ihre Dominanz bestand auch darin, sich selbst als Initiatoren des Sexuallebens zu sehen.

Nach dem Besuch bei meiner Kusine sah ich meinen Vormund Mr. Warren und seine Angewohnheiten mit anderen Augen. Vorher hatte ich die Gesten mir gegenüber und das Spiel seiner Hände in den Hosentaschen nicht mit dem Wort Sexualität, von dem ich wenig wusste, in Verbindung gebracht. Jetzt war mir klar, dass auch mein Vormund, ebenso wie sein Sohn, ziemlich auf ihren Unterleib fixiert waren. Kurzum, in mir begann etwas zu wachsen, was vorher keine Rolle in meinem Leben gespielt hatte.

Durch das Gespräch mit meiner Kusine wurde mir klar, dass die Liebe mit einem Mann zu erleben vielleicht gut war, aber dieser Mann durfte auf keinen Fall, abgesehen von seinen angeblich fabelhaften Qualitäten unterhalb des Bauchnabels, auch nur die geringste Ähnlichkeit mit Stanley Warren haben.

Ab diesem Zeitpunkt versuchte ich mir vorzustellen, wie das Liebesspiel verlaufen könnte. Dachte ich an einen männlichen

Partner, fühlte ich eine gewisse Abscheu, weil mir gleich zwei männliche Warrens vor den Augen erschienen. Gingen meine Gedanken in die Richtung der fast vergessenen Eve Grand, die ich wieder in den Armen jenes Fremden sah, der sie so heiß an der Bühnentür geküsst hatte, spürte ich wieder das Verlangen, an seiner Stelle zu sein. Das wiederum führte dazu, dass ich abends, nachdem ich das Ehepaar Warren, das mich absolut zu einer Unterhaltung überreden wollte, abgeschüttelt hatte, früh zu Bett ging, um über die Unterhaltung mit meiner Kusine nachzudenken. Vielleicht hätte ich es besser nicht getan und mich bei meinen Gastgebern gelangweilt. Denn die Befreiung, die ich spürte, war verbunden mit der Besessenheit, nur noch an erotische Dinge denken zu müssen.
Selbst das Liebesspiel meiner Kusine mit Stanley, so sehr ich ihn auch verabscheute, ebenso wie die zwanghaften Bewegungen seines Vaters, verursachten Sensationen in meinem Körper. Und als ich dann noch Eve Grand vor mir sah und mir vorstellte, der Mann zu sein, der sie heiß küsste, fanden meine Hände unwillkürlich den Weg zu meinem Körper, strichen über meine Brüste, glitten weiter über meine Hüften, um dann die empfindlichsten Stellen, die ich fand, zu berühren und wieder diese, mich jetzt nicht mehr erschreckende, Explosion auszulösen. Dabei stöhnte ich so laut, dass ich fürchtete, jemand könne mich hören. Die Lust aber kam noch ein zweites Mal, mein Körper bäumte sich auf, befahl mir, mich auf den Bauch zu drehen.
Unter mir lag Eve Grand, ich fühlte ihre Nacktheit, die meine eigene war, und dann kam wieder dieses heiße Begehren, jetzt etwas langsamer und beherrschbar über mich, so dass ich die Steigerung intensiver genoss und sogar etwas herauszögern konnte, dann aber in mein Kopfkissen biss, um nicht laut zu schreien, als diese Sache, die Orgasmus hieß, wie ich jetzt wusste, meinen Körper so zum Zucken brachte, wie ich es nie für möglich gehalten hatte. Mochte dieses herrliche und befreiende Gefühl mich eines Tages krank machen – es war mir völlig

egal. Nur die gewisse Leere, die ich danach spürte und mir klarmachte, dass dieses Erlebnis zu zweit erst die Vollendung sein würde, hinterließ ein Gefühl der Einsamkeit. Aber dann schloss ich die Augen und schlief ein. Meine Träume waren verwirrt und verwechselten die Figuren. Mal war es Stanley, dann mein Vormund, die mich im Traum mit Gewalt nehmen wollten, dann aber kam Eve, ja sogar meine Kusine, die mich von den beiden Männern befreiten. Doch im morgendlichen Dämmerschlaf entstand in mir der feste Entschluss, dass sich etwas in meinem Leben ändern musste.

Tatsächlich geschah etwas, das mein mir oft eintönig erscheinendes Leben veränderte. Zum Glück hatte ich die Frau meines Vormunds auf meiner Seite, als Mr. Highgrave, der erste Fotograf von Maidstone, ein nicht zu übersehendes Inserat in der Lokalzeitung veröffentlichte. Er suchte eine französisch sprechende Mitarbeiterin, fotografisch interessiert, mit Kenntnissen in der Chemie. Das Erste hatte ich als einziges Plus vom Internat mitgebracht. Fotografieren konnte man wohl lernen. Ich langweilte mich bei den Warrens, besonders nach dem Frühstück, wenn sie begannen, sich gegenseitig die Zeitung vorzulesen. Der Hausherr unterrichtete uns über die Finanzwelt, seine Frau gab die Todesfälle und andere gesellschaftliche Ereignisse, einschließlich der Einbrüche, Unfälle und anderer Katastrophen, bekannt. Auch war sie ständig auf der Suche nach Personal, weil sie häufig, besonders junge Mädchen, gegen ältere auswechseln musste, wenn die Hände ihres Mannes sich wieder einmal verirrten. Jedenfalls hatte sie laut den Inhalt des Inserats verkündet, der in mir einen Anfall von Freude auslöste, als sie mit einem auf mich gerichteten Blick kommentierte:

„Stellt euch vor! Bislang hat der alte Tom es alleine geschafft. Aber seitdem er beim Besuch der Queen sie porträtieren durfte, rennen alle in sein Atelier.“

„Das wäre doch ein Job für mich“, warf ich ein, „ich habe mich immer fürs Fotografieren interessiert.“

Mr. Warren schaute mich missbilligend an, während seine Frau erleichtert rief:
„Eine gute Idee, du hockst hier schon viel zu lange herum. Deine Schulfreundinnen sind entweder unter der Haube oder haben eine Ausbildung gemacht.“
Da wusste sie mehr als ich. Doch der Clou war: Sie hatte erkannt, in welcher Lage ich mich befand und welche Konsequenzen ihrem Mann drohen konnten, wenn er seine Annäherungen fortsetzte. Alles ging wie geschmiert. Die Dame des Hauses griff zum Telefon, und eine Stunde später stand ich vor Tom Highgrave, einem hochgewachsenen Mann mit weißer Künstlermähne.
Es war, als wären wir uns schon viel früher begegnet. Hier war ein Mann, dem ich sofort Vertrauen schenkte. Sein Lächeln war offen, es war, als teile er meine Gefühle, als er mir den Job gab. Schon nach wenigen Tagen merkte ich, dass seine Herzlichkeit, mit der er seinen Mitmenschen begegnete, echt war. Er sah auf sie, wie man es sich beim lieben Gott hätte vorstellen können, falls man sich seinen kindlichen Glauben erhalten hatte. Sein Humor kam ebenso von Herzen wie sein Lachen. Draußen im Schaukasten hingen nicht nur Porträts bekannter Bürger der Stadt, sondern auch Sprüche wie „Seid lieb zueinander“ oder „Lasst uns zusammenhalten“.
Auf der Heckscheibe seines uralten Rovers stand:
„Ich fahre langsam!“ Mit anderen Worten: Ich war bei einem originellen Menschen gelandet, bei dem man sich wohlfühlen konnte und der es mir wert war, ihn so genau zu beschreiben. Bisher kamen mir alle Menschen wie Marionetten vor, die sich nach gesellschaftlichen Regeln im Rhythmus bewegten, anders gesagt, langweilig! Schnell und eifrig wie selten zuvor hatte ich mich eingearbeitet. Tom, so durfte ich ihn nennen, hatte ein französisches Fotomagazin abonniert, das ihn über Neuheiten informierte. Ich machte für ihn Übersetzungen der ihn interessierenden Artikel von Autoren, die einen Namen hatten. Darüber

hinaus durfte ich ihm bei technischen Arbeiten helfen. Er zeigte mir nicht nur, wie man Filme entwickelt, sondern auch die Bearbeitung von Fotos und das Retuschieren von Falten älterer Kundinnen. Es gab eine Dunkelkammer, in der, wie er behauptete, erst der Grundstein eines guten Bildes geschaffen wurde. Der beginnenden Digitalisierung stand er skeptisch gegenüber. Mir machte die Arbeit viel Spaß, sodass ich nur noch abends nach Hause ging. Tom Highgrave hatte mir ein recht gutes Anfangsgehalt versprochen, sodass ich mein Taschengeld bis zur ersten Lohnauszahlung für ein kleines Mittagessen ausgeben konnte und meine Anwesenheit bei den Warrens auf den Abend beschränkte, was meinem Vormund missfiel, wohingegen die Migräneattacken seiner Frau abnahmen.
Das Beste an der Sache war, meine erotischen Bedürfnisse reduzierten sich, ich wurde innerlich ruhiger und fand mein Leben interessant. Es verlief angstfrei. Tom Highgrave war väterlich, aber nicht gönnerhaft, sondern gütig, fantasievoll, ohne abergläubisch zu sein, und zu seinen Kunden loyal, ohne unterwürfig zu wirken. Er gab nur Ratschläge, wenn sie erwünscht waren. Wenn mein Vormund mich ab und zu bat, in sein Arbeitszimmer zu kommen, schob ich Müdigkeit vor, die seine Frau kopfnickend bestätigte. Nur in der Nacht fühlte ich manchmal eine Leere in mir und den Wunsch, mein neues Leben und damit die in mir verbundene Veränderung jemandem gleichen Alters mitteilen zu können. Eve Grand erschien nur ein Surrogat zu sein. Wenn ich mich berührte, dachte ich sogar an einen Mann, der wohl nur in meiner Fantasie zu finden war. Ich sah in ihm nicht nur den sexuellen Partner, sondern schmückte ihn mit Eigenschaften, die Tom hatte: gütig, ruhig und ohne die Dominanz der männlichen Warrens.

Eines Tages bekam Tom die Einladung, eine Theatervorstellung der Studenten im College fotografisch zu begleiten. Er nahm mich in seinem etwas schweratmenden Rover mit und baute die

Kameras auf. Nachdem ich ihm dabei geholfen hatte, wies er mir seinen Platz in der ersten Reihe an. Ich war auf eine, im Gegensatz zu meinen früheren Theatererlebnissen langweilige, Laienvorstellung gefasst. Nachdem sich der Vorhang gehoben hatte, waren meine Erwartungen minimal.

Nichts blieb mir von dem Stück in Erinnerung; einige Szenen des ersten Aktes rauschten an mir vorüber, bis ein junger Mann die Bühne betrat, dessen Aussehen mich faszinierte: schmale Hüften, breite Schultern, dunkelhaarig. Die feinen Hände, gut geschnittene Gesichtszüge in einer ovalen Kopfform erinnerten mich an einige männliche Filmstars. Kurzum, es war, als hätte ich einen Schlag in den Magen bekommen.
Er wirkte so reif, erwachsen, wie ich es nur von älteren Männern gewohnt war. Seine Bewegungen waren ruhig und beherrscht, nicht besitzergreifend, dominierend. Offenbar war es das, was mir an ihm so gefiel. Als er mit sanften braunen Augen seine Partnerin, eine junge Blondine, der er einen Arm um die Schulter gelegt hatte, liebevoll ansah, spürte ich einen lächerlichen Stich der Eifersucht. Was tat er da? Ich, und nicht dieses blonde, nichts sagende Ding da oben, wollte diesen Arm um meine Schulter spüren. Mich sollte er ansehen, er, der gleichzeitig nicht den Eindruck machte, dass er sich seines guten Aussehens bewusst war und kein Gespür dafür hatte, was er unten im Publikum für eine Katastrophe anrichtete, nämlich bei mir.

Nur der Gedanke, ihn wahrscheinlich nie kennenlernen zu können, bereitete mir einen körperlichen Schmerz, mein Herz glich einem Trommelwirbel. Und als er dieser dummen Pute dort oben einen Heiratsantrag machte, hätte ich fast geschrien: Nein, nimm mich und nicht dieses Nichts dort oben, und Kinder will ich mit dir haben. Was im Himmel war mit mir geschehen? Später, Stunden später, als ich wieder in meinem Bett lag, wurde mir klar, dass es Liebe auf den ersten Blick gab. Da hatten etwa über zweihundert Menschen im Saal gesessen, von denen ihn sicher etliche kannten, nur ich sah keine Chance, ihn je wiederzusehen. Und ich lag da, registrierte fast nüchtern diese Tatsache, und das sogar ohne die geringste Lust, mich zu berühren.

Am nächsten Morgen war ich in schlechter Stimmung, was Tom, der immer ein Gespür für Menschen hatte, sofort zu bemerken schien. Prüfend schaute er mich an und sagte langsam:
„Du hast schlecht geschlafen. Hat es mit der Vorstellung von gestern Abend zu tun?"
Dieser Mann musste mich beobachtet haben, denn er fuhr, als ich nicht antwortete, nach kurzer Pause fort:
„Einige der jungen Leute sind wirklich begabt! Da ist zum Beispiel John Walker, der nicht nur gut aussieht und talentiert ist, aber leider kein Schauspieler werden möchte. Du hast ihn gesehen, wie er den überzeugendsten Heiratsantrag machte, obwohl er Irene Turner nicht ausstehen kann."
Mir blieb fast das Herz stehen, er kannte sogar seinen Namen. Ich versuchte, gelassen zu bleiben:
„Kennst du die alle beim Namen, und warum steht er oben auf der Bühne, wenn er kein Schauspieler werden will?"
Tom sah lächelnd auf mein rot gewordenes Gesicht.
„Sie brauchten einen besonders hübschen Mann, aber es kostete Arbeit, ihn zu dem Job zu überreden. Jeder verdient gerne eine Kleinigkeit zum Studium, und seines ist besonders lang. Er will Forstwirt werden."

Ich blieb stumm. Förster, Wald, Natur, ich sah mich bereits neben ihm sitzen und das Wild beobachten, er hatte die Jagdflinte beiseite- und den Arm um mich gelegt. Wahrscheinlich war mein Gesichtsausdruck ziemlich dämlich, denn Tom lachte laut, berührte meine Schulter, ganz anders, als es die Hände von Mr. Warren taten. So leicht, als berühre ein Eichhörnchen meine Haut. Und alles, was folgte, schien ebenso leicht zu sein. Tom nämlich schickte mich zu einem Termin, um die Feier des Richter Adams aus Anlass seines sechzigsten Geburtstags zu fotografieren. Es war kein großer Auftrag. Ich hatte inzwischen gelernt, mit Toms Leica umzugehen, und wusste nicht, welche Leute ich antraf. Tom hatte seine Abwesenheit wegen einer angeblichen Verstauchung seiner rechten Hand entschuldigt, von der ich nichts bemerkte.
Trotz seines verwitterten Zustands strahlte das richterliche Haus eine gewisse Würde aus. Genauso wirkte der Butler, der mich zu der Gesellschaft führte, deren Damen so mit Schmuck behangen waren, dass ich beim ihrem Anblick fast die Augen schließen musste. Die Herren scharten sich um Richter Adams, der in den Sessel seiner Macht hineingewachsen schien. Im Gegensatz zu seinem Umfang wirkte seine Frau so zierlich wie eine Wachtel auf Toast. Eifrig bemühte sie sich, die Gäste zu unterhalten, während Geoffrey, der Butler, mit hochmütiger Miene kleine Tabletts mit Sandwiches herumreichte. An mir gingen die Kostbarkeiten leider vorbei. Unauffällig packte ich meine Fototasche aus und begann sofort mit der Arbeit.
Die Beleuchtung der Szene war an diesem sonnigen Spätnachmittag günstig, die Gäste scharten sich meist um den Hausherrn, der mich, wie auch die anderen Anwesenden, gar nicht wahrzunehmen schien, was mir nur recht war. Offenbar war ich unsichtbar. Wie ein Schatten tat ich meine Arbeit und fotografierte die sich sofort bei der Entdeckung meiner Kamera verwandelnden lächelnden Gesichter.

Gerne hätte ich etwas getrunken oder etwas von den herumgereichten Köstlichkeiten probiert.
Also packte ich wieder meine Sachen zusammen und wollte unauffällig verschwinden. Im Eingangsbereich, einer kleinen Halle, öffnete sich eine Tür, hinter der wohl der Dienstbotenbereich war. Heraus trat mein Vormund. Er lächelte gleichzeitig verlegen, aber auch erfreut, als er mich sah. „Laura, Darling, wie kommst du hierher?“
Er hatte mich noch nie Darling genannt und stand auch nicht fest auf den Beinen. Mit einem Glas Whisky in der einen Hand schob er mir die andere unter meinen Arm und dirigierte mich in die Richtung eines durch Vorhänge abgedunkelten Raumes.
„Wie gut, dich durch Zufall hier zu treffen, ich muss dich etwas fragen.“ Ehe ich mich versah, hatte er mir die Tasche abgenommen und schob die Tür zu. Ich war zu überrascht, um Widerstand zu leisten. Der Inhalt seines Glases verschwand in seinem Mund, aus dem mir der Duft verriet, dass dies nicht der erste Drink des Tages war.
„Warum gehst du mir aus dem Weg? Immerhin wohnst du noch in meinem Haus.“ Wegen der schlechten Beleuchtung übersah ich das Sofa, zu dem er mich zog. Durch einen Schubs landete nicht nur ich darauf, sondern fand mich in der Umklammerung seiner Arme, die sich erstaunlich stark erwiesen, wie auch die Geschwindigkeit seiner Hände, die über meinen Körper tasteten. Ich versuchte zu schreien, er verhinderte das mit einer Hand, die mir den Mund zuhielt, mit der anderen griff er mir unter den Rock, sein Körper nagelte mich unter ihm fest. Die Trunkenheit stärkte seine Kräfte derart, dass ich trotz Einsatz meiner Beine, mit denen ich ihn wegzuschieben versuchte, hilflos unter ihm lag. Wir keuchten beide. Soweit ich noch in der Lage war, Luft zu bekommen, stieß ich stöhnende Laute aus. Das schien ihm zu gefallen.
Als er mit der Hand zu meiner empfindlichsten Stelle vorgedrungen war, stöhnte er wieder, so wie damals in seinem

Arbeitszimmer, als mich das fast zu Tode erschreckt hatte. Er sackte über mir zusammen, und ich versuchte mich zu befreien.
„Ich will dich nur fühlen, Laura, glaub mir, und du sollst mich auch nur berühren."
Endlich bekam ich wieder Luft und glaubte mich in Sicherheit. Ich kann mich nicht mehr erinnern, woher ich die Beschimpfungen nahm, mit denen ich ihn überschüttete. Sie waren laut und auch ordinär, ich nannte ihn einen Schweinehund, Hurensohn und wohl noch Schlimmeres, obwohl mein Puls raste. Dann schlug ich nach ihm, traf ihn im Gesicht. Doch er lachte nur und versuchte, mich wieder auf das Sofa zu ziehen, von dem ich mich gerade erhoben hatte. Schnell umklammerte er mich von hinten. Nie hätte ich gedacht, dass dieser Mann über so viel Kraft verfügte. Er presste mich jetzt gegen eine Wand, so fest, dass sein ganzer Körper an meinem zu spüren war. Dabei fühlte ich seine Erregung.
„Ja, ich bin wieder da", triumphierte er, doch ließ er mich los. Sofort sprang ich dorthin, wo ich die Tür vermutete, aber ich landete an einem Bücherregal, ein dicker Wälzer fiel zu Boden. Plötzlich stammelte er eine Entschuldigung, die mich in Sicherheit wiegte, ich ertastete einen Lichtschalter. In der Helligkeit sah ich, dass er seine Hose geöffnet hatte und sein steifes Glied in der Hand hielt, die er rasch auf- und abgleiten ließ. Ich schrie vor Entsetzen, denn ich hatte nie einen entblößten Mann gesehen. In dem Moment riss jemand die Tür auf.
Ich muss sagen, die Souveränität, mit der Geoffrey die Sache beherrschte, war bewundernswert. Entweder war er an ähnliche Situationen gewöhnt oder seine Reaktion war angeboren.
Meine Beine zitterten so, dass ich kaum aufrecht stehen konnte. Geoffrey schloss meinen Vormund ein, nahm meinen Arm, führte mich in einen zum Garten gelegenen Raum und bat mich, auf einem der Sessel am Fenster Platz zu nehmen. Ruhig sprach er auf mich ein und bat mich, zu warten, bis ich mich von dem enormen Schock, wie er es nannte, erholt hatte. Tatsächlich war

ich nicht in der Lage, aufzustehen, um ins Atelier zurückzukehren. Der Raum war sehr groß, viele Gemälde hingen an den Wänden, offenbar eine Ahnengalerie des Richters. Die alten Eichenmöbel wirkten beruhigend auf mich.
Ich lehnte meinen Kopf zurück und schloss die Augen. Fast war mir zumute, als hätte ich das Bewusstsein verloren, denn ich hörte nicht, wie die Tür geöffnet wurde und eine Gestalt mit einem Tablett in der Hand eintrat, das auf einem Servierwagen abgestellt wurde. Der Mann war jung, groß, schlank, doch muskulös, hatte dunkle, glatte Haare. Das alles registrierte ich mit dem Gefühl, ihm schon einmal begegnet zu sein. Auch die Bewegung, mit der er mir entgegenging, kam mir bekannt vor. Seine Füße wirkten, als tasteten sie vorsichtig über den weichen Teppich, so, als ob er befürchtete, dass bunte Muster darin zerstört würden. Ich fühlte selbst die Weichheit des Bodens, als ob sie von seinen Schritten getroffen würde.

Es war, als hätte sich etwas in mir wie im Schlaf bewegt. Mein Herz klopfte wieder wie verrückt, und einen Moment lang verlor ich, während er auf mich zuging, den Kontakt zu dem, was man Wirklichkeit nennt. Zu meinem Sessel, auf dem ich saß, zu dem Glas, das er mir in die Hand gab, und zu den Worten, die er sprach. Dann schnellten die Dinge an ihren Platz zurück. Ich saß nur da und lächelte. Der Mann verbeugte sich, nannte seinen Namen, und ich dachte, was für braune Augen er hat, mit diesen Augen darf er mich nicht zu lange anschauen. Sein Lächeln wirkte beruhigend, ausgeglichen. Etwas in meinem Herzen öffnete sich, was ich noch nie gespürt hatte. Unfassbar, das Ganze. John Walker war der Neffe von Richter Adams.

***

Aha, dachte Mrs. Warren, die am geöffneten Fenster ihr gebrochenes Wadenbein entlastete und wieder auf den Hocker platzierte, das also hat Tom Highgrave eingefädelt. Die Notate lagen auf dem Boden, weil ihr Gingerboy auf den Schoß gesprungen war und Aufmerksamkeit forderte, die er mit lautem Schnurren beantwortete, als sie seinen Nacken kraulte. Mrs. Warren selbst befand sich in einem Zustand der Erregung. Diese männlichen Warrens, dachte sie wütend.

Und dann noch ein Vormund, er gehörte schlicht und ergreifend eingesperrt. Sie vergaß in ihrem Ärger, dass der Sünder längst unter der Erde lag.

„Schmutziger, alter Mann", fluchte sie so laut, dass Gingerboy erschrocken von ihrem Schoß sprang.

„Dummes Vieh", ihre Stimme erreichte das hohe C und die Ohren der hübschen Sara, die hereinstürzte und nicht begriff, was hier vor sich ging.

„Haben Sie gerufen, Mrs. Warren?"

„Nein, ich habe gesungen, stellen Sie nicht so dumme Fragen! Bereiten Sie mir lieber einen starken Tee."

Sara verschwand, sie merkte, die Dame besaß ein heftiges Temperament. Sie bemerkte ebenfalls mehrere lose Blätter, die auf dem Boden lagen und sich durch einen Windstoß bewegten, was Gingerboy zum Anlass nahm, sie mit seinen Pfoten noch mehr durcheinanderzubringen. Danach wälzte er sich darauf. Dieses Papier bedeutete für ihn nicht nur Jagdbeute, sondern auch Wärme. Wo immer er eine Zeitung entdeckte, beschlagnahmte er sie für seine Bedürfnisse. Das wiederum steigerte Mrs. Warrens Ärger noch mehr. Wie sollte sie diese Notate wieder in die Reihenfolge bekommen?

Zum Glück erschien Sara mit dem favorisierten Tee der Engländer. Selbst als Türkin bereitete sie ihn genau auf richtige Weise zu. Mrs. Warren war ein TIF-Fan, erst Tee, dann Milch, und als sie Sara aufforderte, das Ritual mit ihr zu teilen, kehrte Ruhe im Gemüt der älteren Dame ein. Sie selbst hätte sich nie so bezeichnet, denn sie hatte sich gut gehalten. Das Gesicht glich ihrem Leben: Es war ruhig und damit ziemlich faltenfrei verlaufen, zumal sie England nie verlassen hatte, um sich in südlichen Ländern von der Sonne Hautschäden einzuhandeln. Ihr Körper war nicht muskulös oder sehnig, sondern wies jene angenehmen Rundungen auf, die von den meisten Männern geschätzt wurden. Sie selbst betrachtete in diesem Moment des gemeinsamen Teegenusses ihr Gegenüber mit etwas Neid: Diese Sara, zwar etwas deplatziert in ihrem Minirock, der fantastische Beine preisgab, war nicht nur sehr schlank, sondern von einer Schönheit, die man, nach Mrs. Warrens Meinung, nur in südöstlichen Ländern findet. Selber war sie ästhetisch genug, um sich daran zu erfreuen. Unwohl war ihr nur der Gedanke, Sara zu bitten, die durcheinandergewirbelten Blätter aufzusammeln. Sie selbst war nicht in der Lage, sich zu bücken, doch der Gedanke, was in diesen Notaten inhaltlich noch zum Vorschein kommen könnte, war ihr sehr peinlich. Aber es half nichts. Die eigene Neugierde war groß und überwog alle Bedenken, dass eine Fremde in Familiengeheimnisse eingeweiht werden könnte. Ausgerechnet in diesem Moment klingelte es an der Haustür. Ihr Hausarzt wollte das Bein begutachten, was nur im Nebenraum auf der Liege stattfinden konnte. Glücklicherweise waren englische Ärzte, wie in anderen Ländern, bemüht, ihren Patienten nicht zu viel Zeit zu widmen. Dieser riet aber seiner Patientin, die täglichen Übungen langsam zu steigern und leichte Massagen anzuwenden. Er half ihr, sich in den Rollstuhl zu setzen, und verabschiedete sich.

Als seine Patientin nach zehn Minuten wieder in den kleinen Salon kam, sah sie Lauras Notate geordnet auf dem Tisch liegen. Peinlich, aber nicht zu ändern. Zu viel konnte Sara nicht in der kurzen Zeit gelesen haben. Doch sie selbst wollte jetzt vorankommen mit der Lektüre, die ihr entschieden interessanter vorkam als das Fernsehprogramm.

LAURAS NOTAT 3

Ich habe den Schock überwunden, aber zwei Wochen nichts mehr niedergeschrieben. Die Art der Annäherung meines Vormunds war ja nichts Neues, aber die letzte Begegnung verlief so gewaltsam, dass ich nicht wusste, wie es weitergehen konnte. Mit ihm unter einem Dach zu wohnen, kam für mich nicht mehr in Frage. Die Dinge lösten sich auf andere Weise. Natürlich konnte der Richter nicht alles unter den Teppich kehren, aber er sah von einer Strafanzeige ab. Man bat auch mich, davon abzusehen. Immerhin hatte mein Vormund unter Alkohol gestanden. Als sei das eine Entschuldigung, aber es war die Familienehre, die gerettet werden musste, und nicht zuletzt die Stellung des Sünders.

Die Lösung, ihn in eine schottische Filiale zu versetzen, war nicht die schlechteste. Anne Warren hatte auch dafür plädiert, und damit war das Kapitel Vormund beendet. Anne bot mir an, in der oberen Etage eine Wohnung einzurichten. Da sie ihrem Mann Besuchsverbot erteilte, sah ich keinen Grund, das Angebot nicht anzunehmen. Ich brauchte keine Miete zu bezahlen und durfte im Grunde tun, was ich wollte.

Sicher fiel es Anne nicht leicht, mir diese Freiheit zu schenken, sie hatte aber keine Wahl, als etwas gutzumachen und somit noch die Möglichkeit, mich nicht aus den Augen zu verlieren. Auch Tom fand die Lösung gut und John, ach ja, mein John, meine große Liebe. Ja, die gibt es, da bin ich ganz sicher. Er hat mich nicht mehr aus den Augen gelassen, seit jenem Tag im Haus des Richters Adams, das ich nach dem Vorfall ziemlich betäubt verließ.

Zuerst empfand ich Johns Gegenwart als aufdringlich, ja, im Grunde jeden Mann unerträglich. Doch John war so vorsichtig im Umgang mit mir, dass ich ihm nach dem Schock sogar erlaubte, mich ins Atelier zu begleiten, wo Tom mir sofort ansah, dass etwas Schlimmes geschehen sein musste.

Mir ist heute klar, dass ich durch die Behutsamkeit dieser beiden Männer meine Abscheu vor dem anderen Geschlecht schnell überwand.
Immer noch spüre ich starkes Herzklopfen, sobald ich John sehe. Wenn wir zusammen spazieren gehen, und das tun wir am liebsten im Mote Park mit den riesigen Wiesen und Waldflächen, wundere ich mich aber über seine Zurückhaltung. Nie hatte er einen Versuch gemacht, mich zu umarmen oder zu küssen. Ehrlich gesagt, ich fand es ärgerlich, immerhin hatte Mr. Warren in meiner Seele keinen zu großen Schaden angerichtet und ich bin total verliebt in John. Einmal habe ich versucht, ihn aus der Reserve zu locken und gefragt, ob er schon oft verliebt gewesen sei.
Er schaute mich erstaunt an und antwortete:
„Das kann man nicht oft sein, es ist doch eine ernste Sache.“ Dabei blickte er mir tief in die Augen. Und das mit seinen schönen braunen Augen, die einen so gut und ehrlich anschauen. Ich glaube, er meint es so. Diesen Mann gibt es nur einmal, da bin ich sicher. Tom mag ihn auch. John bleibt immer vor dem Schaukasten stehen, da hat Tom zum Spaß ein großes Foto von mir hineingestellt und beobachtet, dass John gar nicht mehr weitergehen wollte. Übrigens hat Tom noch ein junges Mädchen angestellt, sie heißt Hella und ist ein paar Jahre jünger als ich, aber ich glaube, viel erfahrener. Sie hat einen Freund, er heißt Harry, ist Polizist und ziemlich dreist. Jeden Tag braust er lautstark mit seinem Motorrad vor das Atelier, ein Angeber. Beide mag ich nicht. Hella ist spitzfindig, na ja, immer freundlich schon, aber irgendetwas stört mich an ihr. Wohl nur instinktiv. Ist auch egal. Diese Schreiberei bin ich auch leid, kriege bald einen Schreibkrampf, mal schreibe ich am gleichen Tag, doch ab und an am nächsten. Bald kriege ich auch einen Schreikrampf, wenn John mich nicht endlich küsst. Nachts, ja oft mitten im Schlaf, spüre ich seine Hände auf meinem Körper, dort, wo ich meinen Vormund verjagte. Aber das sind dann meine eigenen Hände, die

mich berühren, und ich komme wieder viel zu oft zum Orgasmus. Ob John auch so etwas tut? Er wirkt so enthaltsam. Unvorstellbar. Bald muss sich etwas ändern zwischen uns, damit ich weiß, was er für mich empfindet.
Und es sollte sich etwas ändern, wenn auch nur geringfügig. Unsere Spaziergänge im Mote Park fanden in immer kürzeren Abständen statt, genauso wie sich der Abstand zwischen uns beim Gehen verringerte, denn ich stolperte manchmal absichtlich und musste mich dann an ihm festhalten. Fürsorglich nahm er meinen Arm, half mir über eine Pfütze oder einen Ast, der sich auf dem Weg verirrt hatte. Mein Herz machte immer Bocksprünge, wenn ich seinen Körper spürte. Doch seine Zurückhaltung fing an, mich zu ärgern. Es war zum Verzweifeln, und so stellte ich ihm einmal die provokante Frage, ob er schon mal ein intimeres Verhältnis mit einer Frau gehabt habe. Fast erschrocken verneinte er das.
„Dann vielleicht mit einem Mann", bohrte ich weiter. Seine heftige Reaktion schockierte mich beinahe. Er blieb stehen und umfasste meinen Arm so kräftig, dass es wehtat.
„Was hast du nur für Gedanken in deinem Kopf, Laura? Weder das eine noch das andere gab es bisher. Ich will nicht von einer Laune zur anderen treiben. Es mag dir nicht als normal erscheinen, doch was ich will, ist ein Gefühl der Liebe, Sicherheit, der Geborgenheit und das Wissen, wohin ich gehöre!"
Das Schlimmste war, er ließ sofort meinen Arm los und stellte beim Weitergehen wieder den größeren Abstand zwischen uns her. Es war zum Verrücktwerden. Sicher dachte er, ich sei eines dieser verdorbenen Geschöpfe, die nur an Sex denken. In der Tat stimmte das, jedenfalls zum Teil, aber es war doch lächerlich, stundenlang mit einem Mädchen durch den Park mit all seinen Möglichkeiten zu spazieren, ohne auch nur eine davon zu nutzen. Ich war verrückt nach ihm, er musste doch meine Verliebtheit spüren, denn auch ich war ihm nicht gleichgültig. Wozu wollte er mich fast täglich treffen? Der Mann war mir ein Rätsel.

Nach wie vor holte er mich am späten Nachmittag im Atelier ab, wo Tom jetzt Johns Porträt im Schaukasten ausgestellt hatte, was meine Qualen noch verstärkte, und Tom, der Verständnisvolle, ahnte, was in mir vorging. Einmal brachte er mit einer kleinen Bemerkung etwas Licht ins Dunkel meiner Gedanken.
„Die Parkers sind auch katholisch", sagte er, als ich einmal über meine Internatsjahre sprach, dabei lächelte er auf seine Art, wissend und ein wenig spöttisch.
Als ich mehr erfahren wollte, verschwand er in seiner Dunkelkammer. Aber er hatte etwas Bewegung in mein Gehirn gebracht. Bevor ich mit John darüber sprechen konnte, schickte der mir für den kommenden Samstag eine Einladung zu einem Studentenfest. Ich freute mich natürlich, denn dort sollte getanzt werden. Damit stiegen die Chancen, ihm körperlich näher zu kommen. Nachdem ich mit Anne Warren über diese Einladung gesprochen hatte und sie sich mit meiner Teilnahme einverstanden erklärt hatte – sie fühlte sich natürlich immer noch für mich verantwortlich – kaufte ich mir ein neues Kleid. Es glänzte irgendwie sehr verführerisch mit seinem seidigen, tiefblauen Stoff, dazu hochgeschlossen, um John zu beweisen, dass ich keine Verführung plante, was ich natürlich tat, denn es gab immerhin einen Ausschnitt im Rücken, mit Reißverschluss!
Enttäuschend war, als mich ein mir unbekannter junger Mann mit einem Blumenstrauß für Anne Warren abholte, um ihr in Johns Namen für die Erlaubnis zu danken, mich am Fest teilnehmen zu lassen. Nun war ich zwar durch meine frühere Begleitung des Ehepaars Warren auf ein paar Bällen an traditionelle Gewohnheiten der alten englischen Gesellschaft gewöhnt, aber das hier erschien mir sehr übertrieben zu sein. Von Tom bekam ich weder Ratschläge noch Kommentare zu diesem Ereignis, er wünschte mir nur guten Erfolg. Der alte Fuchs ahnte wohl meine Absichten.
Dieser junge Mann, der mich abholte, war sehr dünn, sehr groß und sehr langweilig, verfrachtete mich in einen Rover, der von

einem Chauffeur gesteuert wurde und uns zum Festsaal des College brachte. Einzelheiten waren mir unwichtig, ich war ungeduldig und wollte nur John sehen, in seiner Nähe sein, blieb aber weiter in der Obhut des Langweilers, der mich wie eine Gefangene behandelte. Er dirigierte mich zu einem Tisch mit zwei jungen Damen, die mich und mein neues Kleid distanziert musterten. Ohne Zweifel war ich die Eleganteste, um nicht zu sagen, Auffallendste in dieser Gesellschaft. Wie ein Reiher reckte ich meinen Kopf, um Ausschau nach John zu halten, zumal die Band zu spielen begann. Irgendwo entdeckte ich ihn dann, wie er mit einer älteren Dame tanzte, während ich mit meinem dünnen Gefängniswärter wie festgenagelt auf meinem Stuhl saß. Wortkarg sagte er, es seien erst die Pflichttänze zu absolvieren. Ich war wütend und hätte fast den Saal verlassen, doch dann sah ich endlich John, prachtvoll in seinem Smoking anzusehen, als er sich den Weg durch die Tanzenden bahnte.

Da war wieder dieses Herzrasen beim Anblick seines Gesichts, das über mir war, als er sich verbeugte, diese Augen, sein tiefer Blick, und ich wusste, dass ich keine andere Wahl hatte, als diesen Mann zu lieben, egal, welche Dinge sonst noch in seinem Leben eine Rolle spielten. Die Berührung seines Körpers, als er mich in seine Arme nahm, hatte etwas Unwirkliches an sich, denn seine Reserviertheit, die er mir gegenüber immer gezeigt hatte, war wie weggeblasen. Mühelos machten wir drei Schritte, und ich spürte, dass unser Gefühl für Rhythmus völlig übereinstimmte. Statt diesen Slowfox hätten wir ebenso Chan Chan oder Charleston tanzen können. John hielt mich fest, aber nicht zu dicht an seinen Körper, meine linke Hand lag auf seinem rechten Schulterblatt, an das ich am liebsten auch meinen Kopf gelegt hätte.

Ohne ein Wort bewegten wir uns über die Tanzfläche, viel Platz stand nicht zur Verfügung. Einmal spürte ich den Druck seiner Hand auf meinem Rücken wie ein Signal, als wolle er mir sagen, wir passen gut zueinander. Als die Melodie endete, lösten wir

uns nur ungern voneinander. Er schaute mich an, fragend, ob ich mit ihm weiter tanzen wolle. Noch bevor ich nicken konnte, hielt er mich jetzt fester in seinen Armen, sodass mein Kopf jetzt wirklich auf seiner Schulter lag. Blue Moon wurde gespielt, eine Melodie, die ich besonders liebte, und das Ganze noch unwirklicher erscheinen ließ. Um uns herum tanzten die Paare ähnlich versunken nach dieser Musik, doch ich nahm sie kaum wahr, nur diesen Körper, den ich schon liebte und der immer häufiger signalisierte, dass auch er mich begehrte und vielleicht auch lieben konnte. Als die Musik endete, blieben wir noch wie betäubt nebeneinander stehen und sahen uns in die Augen. Ab diesem Moment war nichts mehr realistisch, nicht der Tisch, zu dem er mich führte, nicht der Stuhl, auf dem ich saß, ebenso wenig wie all die Menschen um uns herum. Ich fühlte, dass auch John nur einen Wunsch hatte, dieses Fest bald zu verlassen, damit wir allein sein konnten. Wir tanzten noch einige Male wie in Trance miteinander. Dann war es endlich so weit, draußen fing es an dunkel zu werden. John nahm meine Hand und führte mich durch den Garten zu einer Platane, wo man geschützt vor Blicken war. Wir wollten, nein, wir mussten alleine sein.
Mein Herzschlag beschleunigte sich wieder beunruhigend. Fast empfand ich Angst vor dem, was jetzt geschehen könnte. Auch John war schweigsam, ernst, zärtlich, und beschützend hielt er meine Hand. Ich wünschte mir, dass er mich in die Arme nähme, egal, was daraus werden würde. Er blieb stehen und nahm mich in seine Arme, ich stand an ihn gelehnt mit geschlossenen Augen. Es schien mir, als seien alle vergangenen Tage nichts gewesen als eine Flucht vor diesem Augenblick, diesen Händen, die mein Gesicht jetzt anhoben, und diesem warmen Mund, der so für mich geschaffen war. Ich liebte diesen Mund sofort und hatte Angst vor allem, was nicht dieser Augenblick war. Seine Küsse waren zart, sein Mund berührte meine Lippen, die sich freiwillig öffneten, er bedrängte mich nicht, sondern berührte sie vorsichtig mit seiner Zunge. Ich schloss die Augen vor der Wärme, die

in meine Schläfen, meine Lider, meine Kehle strömte. Ein inniges Gefühl, das ich nicht kannte, erwachte in mir, als er ab und zu den Kopf hob, um Atem zu schöpfen. Ich sah sein Gesicht nur im Halbschatten über meinem, als seine Lippen wieder meinen Mund berührten. Da war nichts von dem rein sexuellen Verlangen, das mich oft geplagt hatte, sondern etwas, das mir innere Ruhe gab, und ich wusste, dieser Augenblick würde unvergesslich bleiben, weil er sich vielleicht nie mehr wiederholen würde.
Nur langsam lösten wir uns voneinander. Ich taumelte etwas, doch er nahm meinen Arm und sagte:
„Ich bin sehr unerfahren in diesen Dingen, aber in mir ist nur der Wunsch, dass ich dich behalten kann, ein Leben lang. Kannst du dir das auch vorstellen?"
In diesem Augenblick konnte ich mir nur eines vorstellen: dass nichts diese erste Umarmung beenden und John mir ganz gehören sollte. Daher nickte ich nur stumm, auch als er den Faden unserer gemeinsamen Zukunft weiterspann.
Und wenn ich diesen Abend und diesen Moment so ausführlich beschrieben habe, so tat ich es in der Absicht, dass irgendwann, irgendjemand, vielleicht jemand, der mir sehr nahesteht, einmal versteht, was Liebe sein kann.

***

Erst als sie erwachte, entdeckte sie die vielen Blätter, die ihrer Hand entglitten waren, nicht etwa auf dem Boden, sondern sauber aufeinandergelegt auf dem Tisch lagen. Langsam kam ihr der Inhalt des Gelesenen zu Bewusstsein. Da war dieser John also ein sehr anständiger Bursche, der Laura wahrscheinlich schnell langweilig werden würde. Diese letzte Formulierung kam ihr selbst merkwürdig vor, denn wie konnte sie das behaupten, ohne Lauras damalige Gefühle zu kennen? Mrs. Warren kannte ihre eigenen Blindschüsse nur zu gut. Sie waren manchmal seitens ihrer Verleger bemängelt worden, wenn sie zu schnell ihren

Impulsen nachgab und den Mördern Motive unterstellte, die sie einige Kapitel später selbst revidiert hatte. Vorsicht, sagte sie zu sich selbst und schlug zur Ermahnung mit der Hand auf den Tisch, sodass Lauras Notate wieder zu Boden fallen drohten. Gleichzeitig aber trat Sara ein, sie war in ein langes, goldbesticktes Gewand gehüllt, das wohl einen Morgenrock darstellen sollte, der in Mrs. Warren eine gewisse Gereiztheit auslöste, die sie sich selbst nicht erklären konnte.
„Ist etwas passiert, Mrs. Warren? Es hörte sich an, als sei etwas zu Boden gefallen."
„Was zum Teufel soll hier denn zu Boden gefallen sein? Vielleicht diese Papiere auf dem Tisch oder vielleicht ich selbst?" Dabei schaute sie streng auf Saras Bekleidung, die sich oben etwas geöffnet hatte und den Anblick ahnen ließ, wie Saras Brüste aussahen, wenn sich das Gewand völlig geöffnet hätte. Einen kurzen Moment erinnerte sich Mrs. Warren an das, was Laura in ihrem Brief geschrieben hatte: dass man nicht ahnte, was in einem für Gefühle geweckt werden konnten, wenn man nur den richtigen Menschen traf. Es war lächerlich, sie, eine Frau ihres Alters und klaren Verstandes, wie sie glaubte, dazu eine Ruine, hatte alle Gefühle unter Kontrolle und würde sich nicht vom Anblick eines nur wenig hervorschauenden, wenn auch sehr hübschen Busens aus der Fassung bringen lassen. Warum also reagierte sie überhaupt so ärgerlich? Wie immer in unsicheren Momenten griff Mrs. Warren zur Waffe der Überlegenheit, die ihr die Kontrolle zurückgab:
„Könnten Sie mir bitte etwas zu trinken bringen", verlangte sie in einem herrschsüchtigen Ton, den sie glaubte wie Kolonialherren anschlagen zu müssen, „oder haben Sie beabsichtigt, schon zu Bett zu gehen?"
Mit Adleraugen musterte sie das Outfit ihrer Angestellten, die offenbar an Aggression gewöhnt war und Mrs. Warren anlächelte. Als sie die weißen Zähne sah, die das Lächeln freigab, brachte es sie noch mehr auf die Palme. Dann diese Augen in

dem merkwürdigen Grün, das offenbar manchen Türkinnen von der Natur geschenkt wurden.
Erst als Sara mit einem Tablett schnell angerichteter, aber gut schmeckender Sandwiches und einem Glas Weißwein auftauchte, fand Mrs. Warren ihre innere Balance zurück. Oh Laura, dachte sie, was richten deine Notate bei mir an? Sie wusste, dass sie zu den Hochsensiblen gehörte, deren Schwäche es war, alles und jedes Geschehen anders als andere Menschen zu verarbeiten. Doch sie musste weiterlesen, egal, was Lauras Worte in ihr anrichten konnten.

LAURAS NOTAT 4

Ich war ganz sicher, wir liebten uns. Täglich kamen auch von John die Beweise für die Echtheit seiner Gefühle. Briefe, die er mir schickte, waren voller Liebe und Bewunderung. Fast schämte ich mich, wenn er von der Reinheit unserer Liebe sprach, denn ich war nach dem Tag unseres ersten Kusses völlig verrückt, nicht nur nach seiner Seele, von der er so oft sprach, nein, ich wollte endlich seinen Körper spüren.
Aber John war so zurückhaltend, dass ich es fast als Beleidigung verstand, ab einem bestimmten Stadium unserer Zärtlichkeiten zurückgewiesen zu werden. Ja, es machte mich wütend, mein Stolz war gekränkt, mein Herz voller Bitterkeit, sodass ich ihm wieder einmal vorwarf, impotent oder homosexuell zu sein. Seine Antwort war nur ein Lächeln, dann nahm er mich fest in seine Arme und sagte, das geschehe nur zu meinem Schutz, er liebe mich so sehr, dass er mich vor allem Unreinen behüten und um den Erhalt unserer Liebe kämpfen wolle. Ich verstand ihn nicht und wollte den Dingen auf den Grund gehen. Dieser Mann musste doch begreifen, dass ich mehr als Küsse und andere kleine Zärtlichkeiten brauchte. Ich gestehe, dass ich mich wieder abends selbst befriedigte, wobei ich nur an ihn dachte und mich fragte, ob er nicht das Gleiche tat. Das einzig Erklärbare war sein Bekenntnis zur katholischen Kirche, welche die Reinheit der Liebe zur Voraussetzung für eine Ehe ansah. Eine Frau musste unschuldig vor den Altar treten, aber ich konnte und wollte nicht in dieser Rolle leben.
An einem der frühsommerlichen Tage gingen wir wieder in unseren Park, ja, wir waren sicher, dieser Park war unser Eigentum, es waren unsere Bäume und Wiesen, unsere kleinen Gewässer, unsere Blumen und unsere Felder. An Werktagen waren kaum Menschen unterwegs. Die Zeit der Touristen stand erst im Sommer bevor. Es war warm, aber nicht heiß, die Luft, so erschien es mir, hatte die richtige Mischung von Frische und Reinheit.

Meine Gefühle übertrafen die Wärme dieses Tages, mir war heiß vor Verlangen, Johns Körper nahe zu spüren. Ab und zu blieben wir stehen und küssten uns, heute aber presste ich mich so eng an seinen Körper, dass ich seine Erregung spüren konnte. Bevor er sich wieder zurückziehen konnte, nahm ich seine Hände und legte sie auf meine Brüste, wobei er meine nackte Haut fühlen konnte. Er stöhnte leise und flüsterte, wir dürften nicht zu weit gehen. Wir standen vor einer kleinen Grasfläche, auf die ich mich einfach fallen ließ und ihn zu mir herunterzog:
„Küss mich“, verlangte ich in einem so strengen Ton, dass er gehorchte und sich mit abgestützten Armen über mich beugte. Ich nahm seinen Kopf in meine Hand, zog ihn zu mir herunter. Er verlor das Gleichgewicht und landete auf meinem Körper. Endlich spürte ich ihn auf mir, küsste ihn mit offenen Lippen, forderte seine Zunge heraus, meinen Mund zu berühren. Er war gehorsam, widerstand nicht länger und gab nach, als ich ihm meinen Körper entgegenhob.
Dann trafen sich diese Körper genau an den empfindsamsten Stellen, es waren nur wenige Bewegungen, die wir zueinander machten, wir spürten trotz unserer Kleidung die Erregung des anderen, ich fühlte die Härte seines Gliedes und schon kam für beide die Erlösung im selben Augenblick.
Keiner stöhnte, es war ein stiller, herrlicher Höhepunkt, der beste, bildete ich mir ein, irgendwie war ich am Ziel angelangt, und so war es in der Zeit danach, dass auch John keinen Widerstand mehr leistete, wenn wir uns trafen und sehr erfinderisch waren, unsere Körper zu befriedigen, ohne dabei nackt zu sein, und immer bedacht, mit niemandem über unsere Liebe zu sprechen.
John war beruhigt, mich nicht entjungfert zu haben, und ich brauchte keine Schwangerschaft zu fürchten. Wir erforschten unsere Körper mit den Händen. Das erste Mal hielt ich ein männliches Glied in der Hand, betrachtete erstaunt sein langsames Wachsen zur vollen Größe und sein erregtes Pochen, bevor er

von mir von dem Druck des Begehrens erlöst wurde und sich wieder verkleinerte. Und John hielt ehrfurchtsvoll meine Brüste in seiner Hand, küsste die Spitzen, und es brauchte nicht viel, dann spürte ich wieder seine und meine Erregung, die unsere Körper wieder in die Position brachte, bei der wir durch wenige Stöße den Höhepunkt erreichten. Oft lag ich auf ihm und steuerte unser Begehren bis hin zur Erlösung. Das schien mir als die beste Art der Befriedigung zu sein, da ich die Kontrolle über unsere Bewegungen hatte.
Und John, der Geduldige, der Religiöse, konnte mit Recht behaupten, mich unschuldig bis in die Ehe zu begleiten, von der er immer häufiger sprach. Natürlich würden wir Kinder haben, zwei waren genug, darin waren wir uns einig, aber als er darauf bestand, sie von mir katholisch erziehen zu lassen, wenn er als Forstmann durch die Wälder Kents streifte, widersprach ich energisch. Als Protestantin katholisch getraut zu werden, war für mich nicht problematisch, aber Kinder in der mir unnormal streng erscheinenden Religion mit ihren Ritualen aufwachsen zu lassen, erschien mir unmöglich zu sein. Ich fragte ihn, wie seine Eltern zu seinem religiösen Eifer stünden. Johns Antwort klang sehr konstant. Sie hätten ihn auf diese Schule geschickt und müssten mit den Konsequenzen leben. Ich aber versuchte ihm klarzumachen, dass ich anderer Ansicht war. Hier begann unser erster Streit, doch in unserer Verliebtheit feierten wir herrliche Versöhnungen, die unsere jungen Körper jetzt täglich verlangten und die wir überall, wo wir waren, durchführten. Bei schönem Wetter radelten wir zum Strand, fanden dort versteckte Plätze, bei Regen schmuggelte ich ihn in meine kleine Wohnung, froh darüber, dass Anne Warren so tat, als würde sie es nicht merken. Unsere Liebesstunden verliefen zwar im Gegensatz zu den immer häufiger auftretenden Streitereien sehr leise. Warum sollte man Geräusche wie brünstige Tiere von sich geben, wenn man so rasch den Höhepunkt erreichen konnte wie wir?
Es waren wunderbare Sommertage, die wir häufig am Strand

verbrachten. John war ein guter Schwimmer, ich liebte es, ihm zuzuschauen, wenn er sich auszog, um sich dann ins Meer zu stürzen.
Ich zog es vor, im Bikini im warmen Sand zu liegen, denn meine Schwimmkünste wurden durch Angstgefühle vor den Tiefen, dort, wo man nicht mehr stehen konnte, beeinträchtigt. Ich war froh, dass John sich nicht berufen fühlte, diese Ängste zu beseitigen. Er war, wie immer, verständnisvoll, nannte mich kleiner Angsthase und ließ sich von mir bewundern, wenn er dorthin hinausschwamm, wo ich Untiefen vermutete.
Eines Tages trafen wir auf meine kürzlich von Tom angestellte Kollegin Hella, die ihren motorradvernarrten Freund im Schlepptau hatte. Sie kamen von einer Stelle des Strandes, wo einige Büsche Liebespaaren Gelegenheit boten, um ungestört knutschen zu können. Beiden standen die Haare zu Berge. Erstaunlicherweise war Harry der Verlegene, während seine Begleiterin mich mit offenem Blick begrüßte und bereit war, sich mit uns zu unterhalten. Doch weder John noch Harry hatten Lust dazu, beide gingen in verschiedene Richtungen weiter.
„Bis morgen dann", meinte Hella und zuckte bedauernd mit den Achseln. Ein wenig verärgert holte ich John ein:
„Konntest du nicht einen Moment stehen bleiben, schließlich ist sie meine Kollegin?"
„Tut mir leid, ich mag beide nicht. Er ist ein Angeber und sie ein kleines Luder."
„Woher weißt du das, du kennst sie doch gar nicht."
„Stimmt, aber ein Kommilitone von mir hat sie an Harry abgegeben."
John überrascht mich manchmal mit seiner strengen Moral. Ein Mädchen konnte schließlich mal den Freund wechseln, ohne Luder genannt zu werden. Wir gingen danach zu mir, um zu duschen, und es gefiel mir, John vorzuspielen, ich sei ein Luder. Er schwankte zwischen Abscheu und Begehren, warf sich aber, als ich auf dem Sofa lag, auf mich mit einer Leidenschaft, die mich

überraschte, ja, fast erschreckte. Beide hatten wir einen Orgasmus, der heftiger war als alle vorherigen. Das machte mich später ein wenig nachdenklich. Was ging eigentlich in uns vor, wenn etwas anderes, Neues in unser Leben trat? Hinzu kam, dass mich die Erinnerung daran nachts einholte und ich mich, was in der letzten Zeit selten geschehen war, selber befriedigte, bevor ich in Morpheus' Arme sank.
Am nächsten Morgen empfing mich Hella im Atelier mit einem Lächeln, das zugleich Vertraulichkeit und Wissen ausdrückte. Eine gewisse Kumpanei schien sich bei ihr anzubahnen, die mir nicht gefiel. Gleich ging ich zur Dunkelkammer und gab vor, einen Film entwickeln zu müssen. Durch die geschlossene Tür rief sie mir zu, Tom sei zu einem Vortrag nach London gefahren und käme erst in einigen Tagen zurück. Es war schwer, dieses Mädchen abzuschütteln. Wir hatten nicht viel zu tun, die Sonne schien, wir stellten das Telefon in die Nähe des geöffneten Fensters, ließen uns auf der Fensterbank mit den Beinen zum Garten nieder und faulenzten einige Zeit mit dem Gesicht zur Sonne. Während ich über John und den letzten Abend nachzudenken begann, sprach Hella nur von Harry, den sie als männlich, aber sehr herrisch schilderte, der es auf ihre Unschuld abgesehen hatte. Bei dem Wort Unschuld horchte ich auf. Das passte nicht zu einem Luder. Aber ihre Schilderung über Harrys Versuche, sie in sein Bett zu zwingen, klang echt. Sie hatte große Angst vor einer Schwangerschaft, auch wenn er schwor, ein Kondom zu benutzen. Bisher hatte sie sich immer zur Wehr gesetzt, doch seine Drohung, mit ihr Schluss zu machen, hing über ihr wie ein Damoklesschwert.
„Na und“, sagte ich verächtlich, „wenn er es nur davon abhängig macht, ist er es nicht wert, ihm nachzuweinen.“

Aber sie fing tatsächlich an zu schluchzen und erzählte mir von der Scheidung ihrer Eltern, die sie schon als Kind zu zwei alten Tanten geschickt hatten, um dort aufzuwachsen. Diese beiden waren völlig rückständig und streng darauf bedacht, Hella von allen Männern fernzuhalten.
Ihrem letzten Freund hatten sie, noch als er sich bei ihnen vorstellen wollte, die Tür vor der Nase zugeschlagen. Dann lernte sie Harry kennen, dem eine solche Behandlung nichts ausmachte, und der tatsächlich aufgrund seines männlichen Auftretens den beiden Tanten Angst einzujagen verstand, sodass Hella sich freier bewegen konnte. Ich hörte mir das alles geduldig an und fragte, ob Harry es denn ernst mit ihr meine.
„Er möchte mich heiraten, aber keine Katze im Sack kaufen. Einmal will er mit mir schlafen und mich danach heiraten.“
Das hörte sich nach einem Kuhhandel an, das sagte ich ihr auch, aber sie schien dem Kerl zu trauen. Eine Heirat sei die einzige Möglichkeit, ihren Tanten zu entkommen. Von dem bei Tom verdienten Geld konnte sie sich nicht selbstständig machen. Das stimmte natürlich, aber das Ganze roch nach Glücksspiel. Ich traute diesem Harry alles zu. Nachdem sie ihr Hauptproblem von sich gegeben hatte, fand ich sie eigentlich sehr nett. Ihre bernsteinfarbenen Augen leuchteten, je eifriger sie wurde, dabei löste sie ihr blondes, im Nacken geknotetes Haar und ließ es lang über die Schulter fallen. Ja, sie ist hübsch, dachte ich, attraktiv auf eine herausfordernde Art, vielleicht etwas zu hemmungslos in ihrer Offenheit, noch unreif, immerhin drei Jahre jünger als ich. Eines hatten wir jedenfalls gemeinsam: Beide waren wir noch Jungfrauen.

***

Wie lange noch, dachte Mrs. Warren, kann ich das aushalten? Sie hatte nicht viele Prinzipien, aber eins war ihr heilig: Gleichgültig, ob es sich um ein Dokument oder Buch handelt, sie las es

immer vom Anfang bis zum Ende und blätterte nie darin oder las den Schluss, bevor sie dorthin kam. Das erwartete sie auch von ihren Lesern, die sich nicht um die spannende Frage bringen sollten, wer der Mörder sei. Das erinnerte sie jedes Mal an ihren eigenen Roman, der unfertig vor ihr lag und dessen Verleger ungeduldig zu werden drohte. Täglich versuchte sie, ein paar Seiten zu schreiben, und schwankte bei der Mordart zwischen einem Eispickel im Ohr oder dem altmodischen Schlag auf den Hinterkopf.
Dann aber gingen ihr Lauras Notate nicht aus dem Kopf, und sie kämpfte hart mit sich, rasch eine Seite nach der anderen zu überfliegen, um herauszufinden, was Laura mit diesen Aufzeichnungen beabsichtigte. Natürlich auch, was diese Notate noch verraten würden. Schließlich ging sie ziemlich weit in ihren persönlichen Geständnissen, abgesehen von den familiären Querschüssen, die sie abfeuerte. Kein Zweifel: Stanley war ein Schwein ebenso wie Lauras Vormund, John dagegen hatte die Rolle eines Heiligen übernommen, Anne Warren spielte offenbar die Blinde, und in ihr, Mrs. Warren, sah Laura wohl die sexuell Aufgeklärte. Was im Himmel hatte Laura im Sinn gehabt, als sie ihr dieses merkwürdige Geschenk machte?
Sie rief nach Sara, die wie immer gleich, so als hätte sie nur darauf gewartet, erschien.
„Was würden Sie sagen, wenn Sie jemand nach Ihrem Sexleben fragen würde?"
„Ich würde sagen, es sieht zurzeit so aus, als hätte ich keins."
Nicht schlecht geantwortet, dachte Mrs. Warren, es geht ihr wie mir, nur dass ich schon lange keinen Sex mehr hatte. Sie konnte sich eigentlich nur aus der Ferne erinnern, wann sie sich selber stöhnend bemüht hatte, den Höhepunkt zu erreichen. Beneidenswert, wie Laura das jedes Mal geschafft hat.
„Ich frage nur wegen einer meiner Romanfiguren, die gewisse erotische Schwierigkeiten mit ihren Bedürfnissen hat."
Wie geschraubt ich mich ausdrücke, dachte Mrs. Warren,

eigentlich wollte ich nur herausfinden, ob Laura mich mit ihren schnellen Orgasmen zum Narren hält. Innerlich war sie fest entschlossen, dass vor ihr der Stoff zu einem Roman lag.
„An welche erotischen Schwierigkeiten haben Sie gedacht, Mrs. Warren? Ich helfe Ihnen gerne aus meiner Erfahrung, wenn ich kann.“ Dabei lächelte Sara so liebevoll, dass Mrs. Warren erneut feststellte, wie hübsch dieses Mädchen war, attraktiv, hätte Laura gesagt, so attraktiv wie jene Hella. Aber anders, verführerisch, wie es nur Türkinnen mit grünen Augen sein können. Peinlich, peinlich, was für ein Gespräch habe ich in Gang gesetzt, dachte Mrs. Warren. Sie zögerte mit der Antwort und tat, als müsse sie überlegen.
„Nun, wissen Sie, die Beschreibung gewisser Szenen darf nicht zu unwahrscheinlich klingen. Hier handelt es sich um eine Frau, die tatsächlich mit allen Partnern immer zur Erfüllung kommt. Ich überlege, ob das möglich ist.“
Das Lächeln in Saras Augen wurde intensiver:
„Ich kann natürlich nicht für alle sprechen, aber ich persönlich hatte das Glück, meist sehr schnell einen Höhepunkt zu erreichen. Das gibt es und ist nicht unwahrscheinlich.“
„Danke, Sara, bringen Sie mir in einer Stunde meinen Tee und rufen Sie den Arzt an wegen der weiteren Behandlung des Beines. Ich möchte endlich aus diesem verdammten Rollstuhl herauskommen.“
Mit einem wissenden Lächeln im Gesicht nickte Sara und hinterließ ein merkwürdiges Gefühl in Mrs. Warren.

LAURAS NOTAT 5

Tom blieb außergewöhnlich lange in London. Hella und ich spekulierten darüber, was ihn dort so lange festhielt. Natürlich hatten wir den Verdacht einer Liebesaffäre, wahrscheinlich weil wir selbst mit unseren eigenen beschäftigt waren. Auf Hellas Fragen nach meinem Verhältnis zu John hatte ich nur das Notwendigste von mir gegeben. Ja, ich war noch jungfräulich, nein, John war nicht dominant, sondern selbstbeherrscht. Mehr lockte sie nicht aus mir heraus.

In der Mittagspause saßen wir oft auf der zum Garten gelegenen Veranda in der Sonne. Seitdem Tom behauptete, ich hätte ein gutes Auge für Porträts, machte ich häufig von diesem Talent Gebrauch und stellte einige Male meine Fotografien im Schaukasten aus. Während sich Hella über ihren Zukünftigen ereiferte, studierte ich ihr Profil, wenn sie neben mir in der Sonne saß. Ihre Nase war ein wenig gebogen, sodass ein Hauch von Vornehmheit ihr Gesicht verschönte, zu dem ihr geschwungener Mund mit den vollen Lippen passte. Als ich ein paar Fotos von ihr machte, drehte sie sich abrupt zu mir um, schaute mich mit diesen bernsteinfarbigen Augen an und fragte, wie ich sie fände.

„Du bist sehr hübsch und das weißt du auch."

Ihr Blick ruhte sehr intensiv auf mir, ihre Augen glitten so langsam an mir herunter, dass es fast peinlich war.

„Du bist selbst sehr schön", sagte sie langsam, „ich mag dich übrigens sehr." Leise fügte sie hinzu: „Vielleicht zu sehr." Dieser Satz blieb zwischen uns hängen und schuf eine verlegene Pause. Irgendetwas veränderte sich durch diese Worte, diesen Blick. Ich stand auf und gab vor, noch einen Film entwickeln zu müssen, dabei sagte ich beiläufig:

„Du bist noch sehr jung und begeisterst dich schnell für alles Mögliche und Unmögliche."

„Du nimmst mich nicht ernst, es sind nur drei Jahre Altersunterschied zwischen uns."

Ich ging in die Dunkelkammer. Noch durch das Sonnenlicht geblendet, stieß ich gegen eine Flasche mit Fixierung, die prompt umfiel und sich über den Boden ergoss. Verärgert suchte ich nach einem Lappen, durfte aber kein Licht anmachen, um nicht das Filmmaterial zu gefährden. Rasch zog ich meine Bluse aus und warf sie auf den nassen Boden. Es klopfte an der Tür. Hellas Stimme fragte, was passiert sei. Ich bat um Lauge, Wasser und Tücher. Wenig später öffnete sie vorsichtig die Tür und schob sich mit den Sachen neben mich.

„Lass mich das machen, ich bin daran gewöhnt, bei den Tanten den Boden zu putzen."

Dankbar nahm ich ihre Hilfe an. Sie kniete neben mir in dem engen Raum, wobei einmal unsere Köpfe aneinanderstießen und wir in ein wildes Gelächter ausbrachen. Als wir fertig waren und der Film zum Trocknen an der Schnur hing, wuschen wir die Hände in dem kleinen Waschbecken. Unsere Finger berührten sich einige Male, einmal suchte Hella meine Hand und drückte sie fest. Da war plötzlich wieder diese Befangenheit, die mir unerklärlich erschien. Wieso konnte mich diese junge Gans so verlegen machen? Bevor ich sie aus der Tür schieben konnte, legte sie einen Augenblick ihr Gesicht an meine entblößte Schulter und sagte:

„Bin ich nicht manchmal sehr gut?"

Bevor ich danke sagen konnte, war sie verschwunden. Oben im Atelier sah ich mich um. Niemand war zu sehen, aber draußen hörte ich das Starten eines Motorrads. Als ich zum Fenster hinausschaute, sah ich Harry. Voll uniformiert hatte er seinen Arm um Hella gelegt und küsste sie. Laut knatternd verschwanden sie aus meinem Blickfeld. Ich fühlte einen Stich in der Herzgegend. Auch der erschien mir unerklärlich.

Zuhause wartete John, er hatte mich im Atelier verpasst. Ja, ich war etwas nachdenklich auf Umwegen nach Hause gebummelt, den Kopf voller Gedanken, die sich zum ersten Mal nicht nur mit John beschäftigten, der voller Ungeduld auf mich gewartet hatte. Zum Glück gehörte er nicht zu den Männern, die Rechenschaft verlangen, sobald man sich einmal von Gewohnheiten trennt. Jetzt brannte ihm auch die Neuigkeit auf den Lippen, dass seinem Vater die Ehrenwürde verliehen werden sollte. Man erwartete, dass der einzige Sohn daran teilhaben würde.

„Das wäre eine gute Gelegenheit, dich meinen Eltern vorzustellen, gleichzeitig würdest du unser zukünftiges Zuhause kennenlernen. Du, die Wälder sind doch für meinen Beruf als Forstwirt wie geschaffen."

Anstatt mich zu freuen, war ich verzweifelt bemüht, eine Ausrede zu finden. Ich konnte nur einwenden, dass wir uns nicht lange genug kannten, um bei einem so feierlichen Anlass unbekannten Besuch mitzubringen. Das aber wollte er nicht gelten lassen. Sein Vater hatte mich ja schon an dem Abend des Vorfalls mit meinem zudringlichen Vormund kennengelernt. Die Eltern würden sich freuen, dass ihr Sohn eine so tapfere Freundin gefunden habe, und so weiter.

Nun hatte mir John bereits genug von Forest Row erzählt, das zwar recht romantisch klang, mir aber als Zukunftsvision für mein Leben wenig verführerisch erschien. Kleinstadt, jeder kannte jeden, und dann so nah bei den Schwiegereltern, vielleicht sogar in deren Haus zu wohnen, war für mich unvorstellbar. Ich war an meine Unabhängigkeit bei Anne Warren gewöhnt, das Stadtleben mit allen kulturellen Möglichkeiten, die Maidstone bot.

Obwohl ich Johns Berufspläne kannte, hatte ich mir in meiner Verliebtheit wenig Gedanken über die Zukunft gemacht. Alles schien so weit weg zu liegen, warum sich Jahre vorher damit beschäftigen? John war enttäuscht über meine Absage. Morgen wollte er bereits nach Forest Row fahren. Wie konnte er sich darauf freuen, wenn ich nicht mitkam? Gekränkt, ja enttäuscht saß er auf dem Sofa, doch ich wusste, wie ich ihn trösten konnte, setzte mich auf seinen Schoß, nahm seinen Kopf in meine Hand und legte seine Hand auf meine Brust. Das beruhigte ihn schnell.

Er lehnte sich entspannt und so weit zurück, dass ich fast auf ihm zu liegen kam. Sofort erwachte die Lust in ihm, meine Hand war weiter nach unten geglitten und ich fühlte die Erektion durch den leichten Stoff seiner Sommerhose. Es war nicht nötig, ihn lange zu streicheln, der Stoff unter meiner Hand wurde feucht. Er flüsterte, ich müsse doch auch etwas haben, und versuchte, mich mit der Hand zu befriedigen. Merkwürdigerweise fühlte ich nicht das Verlangen danach und sagte, dass es auch so für mich wunderbar sei, ausnahmsweise. Er küsste mich, als wäre es ein Abschied für die Ewigkeit. Dann versprach er mir sofort zu schreiben und so schnell wie möglich zurückzukommen.
Ohne den Grund dafür zu kennen, plagte mich ein schlechtes Gewissen. Der Tag hatte mich mit etwas Fremdem konfrontiert. Ich hatte kaum an John gedacht und jetzt, wo ich hätte Lust verspüren müssen, war keine vorhanden gewesen. Deshalb und weil ich mir etwas beweisen wollte, zog ich Bluse und Rock aus und bot seinem Mund meinen Körper an. Ich wusste, dass ihn das verrückt machen würde. Er ließ keine Stelle meines Körpers aus, um sie mit seinen Lippen zu berühren, was dazu führte, dass ich mit ihm zusammen explodierte, als später sein Glied meine empfindlichsten Stellen berührte.
Danach waren die Dinge an ihren Platz zurückgekehrt, wo sie hingehörten. Ich war beruhigt und John war es auch. Wir standen nach 22 Uhr, der Zeit, da Anne Warrens Gewissen sich regen konnte, noch eine Weile im Vorgarten im Schatten einiger Bäume und küssten uns wie in der ersten Zeit unserer Liebe. Wir konnten nicht damit aufhören, uns dabei zu streicheln, bis ich merkte, dass John erneut bereit war. Er flüsterte, es sei doch unsere erste Trennung, er müsse jetzt von der Erinnerung leben. Dann lehnte er mich, nein, er nagelte mich fest an diesen Baum, ich glaube, es war eine Eiche, aber auch Johns Körper hatte die gleiche Festigkeit. Die Stärke seiner Stöße entlockte mir ein Stöhnen, das sein Eigenes zu übertönen drohte. Ausgerechnet in diesem Moment hörte ich in der Ferne das Knattern eines

Motorrads, das den Wunsch in mir weckte, einer der darauf Fahrenden würde uns entdecken.

***

„WOVON MÖRDER TRÄUMEN", lautete der Titel, den Frau Warren ihrem neuen Roman gab. Sie musste sich eingestehen, dass dieser Titel besser zur Yellow Press passte, aber die Erfahrung hatte sie gelehrt: Aller Anfang ist schwer. Davon konnte sie ein Lied singen. So manches Mal hatte sie einfach drauflos geschrieben und sich später gewundert, dass der Impuls das richtige Mittel war, um etwas auf die Beine zu stellen. Man musste es einfach wagen, ins kalte Wasser zu springen. Der Applaus ihrer Verleger und Leser hatte ihr Recht gegeben. Doch nach diesem Buchtitel fiel ihr nichts mehr ein, um die Seitenzahl zu vermehren. Deshalb war sie froh über die Ankunft von Doktor Gordon, der mit gewohnter Unverbindlichkeit ihr Bein untersuchte und fragte, ob sie sich schon über einen Physiotherapeuten Gedanken gemacht habe.
„Gedanken schon", erwiderte Mrs. Warren, „bisher habe ich nur keinen Termin bekommen."
Sara, die den nachmittäglichen Tee servierte, hatte das Gespräch mit angehört und erklärte, wenn es um kleine Übungen und Massagen ginge, könne sie einspringen. Der Doktor solle ihr nur Anweisungen geben, was und in welcher Form sie es tun solle.
„Wo haben Sie das gelernt?", fragte der Arzt, im Grunde erleichtert, dass eine Lösung in Sicht war. „Aber Sie müssen sehr vorsichtig anfangen."
„Keine Angst, ich habe daheim meine Großmutter und einige Tanten behandelt, die danach sogar wieder tanzen konnten. Alles nach Tradition ausgeführt und auch in einem Seminar gelernt."
„Gut, einen Versuch ist es wert." Er bat Frau Warren, sich zu entkleiden, doch diese wehrte ab mit den Worten, sie denke nicht daran, vor Publikum ein Striptease aufzuführen.

„Seien Sie nicht albern, ich bin Arzt, und Sara hat Sie wohl schon mal in Unterhosen gesehen."
Das musste die Patientin einräumen, denn das Anziehen machte ihr morgens immer noch Schwierigkeiten. Sie wurde zur Liege gebracht, geschickt pellte Sara sie aus der unteren Kleidung und nahm sich ihres Beins an, das sie sehr vorsichtig anhob und bewegte.
Doktor Gordon nickte nach ein paar Minuten zufrieden. Er war froh, die stöhnende Patientin in guten Händen zu wissen, und verschwand. Mrs. Warren dagegen wand sich innerlich aus ihr unverständlichen Gründen und war froh darüber, morgens frische Unterwäsche angezogen zu haben. Nebenbei stellte sie fest, dass Saras Hände nichts Abschreckendes hatten. Sie fuhren sachte über ihre Haut, nahmen vorsichtig Besitz von ihrem Fuß, glitten über die immer noch schlanken Fesseln und das Bein, das ihr von ihren Liebhabern geküsst worden war, mit den Worten, Marlene Dietrich habe Konkurrenz bekommen. Diese Berührungen ließen Mrs. Warren tatsächlich an die Zeit erinnern, als man sie heftig begehrt hatte. Zwar lag das lange zurück, aber die Erinnerung verschönte das Ganze. So kam ihr leises Stöhnen weniger von den Schmerzen als von der Erkenntnis, dass ihr Glaube, schon mehr tot als lebendig zu sein, nicht stimmte. Ja, sie genoss das Streicheln ihrer Haut und vergaß, dass sie eigentlich anfangen wollte, ein Manuskript zu bearbeiten.

LAURAS NOTAT 6

Am nächsten Tag, einem Donnerstag, kam Hella nicht ins Atelier. Nicht, dass sie mir gefehlt hätte, ich hatte ja wenig zu tun, aber irgendwie fühlte ich mich einsam, denn Tom war noch in London, John bei seinen Eltern in Forest Row, wo er bei der Ehrenverleihung als Sohn die intakte Familie repräsentierte. Zum ersten Mal war ich alleine mit meinen Gefühlen und Gedanken, die ich jetzt zu sortieren versuchte. Mein Leben war, seitdem ich John kannte, völlig auf ihn konzentriert gewesen; von morgens bis abends war er der Mittelpunkt meiner Gedanken geworden und jetzt, da er mich zum ersten Mal alleine ließ, fehlte er mir nicht so sehr, wie ich es erwartet hatte. Ich kannte ihn schon so gut, als wären wir zusammen aufgewachsen. Alle seine Reaktionen, Gedanken und Gefühle waren mir vertraut, denn wir hatten uns nicht nur körperlich geliebt, sondern uns in vielen, meist abendlichen Gesprächen über unser bisheriges Leben ausgetauscht. Es gab nichts an ihm zu rätseln oder zu erraten. Seine Vergangenheit lag wie ein offenes Buch vor mir: die Liebe zu seiner Mutter, die leichte Furcht vor seinem strengen Vater, etwas falsch zu machen, einem Vater, der die Gerechtigkeit selbst darstellte und keine Abweichung geltenden Rechts duldete.

Schon im Internat, das ebenso wie bei mir katholisch geführt war, hatte John durch Pater Clement, den er verehrte, einen anderen Glauben angenommen, was zwar seinen Vater als Anhänger der anglikanischen Kirche fast um den Verstand brachte, aber John, diesen fast asketisch lebenden jungen Mann, tief innerlich so befriedigte, dass er beinahe selbst Priester geworden wäre. Das aber hatte Richter Adam mit der Drohung, ihm jede finanzielle Unterstützung zu entziehen, verhüten können. Im Übrigen hatte auch Pater Clement davon abgeraten mit der Begründung, John sei für die Ehe geschaffen und nicht für ein enthaltsames Leben. Wie recht er hatte! John war leidenschaftlich, ohne den Verstand zu verlieren, religiös mit den Gesetzen der katholischen Kirche im Herzen und überzeugt, sie nicht nur verbal leben zu können. Wenn ich darüber an diesem einsamen Tag nachdachte, fand ich das etwas übertrieben, obwohl es mir andererseits auch imponierte, wie sehr sich John beherrschen konnte.

Am Freitag kam eine Karte aus Hastings, auf der Hella bekannt gab, Samstag zurückzukommen; sonntags habe Harry Dienst. Im Übrigen hoffe sie, mich noch Samstag im Atelier anzutreffen, um mir eine Neuigkeit mitzuteilen. Da hatte wohl Harry reinen Tisch gemacht und wollte sie heiraten. Ihr Verhalten fand ich dennoch dreist, ich beschloss, am Samstag nicht ins Atelier zu gehen. Aber hatte ich nicht Tom versprochen, jeden Tag nach dem Rechten zu sehen? Als ich um zwei Uhr bei schönstem Sonnenschein dort eintraf, fand ich ein weinendes Häufchen Elend im Garten sitzen, das mir erklärte, nicht mehr leben zu wollen. Irgendwie war ich froh, dass Hella noch am Leben war, und erfuhr, dass Harry sie überredet hatte, seine zwei freien Tage mit ihm in Hastings zu verbringen. Hastings und das versprochene Hotelzimmer waren ihr wie ein Traum erschienen, doch irgendwo, ohne einen Blick aufs Meer zu haben, landeten sie in einer billigen Pension.

„Und“, fragte ich gespannt, „ist alles so gelaufen, wie es geplant war: Unschuld weg und baldige Heirat?“
Sie konnte vor Schluchzen kaum sprechen:
„Die Unschuld ist weg, Harry auch. In Hastings hat er sich ohne mich zu einem Italienurlaub eingeschifft.“
Ich konnte ein Lachen über ihre Naivität und Harrys Raffinesse kaum zurückhalten, andererseits wunderte ich mich über die Erleichterung, die ich empfand, dass dieser Mann erst einmal aus dem Spiel war. Rasch kochte ich einen starken Tee für uns, den ich mit Rum und einigen Keksen servierte. Sie wischte die

Tränen aus den Augen und versicherte, dass ich ihr tausendmal lieber sei als Harry, der ihr nicht nur einen seelischen Blutsturz, sondern, neben der Furcht, schwanger zu werden, auch körperliche Schmerzen zugefügt habe.

Kurz gesagt, der Tee mit Rum tat seine Schuldigkeit und verwandelte das Häufchen Elend in einen übermütigen Kobold. Wir waren beide nicht an starke Getränke gewöhnt. Ich war froh, dass Hella wieder lachen konnte und mir mehrmals versicherte, Frauen seien die besseren Menschen und passten viel besser zusammen. Männer dagegen seien triebhafte Schweine. Dann entdeckte sie plötzlich, dass sich ein paar Zweige von Toms geliebten Kletterrosen an der Hauswand gelöst hatten.
„Das kann ich nicht mit ansehen, Tom ist der einzige anständige Mann auf dieser Welt. Nein, widersprich nicht, dein John ist auch ein Schwein wie die anderen Männer.“ Damit verschwand sie im Haus. Ich dachte, sie müsse zur Toilette, doch schnell kam sie mit einer Leiter, die sie an die Hauswand lehnte, zurück. Obwohl auch mir der Rum mit Tee in den Kopf gestiegen war, fand ich ihre Absicht, auf die Leiter zu steigen, sehr gewagt, aber sie ließ sich nicht davon abhalten, und stand schon auf den ersten Sprossen, als die Leiter zu schwanken begann.
„Halt das Ding fest“, rief sie übermütig und kletterte weiter. Tatsächlich stand ich Todesängste aus; das konnte leicht schiefgehen, also sprang ich auf und hielt sie an den Beinen fest. Natürlich war sie wieder ganz in Mini gekleidet, es war mir peinlich, nach oben zu schauen, und ich senkte den Kopf. Dabei streifte mein Gesicht ihre Beine. Sie schrie, ich solle sie festhalten, meine Hände umfassten ihre Unterschenkel.
Während sie versuchte, die kleinen Rosenzweige festzustecken, folgten meine Hände dem Auf und Ab auf der Leiter, fühlten die Weichheit ihrer Haut, und ich glaube, dass ich sie mit einer gewissen Zärtlichkeit berührte. Beim Herabsteigen folgten diese Hände den Bewegungen nach oben, ungewollt, nehme ich an.

Aber das Gefühl der Benommenheit durch den Alkohol ließ die Konturen dieser Szene verschwimmen. Dazu kam Hellas lachender Kommentar:
„Ich glaube, ich bin lesbisch!“ Dabei fiel sie in meine Arme, und wir verloren beide die Balance und landeten im Gras, wobei wir einen hysterischen Lachkrampf bekamen. Als wir wieder normal atmen konnten und uns auf dem Rasen ausstreckten, sagte Hella:
„Das möchte ich gerne herausfinden.“
„Was willst du herausfinden?“
Sie beugte sich über mich: „Ob ich lesbisch bin. Ich werde dich küssen und merken, ob es mir gefällt.“
Schon spürte ich ihre Lippen auf meinem Mund. Sie berührten ihn sehr vorsichtig, dann aber öffnete sie die Lippen, die sich weich anfühlten. Ich wollte mich wehren, konnte es aber nicht, weil ein süßes Gefühl in mir aufstieg und ich plötzlich an Eve Grant dachte, die ich im Traum oft leidenschaftlich geküsst hatte. Jetzt konnte ich etwas anderes herausfinden, nämlich dass ich keine lesbische Neigungen hatte, mich nur platonisch zu Frauen hingezogen fühlte. Daher erlaubte ich mir jetzt, ihren Kuss zu erwidern und als angenehm zu empfinden. Die Sensationen in meinem Körper ignorierte ich und gab mich dem ungewohnten Genuss hin.
Dann dachte ich an John. Wie schamlos ließ ich zu, dass es so weit gekommen war. Energisch schob ich Hella von mir und spielte die Empörte, ohne es zu sein, hatte aber mit dieser Rolle Erfolg. Nachdem ich ihr im scharfen Ton klargemacht hatte, dass ihre Neigung einseitig sei, bat ich sie, solche Gefühle nicht bei mir auszuprobieren. Sie sah plötzlich wieder traurig aus und tat mir fast leid.
Die Spuren unserer Tätigkeit mussten beseitigt werden, der Rum samt Tee mit Tassen, die Leiter, alles sollte an Ort und Stelle sein, wenn Tom zurückkehrte. Nicht ganz in der Balance rannte ich nach Hause, um das Ganze als unwichtig und nicht geschehen zu vermerken: Am Tag zuvor hatte sich Hella von einem

Hallodri die Unschuld nehmen lassen und heulte ihm wegen seiner Untreue hinterher. Alleine das sagte genug über ihren IQ. Heute hatte sie sich an mich herangemacht, um auszuprobieren, ob sie vielleicht lesbisch sei. John hatte Recht: Hella war ein Luder! Da wir beide unter alkoholischem Einfluss gestanden hatten, betrachtete ich die Sache als erledigt. Das jedenfalls glaubte ich.

***

Aha, dachte Mrs. Warren, jetzt kommen wir zur Sache! Sie hatte sich schon Gedanken gemacht, wie diese zusätzlichen Belastungen zu vergüten waren. Doch Sara machte ihr die Sache leicht. Auf einem Blatt standen die Stunden aufgeführt, die sie in dieser Woche mit Übungen und Massagen verbracht hatte. Natürlich hatte Sara das Ganze nicht aus Liebe zu ihr gemacht, das sollte sie auch nicht, dennoch nagte eine leichte Enttäuschung an Mrs. Warren. Schließlich überstieg Saras Wochenlohn die Grenzen der üblichen Tarife, da hätte man erwarten können, dass sie, behandelt wie ein Mitglied der Familie, ein paar zusätzliche Arbeiten übernehmen würde.
Nun, wie die meisten Warrens, nagte sie nicht am Hungertuch, übergab Sara die gewünschte Summe und beobachtete, wie diese sofort zum Shopping verschwand. Ja, so waren diese Leute, der Rubel musste rollen, wie gewonnen, so zerronnen, und ich sitze hier alleine, dachte sie verärgert. Doch man muss alles kreativ umsetzen, das war immer ihr Prinzip gewesen. Her mit Lauras Notaten.
Was sie gestern gelesen hatte, erschien ihr als ein starkes Stück. Gerade war der heiß geliebte John für ein paar Tage verreist, ließ Laura sich von der Kleinen, wie hieß sie noch, ach ja, Hella, küssen, dieser Schnepfe, mit dem Drang, herausfinden zu müssen, ob sie lesbisch sein könnte.
Also, nach dem, was sie, Mrs. Warren, bisher gelesen hatte, war

Laura nicht nur hochgradig neurotisch, sondern zumindest bisexuell, schwamm also von einem Ufer zum anderen und wusste nie, auf welcher Seite sie sich gerade befand. Einerseits eine bemitleidenswerte Person, andererseits aber brandgefährlich für den, der gerade sein Herz an sie verloren hatte. Nun gut, auch so etwas musste es geben, ihr jedenfalls würde das nie passieren. Sie versuchte, sich auf Lauras Notate zu konzentrieren. So recht gelang ihr das aber nicht. Ein Gefühl innerer und äußerer Vereinsamung kam über sie, obwohl sie sich immer Selbstmitleid verboten hatte. Doch der Scherbenhaufen ihrer Ehe, der Rückzug ihres Sohnes nach Australien, abgesehen vom einsetzenden Rückgang der Auflagen ihrer Bücher, war nicht spurlos an ihr vorübergegangen. Sie musste jetzt bald einen kleinen Bestseller liefern.
Apropos Verleger: Wie würden sie auf einen Stoff reagieren, der ganz jenseits ihres bisherigen Genres lag? Das empfand sie als eine reizvolle Herausforderung. Vorauszusehen war die Ablehnung des konservativen Verlages, der schon Hemmungen hatte, einen priesterlichen Mörder zu akzeptieren. Ein moderner, querdenkender Verlag würde eine kraftvollere Ausdrucksweise verlangen, ein Dritter weniger Romantik, oder eine Geldsumme, die sie nicht aufbringen konnte oder wollte. Mrs. Warren war klar, dass es nicht einfach sein würde, einen anderen Stoff unterzubringen, doch sie blieb bei ihrem Entschluss, sich diesem Konglomerat der Vielschichtigkeit menschlicher Gefühle zu stellen. Sicher ging das nicht ohne Kampf ab, aber zunächst musste auf Biegen und Brechen ihr in Arbeit befindliches Manuskript fertiggestellt werden.
In ihrem Eifer vergaß sie, dass noch viel davon geschrieben werden musste und sie Lauras Notate noch nicht zu Ende gelesen hatte. Als sie sich etwas später immer noch nicht für den Eispickel entschieden hatte, war Sara von ihrer Einkaufstour zurück. Sie hatte ein in weinroter Seide verarbeitetes Kleid an, das so eng am Körper saß, dass man die Haut nicht nur ahnen, sondern

auch mit den Augen fühlen konnte.
Ihre hübschen Rehbeine, so würde es Mrs. Warren in ihrem Buch beschreiben, waren bis fast zu ihren Oberschenkeln zu sehen; die gesamte Beinlänge vergrößerte sich anscheinend noch durch ein paar hochhackige Pumps. Der Anblick war selbst für Mrs. Warren atemberaubend. Als Sara näher kam, verströmte sie einen Hauch von Parfum, der weder aufdringlich noch zu schwach war, um nicht von jedem in diesem Raum wahrgenommen werden zu können. Es war ein Duft, nicht zu süß, ein wenig herb, der jeden Mann um den Verstand bringen konnte.
Doch auch Mrs. Warren reagierte stark, viel stärker, als sie es wünschte, nicht nur auf den Duft, sondern auf die gesamte Gestalt, die sich jetzt zu ihr herunterbeugte, eine einzelne langstielige rote Rose in ihren Schoß legte, sie dann auf die Wange küsste und sagte: „Danke, dass ich bei Ihnen sein darf."
Das war selbst für eine abgebrühte Verfasserin mörderischer Kriminalgeschichten zu viel.
Sie wandte den Kopf zur Seite, um ihre Tränen zu verbergen, fühlte dann das zarte Streifen von Saras Lippen auf ihrer Wange und spürte plötzlich ein Verständnis für Laura, das vorher nicht vorhanden gewesen war. Den aufkommenden Wunsch, über diese langen Beine vor ihren Augen zu streichen, unterdrückte sie zwar, beschloss aber, in Zukunft Lauras Notate milder zu beurteilen. So bald wie möglich wollte sie sich darauf stürzen. Doch zuerst nahm sie Saras Kopf in die Hände, schaute in deren grüne Augen und sagte:
„Danke, dass du bei mir bist."

LAURAS NOTAT 7

Das Wiedersehen mit John verlief nicht so, wie ich es mir vorgestellt hatte. Natürlich war ich überglücklich, ihn wiederzusehen. In meiner Wohnung fiel er über mich her wie ein hungriger Bär. Seine Küsse konnten nicht heißer sein als vor seiner Reise, seine Worte versicherten mir die Innigkeit seiner Gefühle. Dazu kam seine Lust, mir körperlich näher zu kommen. Er öffnete ebenso hastig meine Bluse wie seine Hose, schob meinen Rock in die Höhe und presste meinen Körper so heftig an seinen, dass wir fast vom Sofa auf den Boden rollten. Er verhinderte das mit starker Hand, hob meinen Körper wieder an, ich fühlte, wie er sein steifes Glied gegen meinen Unterleib stieß und spürte seinen Erguss an meinem Oberschenkel. Ich glaube nicht, dass er merkte, wie schwierig es für mich war, den Höhepunkt zu erreichen. Ehrlich gesagt, ich kam nun schon zum zweiten Mal gar nicht dorthin, was mich verwunderte. Wir waren fast immer gleichzeitig gekommen. Vielleicht war er zu hastig gewesen, ebenso hastig kam die Beschreibung seines Besuches bei den Eltern.

Alles schien gut gelaufen zu sein: der Stolz über die Ehrung, die sein Vater erhalten hatte, die Gratulanten, ganz Forest Row und Umgebung schienen dabei anwesend gewesen zu sein, und dann die Wälder, durch die er gestreift war, das Beobachten der Tiere, alles war Heimat für ihn. Während ich ihm zuhörte, kam er mir wie ein Fremder vor. Nun, es war unsere erste Trennung, einiges war bei ihm passiert und auch bei mir. Ich hörte nur mit halbem Ohr zu, was er erzählte.

Dann vernahm ich das Wort „Beichte“ und stutzte.

„Nun, er kennt mich schon lange, ich habe seiner Bitte entsprochen und dann hat er sie mir abgenommen.“

Ich lachte und fragte ihn, was für Sünden er denn begangen hatte.

„Hast du gemordet, gestohlen, betrogen?“

„Du warst doch immer dabei und weißt, was ich beichten muss."
„Nein", sagte ich, „du sprichst in Rätseln."
Aber John lachte nicht mit, sondern sagte ernsthaft:
„Es sind Sünden, die ein gläubiger Mensch nicht begehen soll."
Er merkte nicht, dass er dabei war, eine Bombe hochgehen zu lassen. Ich antwortete ihm:
„Sünden sind doch etwas Unreines, Schmutziges. Doch was zwischen uns geschah, habe ich immer als sehr rein empfunden."
John wand sich: „Ich auch, aber die katholische Kirche deutet das anders."
Etwas in mir explodierte:
„Bringst du hier nicht etwas durcheinander? Du erzählst einem Pfaffen von Sünden, die du nicht als solche empfindest, und dennoch begehst du solche Sünden, die ja nichts Gutes sein können!"
Er merkte, dass er einen Fehler gemacht hatte, und verlor sich in Argumenten, die wenig überzeugend klangen. Dabei erklärte er mir, dass er nicht umsonst acht Jahre lang das katholische Internat besucht und Pater Clement ihm den Sinn der katholischen Lehre überzeugend dargestellt habe. Ich war schrecklich wütend und nannte ihn einen Pharisäer. Der Gedanke daran, dass ich einen solchen Menschen hätte heiraten sollen und dann all die verlogenen Rituale noch unseren Kindern vermitteln müsste, fand ich so ungeheuerlich, dass ich aufsprang und die Tür aufriss und ihn anschrie, er möge verschwinden. Der völlig verstörte John befand sich draußen auf der Straße, mitten im plötzlich aufkommenden Regen, einem Wetter, das unserer Stimmung entsprach. Mehrmals versuchte er, ins Haus zurückzukehren, aber ich reagierte weder auf sein Klingeln an der Haustür noch auf seine Versuche, mich telefonisch zu erreichen. Ich wusste, dass er verzweifelt sein würde; irgendwie musste er diesen religiösen Wahn, so empfand ich es, überwinden und begreifen, dass ich nicht seine Gedankengänge teilen konnte.
Morgens lag ein Brief von ihm in meinem Postkasten:

„Du, meine Geliebte, hast mich überführt. Es war eine Sünde gegen unsere Liebe, sie in eine Kategorie zu stecken, wohin sie nicht gehört. Jetzt, nachdem du es ausgesprochen hast, wird mir erst klar, was ich uns genommen habe mit diesem Festhalten an Begriffen, die eine kirchliche Institution vorschreibt. Ich bitte dich um Verzeihung. Lass mich es dir beweisen, dass ich nicht mehr danach leben will. Lass es mich wieder gutmachen und sei mir bitte nicht mehr böse, diesen Fehler gemacht zu haben. Ich liebe dich über alles, sehne mich nach dir und will nur dir gehören. Was ich auch tue und erarbeite, ist nur für uns gedacht. Unsere Ehe soll Bestand haben, meine Liebe zu dir wird immer bleiben. Ich fühle nur noch den Schmerz jeder verlorenen Stunde, die wir nicht zusammen sein können. Bitte, öffne dein Herz und deine Tür, wenn ich morgen Abend zu dir komme. In Liebe, dein John."
Mehrere Male las ich diese Zeilen und wusste, dass er es ehrlich meinte und bereute es, ihn so abrupt vor die Tür gesetzt zu haben. Aber irgendwann kommt ein Punkt, an dem man Stärke zeigen muss und beweist, nicht einmal eine Trennung zu scheuen. Ein Dichter hatte einmal gesagt, dass in der Liebe immer einer stärker liebt als der andere. Hier war es John, dessen Liebe wohl die stärkere war.

Wie nicht anders erwartet, stand er am nächsten Abend mit einem Blumenstrauß, Pralinen und einer Reihe von guten Vorsätzen vor meiner Tür und erwartete offensichtlich, dass ich ihm um den Hals fallen würde. Er stürzte zu mir, aber mein Gesichtsausdruck signalisierte ihm nichts Gutes. Enttäuscht sank er aufs Sofa. Ich hatte mich mit einem gewissen Abstand auf einen Sessel platziert. Erneut wollte er sich entschuldigen, doch ich machte ihm klar, dass ich ihn nicht schulmeistern wolle und er seinen Glauben nicht verleugnen solle, denn das würde ihm nur ein schlechtes Gewissen machen und mir auch, wenn ich ihm seinen Glauben nehmen würde.

Es war mir fast peinlich, dass er vor mir auf die Knie fiel und sein Gesicht in meinen Händen verbarg. Ich spürte die Feuchtigkeit seiner Tränen und schämte mich nicht nur wegen seiner Schwäche, sondern auch wegen meiner Härte, die ich ihm gegenüber zeigte und meine Versicherung, es gehe hier nicht um seinen verlorenen Glauben, sondern darum, dass man ihn nicht so sklavisch leben könne. Mein Schweigen nutzte er, um mich wie ein Kind aufs Sofa zu setzen und in seinen Armen zu halten. Den Kopf fest an meine Brust gelehnt, küsste er die weichen Stellen, und ich spürte nicht nur sein Begehren. Dabei sagte er leise, es sei doch nicht normal, dass wir so miteinander spielten und an dem Gesetz jungfräulicher Reinheit festhielten. Er küsste meine Brüste, danach hob er den Kopf und suchte meinen Mund, fuhr aber zurück, als ich laut lachte und fragte:
„Denkst du, uns beide zu entjungfern und mich einer Schwangerschaft auszusetzen?“ Das verneinte er heftig und legte ein winziges Päckchen auf den Sofatisch. Ich betrachtete das merkwürdige Geschenk und als ich begriff, was er da mitgebracht hatte, warf ich ihm vor, wir sollten wohl wie Eheleute leben, was er dann wieder beichten müsse. Er beteuerte, das nie mehr zu tun, und beugte sich über mich, wobei er meine Schenkel streichelte, was mich immer erregt hatte. Ich sah auch seine Erektion, die mich ebenfalls erregen konnte, aber der Gedanke, so unerwartet entjungfert zu werden, und das mit dem Gummiding auf dem Tisch, machte mir Angst. Wie würde sich das anfühlen, wenn er mit diesem Schutzschild in mich eindringen wollte? Ich dachte an Hella und die von ihr beschriebenen Schmerzen, aber der Gedanke an sie schürte gleichzeitig die Lust, John jetzt noch einmal so zu lieben, wie wir es bisher getan hatten.
So setzte ich mich nicht mehr zur Wehr und überließ mich der Wärme seines Körpers und der Geschicklichkeit unserer Hände. Offenbar hatte sich vieles in uns angestaut, das ein Ventil brauchte. Da war wieder die alte Lust, die unsere Körper verband. Wir sprachen nie viel, wenn wir uns liebten, doch jetzt war

es anders. Er flüsterte mir Dinge ins Ohr, fast obszön, und ich antwortete ihm in gleicher Weise. Vielleicht war es das, was unseren Gesten noch mehr Raffinesse verlieh. Seine Bewegungen auf meinem Körper taten alles, um uns einen lustvollen Abschluss zu bereiten. Ja, wir unterdrückten nicht mehr unsere Gefühle. Ich hatte ihm Anweisungen gegeben, was uns noch mehr Lust machen könnte, und als der Höhepunkt nahte, biss ich in seine Schulter, so dass sich sein Schmerzensschrei mit meinem lauten Stöhnen mischte. Hinterher wurde mir klar, dass ich im Moment des Höhepunkts die Gestalt einer Frau vor mir gesehen hatte. Diese Frau hatte sehr viel Ähnlichkeit mit Hella. Darüber musste ich unbedingt mit John sprechen.

***

Wenn man bedenkt, was es alles in der Familie gibt. Ehebrüche waren das Harmloseste, Scheidungen ohnehin ganz normal, missratene oder nur schlecht erzogene Kinder gab es ebenfalls in vielen Familien. Weiß Gott, die Warrens konnten nicht über den Mangel an Unordnung im eigenen Verwandtschaftskreis klagen. Diese Gedanken gingen Mrs. Warren durch den Kopf, während sie auf der Liege, teilweise entblößt, auf Sara und deren Behandlung wartete.

Sie selber hätte zwar kein Buch mit eigenen Erfahrungen schreiben können, doch was sie hier in Lauras Notaten las, war schon hochinteressant. Die Schwierigkeit, all das Gelesene und sicher noch mehr das noch Ungelesene zu Papier zu bringen, bedeutete allerdings so etwas wie schmutzige Wäsche öffentlich zu waschen. Andererseits lebten wohl nur noch wenige Anverwandte, die sich verraten vorkommen könnten. Ihr Sohn George saß in Australien, weit vom Schuss. Das Buch konnte sicher kein Bestseller werden, der um die Welt ging wie etwa die „Forsyte Saga“ oder „Lady Chatterley“, die allerdings nur auf Männer stand. Doch wer weiß, vielleicht würde eines Tages davon noch eine

Fortsetzung erscheinen. Diese Chatterley-Lady war heiß genug, aber auch Laura würde, wenn man sie noch genauer unter die Lupe nahm, eine heißblütige Romanheldin abgeben. Wenn man sie auch noch kriminell verwenden könnte, hätte sich Mrs. Warren sofort hingesetzt und angefangen zu schreiben, ohne ihre Fantasie zu strapazieren. Es schwante ihr, dass die nächsten Notate noch Interessanteres zu bieten hatten. Jedenfalls waren ihr innerhalb der Familie bislang keine bisexuellen Ereignisse bekannt, außerhalb übrigens auch nur in der Yellow Press. Anders gesagt, ihr erschienen solche Gefühle recht entartet zu sein.

In diesem gedankenvollen Moment erschien Sara, wie immer leicht bekleidet, mit dem gut duftenden Massageöl in der Hand und beugte sich zu ihr herunter. Wieder hatte Mrs. Warren diese gut geformten, sehr schlanken Beine vor ihrer Nase, denn sie konnte seit zwei Tagen wieder auf dem Magen liegen, was ihrem seitwärts gedrehten Kopf die Möglichkeit gab, nicht nur diese Beine zu bewundern. Auch Saras Körper roch so gut, dass sie diesen Duft sinnlich wahrnehmen konnte.
Zusammen mit der Tatsache, seit unendlich langer Zeit keinen menschlichen Körperteil mehr angefasst zu haben, verspürte sie plötzlich Lust, diese Beine ganz leicht zu berühren, nur eben mit ihren Fingerspitzen. Sara lachte laut auf und massierte vorsichtig Mrs. Warrens oberes Bein und gab bekannt, dass sie zwar früher sehr kitzelig gewesen sei, was heute nicht mehr der Fall sei. Die Dame auf der Liege tat so, als ob Saras Tun sie schläfrig machte, und ließ dabei ihre Finger in der Nähe dieser hübschen Beine, sodass sie je nach Saras Bewegung immer leichten Kontakt behielt. Ganz unbewusst stand in Mrs. Warrens Fantasie die von Laura beschriebene Szene vor Augen, als Hella sie geküsst hatte, um sich über ihre Neigungen klar zu werden. Dabei muss man bedenken, dass Schriftsteller immer fantasievoll sind und Mrs. Warren keine Ausnahme war.
Da aber Sara, aus welchen Gründen auch immer, ihrer

Arbeitgeberin nicht auswich, sondern deren Berührung erwiderte, indem sie sich noch tiefer über sie beugte, sodass Mrs. Warren auch den herrlichen Duft von Saras Körper intensiver wahrnahm, schloss sie genussvoll die Augen und stellte etwas erschrocken fest, dass sie längst vergessene Gefühle unterhalb des Bauchnabels besaß. Das durfte sie nicht zulassen, schlief aber bei dem Gedanken ein.

LAURAS NOTAT 8

Gestern fand ich Gelegenheit, das Thema anzusprechen. Es regnete immer noch, wir tranken unseren Tee und knabberten an Keksen. Wenn es nach John gegangen wäre, hätten wir auch dabei im Bett liegen können. Ich erzählte von Hella und sagte, sie sei ganz nett, wir hätten uns länger unterhalten, denn sie habe einiges erlebt. John kommentierte lachend, das glaube er gerne. „Ich meine, erlebt mit sehr verschiedenen Menschen", wies ich ihn zurecht. John lachte wieder, ich fand das albern und schwierig, auf den Punkt zu kommen.

„In der Mittagspause sitzen wir manchmal im Garten, da kam eine Sache zur Sprache, die ich nicht ganz verstand."

John kaute und schaute mich fragend an.

„Eine Bekannte von ihr hat sich in eine Frau verliebt und ist darüber sehr verzweifelt, hast du das schon mal gehört?"

„Sie ist lesbisch und muss damit leben. Wo ist das Problem?"

Ich empfand schon das Wort „lesbisch" als verächtlich und etwas unangenehm, es klang wie der Stich einer Wespe. Ich versuchte ihm zu erklären, dass dies wohl Konflikte auslösen könne, und erzählte dann spontan, dass ich früher sehr verliebt in eine Sängerin gewesen sei, die sehr attraktiv und klug war, jedenfalls habe sie starkes Herzklopfen bei mir ausgelöst, vor allem wenn ich sie von Nahem sah. Als ich John fragte, ob er glaube, dass ich solche Neigungen haben könnte, lachte er noch lauter, was mich nervte. Dann nahm er mich liebevoll in die Arme und sagte:

„Liebes, da mach dir mal keine Gedanken, das sind Schwärmereien, die kleine Mädchen haben. Du bist so normal wie ich und Millionen andere. Ich kann bezeugen, wie normal du bist." Bei diesen Worten machte er Anstalten, mir das gleich zu beweisen. Meinen Einwand, auch weibliche Filmstars wie Ingrid Bergman oder Cate Blanchett könnten mir Herzklopfen bereiten, nahm er so wenig ernst wie meinen Widerstand, jetzt mit ihm Liebe zu

machen. Ganz einfach trug er mich in mein Schlafzimmer, warf mich aufs Bett und sich auf mich.
Schließlich stimmte ich in sein Lachen ein, nicht sehr überzeugt von seiner Beurteilung, aber überwältigt von seiner Männlichkeit, die mir nach längerer Pause einen heftigen Orgasmus schenkte und mir half, nicht weiter über meine Selbstzweifel nachzudenken. Bis ich am nächsten Arbeitstag Hella wiedersah. Tom war zurückgekommen und machte Außendienst. Ich betrat das Atelier und ging mit einem Film in der Hand in die Dunkelkammer, als mich von hinten zwei Arme umschlangen.
„Ich habe auf dich gewartet, um dir guten Morgen zu sagen."
Erschrocken drehte ich mich um und fühlte im nächsten Augenblick einen weichen Mund auf meinen Lippen, der seine Berührungen auf mein Gesicht und meinen Hals fortsetzte. Zuerst versuchte ich, mich zu befreien, dann schoss wieder ein Blitz durch meinen Körper, das Herz pochte nicht nur durch den Schrecken schneller bis in den Kopf, ich fühlte den Herzschlag im ganzen Körper. Die Lust, diese Küsse zu erwidern, war einfach vorhanden, bis sich mein träger Wille aufraffte, zu versuchen, mich von dieser Lust zu befreien und Hella zu bitten, mich loszulassen.
„Das letzte Mal hatte ich wohl einen Sonnenstich. Du weißt, wie sehr ich John liebe. Das hier müssen wir beenden!"
„Ich nehme ihm nichts weg. Wehr' dich doch nicht. Akzeptiere diese Seite der Liebe und genieße sie mit mir."
Sie hatte mich losgelassen, ich schob sie zur Seite und versuchte, ihr klarzumachen, dass mich ihr Verhalten störe und ich meine Liebe zu John nicht zerstören lassen wolle. Sie fand, dass dies eine merkwürdige Art der Liebe sei, wenn ihre Zärtlichkeiten eine Gefahr für meine Liebe zu John darstellten. Offenbar hatte das Ganze nichts mehr mit Logik zu tun. Ich bat sie, mit diesem Spiel aufzuhören. Aber Hella lächelte nur und sagte:
„Da wir schon von Männern reden: Harry ist zu Kreuze gekrochen. Nach einer Woche hat er seine Reisepläne aufgegeben. Heute Nachmittag holt er mich ab und da du nichts von mir

wissen willst, fällt es mir leicht, ihn wiederzusehen."
Zuerst fühlte ich Erleichterung, aber als ich später das bekannte Knattern des Motorrads hörte, gab es mir wieder einen Stich, weil sie sich von ihm küssen ließ, als er sie umarmte und ihr half, auf dem Rücksitz Platz zu nehmen.
Trotzdem fühlte ich eine gewisse Erleichterung bei dem Gedanken, dass nun alles wieder wie früher sein könnte. Da sich Hella wieder mit Harry traf, glaubte ich, die Sache sei überstanden. Doch an einem der schwül-warmen Sommertage geschah etwas, das mich daran zweifeln ließ. Wieder einmal war Tom in London, wieder einmal gab er uns den Auftrag, im Atelier täglich die anfallende Arbeit zu übernehmen.
Und wieder einmal gab es eine ungewöhnliche Hitzewelle über Kent, die Hella und ich nutzten, um unsere Körper knackig braun werden zu lassen. Ungestört konnte man in dem von Hecken umzäunten Garten ein Sonnenbad genießen. An diesem Tag dauerte es nicht lange, bis wir ein Kleidungsstück nach dem anderen ablegen mussten, um es in der Sonne aushalten zu können. Zum Schluss lagen wir bis auf Höschen und Büstenhalter entkleidet nebeneinander. Die Stimmung war bei Hella nicht mehr so euphorisch wie nach der Rückkehr von Harry, als sie glaubte, er würde sein Versprechen, sie zu heiraten, endlich wahr machen. Offenbar liebäugelte er zur Zeit mit einer anderen und das machte sie bitterböse. Als ich eisgekühlte Getränke für uns holen wollte, sah ich, dass Hella sich auch ihres Oberteils entledigt hatte. Ihre kleinen Brüste reckten sich der Sonne entgegen wie zwei Pflanzen, die zum Licht strebten. Ich wollte eigentlich nicht hinschauen, tat es aber doch und fühlte Lust, die kleinen Spitzen zu berühren, tat es aber nicht, sondern entschuldigte vor mir selber den Gedanken daran mit der Besorgnis, wie stark diese zarte Haut einem Sonnenbrand ausgesetzt war. Ich nahm die Tube mit Sonnenschutzcreme und näherte mich ihr von hinten. Sie schien eingeschlafen zu sein. Ihr Kopf war zur Seite gesunken, eine blonde Strähne des hochgesteckten Haares fiel über ihre Stirn.

Mit den leicht nach unten gezogenen Mundwinkeln wirkte sie etwas traurig.
Da sich die Haut über ihrer Brust bereits rötete, beugte ich mich vorsichtig über sie und tupfte mit meinen Fingern etwas Creme auf die empfindlichen Hautstellen, übersah aber dabei Hellas weit geöffnete Augen. Ich spürte plötzlich eine Hand, die zart über meinen Rücken strich und eine Gänsehaut bei mir auslöste. Gleich wollte ich mich zurückziehen, aber zwei Arme, die mich herunterzogen, ließen das nicht zu, ebenso wenig wie meine eigene Lust, diese Haut mit den Lippen zu berühren, und das gegen jede Vernunft und meinen Willen. Dennoch berührte ich ihre Haut, an der ich mich fast verbrannte. Ich riet ihr, aus der Sonne zu gehen, weil ihre Haut zu kochen drohte.
„Nicht nur meine Haut“, sagte die Stimme unter mir, „du hast recht, gehen wir hinein.“
Wir ließen einander nicht los, es sah wohl so aus, als stützten sich zwei Blinde, als wir das Atelier betraten, das kühl, aber auch dunkel erschien. Unsere Umklammerung blieb, unsere Lippen fanden sich, während ich vergeblich versuchte, mir Johns Gesicht in Erinnerung zu rufen. Es war, als wolle er mit dieser Sache nichts zu tun haben. Ich konnte dieser Lust nicht widerstehen. Wir schwankten mehr, als wir gingen, und ließen uns dann auf den Boden gleiten, der unsere Körper abkühlen konnte, aber nicht die immer stärker werdende Lust, die uns beherrschte. Es war Hella, die meine Hand dorthin führte, wo ihre Lust am stärksten war. Sie wand sich unter meinen streichelnden Fingern und stöhnte, nein, sie bat, von mir genommen zu werden. Dabei machte sie den Versuch, auch mich an dieser Stelle zu berühren, doch etwas, vielleicht der Rest meiner Vernunft, ließ mich ihrer Hand entgehen. Diesen Höhepunkt, den Hella jetzt anstrebte, wollte ich nur mit John erleben und nicht mit dieser Frau unter mir. Johns Bild stand plötzlich vor meinen Augen, zugleich wusste ich, wie schmerzhaft es sein konnte, so kurz vor dem Höhepunkt abzubrechen, und ich drückte die jetzt die fast zur

gefühlten Unbeweglichkeit unter mir Verurteilte fest auf den Boden und wartete, bis sie voller Lust bat, nicht aufzuhören. So wartete ich, bis sie aufschrie und mir versicherte, das so noch nie erlebt zu haben.

***

Wie gut mir diese Massagen tun, solche Fingerfertigkeiten mit dem richtigen Druck an den richtigen Punkten habe ich noch nie bei einem Physiotherapeuten erlebt. Mrs. Warren lag auf dem Rücken und seufzte genussvoll, während Sara weiter an ihrem Bein entlang hantierte, sich zuerst behutsam den Fuß vornahm, dann langsam über die Wade zum Knie vorarbeitete und das Lob von Mrs. Warren stolz zur Kenntnis nahm. Deren Gedanken glitten zu Lauras letztem Notat, das sie am Vorabend gelesen hatte und ihr fast den Nachtschlaf geraubt hatte. Tatsächlich besaß sie, so unglaublich es ihr erschien, eine lesbische Kusine in der Familie. Natürlich war das kein Einzelfall, das gab es mit Sicherheit häufiger, als man denkt, jedoch war es eine Neuheit bei den Warrens. Gewiss, dieser Mann von Anne mit seinem Exhibitionismus und dennoch fungierender Vormund, war eine Schande, auch Stanley, wenn sie heute an ihn dachte, erschien ihr dagegen plötzlich als sehr gemäßigt sexistisch. Nun ja, sie wollte versuchen, sich seiner guten Seiten zu besinnen. Als Erstes fiel ihr sein enormes Glied ein, das ihr schon einigen Genuss bereitet hatte, vor allem vor der Ehe. Sara strich weiter sanft über ihr Bein mit einschläferndem Effekt für Mrs. Warren.
Wieso fielen ihr jetzt Stanleys erotische Talente ein? John war wohl auch recht gut gebaut, dass er Laura ohne Penetration so gut befriedigen konnte. Irgendeine Hand streichelte vorsichtig ihren Oberschenkel, auch das war ein Trick von Stanley gewesen, auf den sie immer mit Lust reagiert hatte. Jetzt, in der einschläfernden Phase, wurde ihr klar, dass sie tatsächlich noch Lust empfinden konnte. Merkwürdig, solche Gefühle glaubte sie

fast vergessen zu haben, um gleichzeitig zu vergessen, dass es Sara war, die über ihr Bein strich. Sanft glitt sie in die Traumphase und sah noch einmal Stanleys Glied vor sich. Sie hatte es ebenso gern wie respektvoll in die Hand genommen und an ihre Scham geführt. Ja, er hatte ihr damals viel Zeit gelassen, um sie an diesem enormen Geschenk der Natur teilhaben zu lassen.
Jetzt spürte sie auch seine Hand, die immer mit im Spiel war. Einmal hatte sie gehört, wie er zu einem Freund sagte: „Ich werde nie impotent sein, solange ich noch meine Zunge oder einen Finger habe."
Oh ja, auch seine Finger konnten Wunderwerke tun. Die glitten jetzt an ihrem Oberschenkel höher, aber nicht hoch genug. Sie griff spontan nach dieser Hand mit den Zauberfingern und führte sie direkt zum Ziel und zuckte ihr entgegen, und nicht nur das, sie fühlte das Zucken im ganzen Körper und stöhnte vor Lust.
Geweckt von Saras Schrei und der lauten Frage, was passiert sei, ließ Mrs. Warren in eine aufrechte Position hochfahren mit dem Befehl, die Behandlung abzubrechen, da sie zu schmerzhaft sei. Die erschrockene Sara räumte das Feld, sah verblüfft auf ihre feuchten Finger, während sich Mrs. Warren ihrer Träume zu Tode schämte, zumal sie offenbar von einer weiblichen Hand in die Welt der Erotik zurückversetzt worden war, die sie doch glaubte, längst verlassen zu haben. Entgeistert fragte sie sich, ob sie vielleicht Lauras Gene in sich trug.

Draußen aber stellte sich Sara die Frage, wie um Himmels willen ihre Finger sich so plötzlich in ein Gebiet verirrt hatten, das für jeden am Patienten Arbeitenden als vermint galt. Sicher würde ihr morgen gekündigt werden, wenn sie nicht selbst die Kündigung aussprechen musste.

LAURAS NOTAT 9

Ich wollte, nein, ich musste John davon erzählen. Er war nicht nur mein Geliebter, sondern auch mein bester Freund und hatte ein Recht darauf zu wissen, was in mir vorging. Da waren nicht nur der sexuelle Teil der Ereignisse, sondern auch meine gespaltenen Gefühle mit im Spiel. Nachdem ich Hella bei ihrem nächsten Versuch, mich zu verführen, klar gemacht hatte, dass eine Fortsetzung für mich nicht in Frage kam, hatte sie mit Trotz reagiert und sich wieder in die Fänge von Harry begeben. Sie schlief unbekümmert mit ihm, und die Vorstellung der Umarmungen dieses groben Klotzes und ihrer Schreie lösten neben Unbehagen auch so etwas wie Eifersucht in mir aus. Das Ganze entbehrte jeder Logik, ich musste mir Luft machen, um nicht verrückt zu werden.

John hatte noch einmal über das Wochenende seine Eltern besucht und mich fast auf Knien gebeten, mit ihm zu kommen. Dazu konnte ich mich immer noch nicht entschließen. Der Zwiespalt meiner Gefühle war zu groß. John schaute mich nach einer stürmischen Begrüßung prüfend an und fragte, ob ich mich wohlfühle. Ja, sagte ich, nur etwas schlecht geschlafen. Das stimmte, in Gedanken hatte ich Hella in Harrys Armen gesehen. Ich hörte Johns zärtliches Lachen, er glaubte offenbar, dass ich seinetwegen nicht gut geschlafen hätte, und hatte es eilig, in meine Wohnung zu kommen, wo Tee und Kuchen auf ihn warteten und nicht nur das.
Seine Leidenschaft kam so heftig auf mich zu, dass ich sie körperlich als fast schmerzhaft empfand, sie gab mir aber die Sicherheit seiner Liebe, seiner inneren Ruhe, die im Gegensatz zu meinen eigenen Gefühlen stand. Aber die Bilder sanfter Umarmungen an jenem Sommertag standen wieder vor mir wie eine Mauer, die heute unüberwindlich erschien, obwohl ich alles tat, um sie zu überwinden. Ich gab mich Johns Zärtlichkeiten hin,

indem ich mich unserer gewohnten Gesten besann, ja, sie sogar herausforderte, und John drängte mich zum Sofa, das so oft Zeuge unserer Liebe gewesen war. Heute suchten seine Hände ohne Vorspiel meine nackte Haut und bewegten sich heftig auf meinem Körper, während er mir zuflüsterte, wie sehr er mich vermisst habe, er könne nicht mehr warten und müsse mich sofort haben. Dann kam er sehr schnell und warf sich heftig auf die Seite, wo ich lag, und ich fragte mich, warum ich nicht zum Höhepunkt kam, wie ich das doch meistens konnte. Aber da stand Hella wieder im Weg. Das musste überwunden werden, denn meine Liebe zu John war ein fester Bestandteil meines Lebens. Ich musste selbst die Initiative ergreifen und mir beweisen, dass alles wie früher war. So ließ ich John erst wieder zu Atem kommen, dann legte ich verlangend meine Hand auf sein Glied, und er verstand sofort, dass ich nicht genug bekommen hatte.
Erfreut murmelte er, ich habe ihn wohl auch so vermisst wie er mich, darüber sei er sehr glücklich. Dabei legte er nun seine Hand behutsam auf meine empfindlichste Stelle und reagierte erneut, als er mir Feuchtigkeit entlockte.
Dann aber legte ich mich auf ihn, so als sei ich der Mann, während John mir mit geschlossenen Augen Zeit gab, mich an seinem Körper zu befriedigen. Als sich die Lust in mir steigerte, dachte ich triumphierend: Nichts hat sich geändert, alles ist wieder wie es war. Doch als der Höhepunkt nahte, spielte mir mein Unterbewusstsein einen Streich: Es war nicht John, auf dem ich lag, und ich unterdrückte den Wunsch, Hellas Namen zu stöhnen, während ich gleichzeitig verzweifelte, weil ich noch nie eine so heftige Explosion in meinem Körper gespürt hatte. Verzweifelt brach ich in Tränen aus. John nahm mich tröstend in seine Arme und flüsterte, er sei doch jetzt bei mir und würde nicht mehr so schnell verreisen. Meine Tränen versiegten rasch in der Erkenntnis dieses Missverständnisses. Fast hätte ich hysterisch gelacht. Klar war mir auch, dass ich jetzt John unmöglich meine chaotischen Gefühle erklären konnte. Damit musste ich

alleine fertig werden. Die Zeit heilt alles, tröstete ich mich mit diesem platten Ausspruch.

John verbrachte das erste Mal die ganze Nacht bei mir. Als ich morgens in sein unrasiertes Gesicht sah, lachte ich ein wenig und dachte, ein Leben lang mit einem bärtigen Mann neben sich aufzuwachen, könne eine echte Herausforderung sein. Aber dieser unrasierte John beseitigte rasch diesen Schönheitsfehler und wollte mich sofort danach lieben. Nun, ich sagte nicht nein, es gelang mir wieder, mit ihm gleichzeitig zu kommen, darauf war ich stolz; die Geschichte mit Hella war wohl eine fixe Idee von mir gewesen. Dann erzählte mir John eine Neuigkeit, die ihm am meisten Freude machte. Der jetzige Förster von Forrest Low sollte in zwei Jahren pensioniert werden, und John sollte in dieser Zeit während der jeweiligen Semesterferien in die Stellung eingearbeitet werden. Es war völlig selbstverständlich, dass man dem Sohn des ehrbaren Richter Walker den Vorzug einer Nachfolge gab. Das bedeutete, wir konnten früher heiraten als gedacht. Ich versuchte, Johns Freude darüber zu teilen, aber mir war nicht ganz wohl bei dem Gedanken, so fest in seine Lebensplanung eingebunden zu sein. Er begann wieder, von unseren Kindern zu sprechen, einem Mädchen und einem Jungen, von denen er schon wusste, wie sie aussahen, wie gut sie lernen und uns auf ewig miteinander verbinden würden. Ich ließ ihn fabulieren, warf aber den Satz ein, zuerst müsse er mich wohl entjungfern, schließlich sei ich nicht Mutter Maria. Er lachte und sagte, deshalb habe er vorgesorgt. Tatsächlich hatte er das Kondom aufbewahrt wie eine Reliquie. Mir wurde etwas flau zumute. Konnte das die Lösung meines Problems sein? Aber ich war plötzlich besessen von dem Wunsch, aus dem Chaos meiner zwiespältigen Gefühle herauszukommen, sodass mich der Teufel ritt und ich den Vorschlag machte, darauf müssten wir einen guten Schluck trinken. Damit holte ich eine Flasche Sekt aus dem Kühlschrank, da ich wusste, wir würden es beide nicht ohne

Stimulans schaffen.
Da wir nur wenig Alkohol tranken, würde der seine Wirkung entfalten. Wir stießen so häufig auf unsere Hochzeit an, dass wir vor Übermut mehr schäumten als der Sekt in unseren Gläsern. Mehrmals trank ich auf das Wohl unserer Kinder, und John bog sich vor Lachen, lockerte seine Krawatte und warf sie in die Luft. Ich half ihm, sein Hemd auszuziehen, doch als ich den klemmenden Reißverschluss seiner Hose nicht öffnen konnte und heftig daran riss, bekam er Angst vor meiner Wildheit und versuchte, mich davon abzubringen.
Aber jetzt gab es für mich kein Halten mehr. Jetzt oder nie, sagte ich mir, die Sache muss jetzt geklärt werden. Stück für Stück zog ich meine Kleider aus und fühlte mich wie eines dieser leichten Mädchen, die ich in Filmen gelegentlich beim Strippen erlebt hatte. Noch nie hatte mich John völlig nackt gesehen. Es gab gewisse Grenzen bei dem Petting, das wir seit Monaten betrieben hatten. Immer gab es etwas, das man bedeckt hielt. Ich aber stand jetzt völlig nackt vor ihm und sah seine Erektion, als er sich mühsam aus der Hose pellte.
Ich empfand seinen Penis als sehr gewaltig, aber nichts sollte mich mehr aufhalten. Dann warf ich mich auf ihn und flüsterte ihm zu, alles sei jetzt verändert, und ich wolle ihn ganz in mir spüren. Dabei drängte ich mich fest an sein ungeschütztes Glied, das sich mir jetzt entgegenreckte. Ich führte es dorthin, wo John es noch nie gespürt hatte. Unter Stöhnen sagte er, dass es für uns beide das erste Mal sei und wir sollten vernünftig sein, aber dann siegte seine Lust, und er suchte den noch verschlossenen Weg in meinen Körper. Meine Schreie deutete er offenbar als Wollust, ich aber litt unter seinem sich immer schneller bewegenden Körper, von dem ich glaubte, er würde mich vor Schmerz zerreißen. Als er von mir abließ und sich fast jammernd zur Seite fallen ließ, fühlte ich das warme Blut an meinen Schenkeln und fragte mich, ob das wirklich die Freuden der Liebe bedeuten würden. Obgleich es mir mein Kopf verbieten wollte, kam mir auch der

Gedanke an das weiche Fleisch einer Frau, und ich fühlte deren streichelnde Hände auf meinem Körper. Tränen drängten sich aus meinen Augen, und ein entsetzter John schaute auf das Blut, wobei er sich selbst beschuldigte, richtete sich auf und kam mit einem feuchten Tuch zurück, um das Blut abzuwaschen.
„Ich habe zu viel getrunken, das hätte nie passieren dürfen."

Nun, wir hatten beide zu viel getrunken und das Kondom nicht benutzt. Jetzt war es eben passiert. Es gab kein Zurück. Einerseits erleichterte mich das, andererseits hoffte ich, dass das Geschehene ohne Folgen blieb. Beide waren wir wieder nüchtern geworden, und ich dachte mit Schrecken daran, dass mich John nun immer auf diese Weise lieben würde, und hoffte, der Schmerz würde nicht mehr so heftig sein. Nur keine Schwangerschaft, betete ich. Wir mussten vorsichtiger sein. Vielleicht konnte uns die Angst wieder zum gut gelungenen Petting zurückführen.

***

Sara war keineswegs dumm, sondern recht erfahren in Liebesdingen! Zunächst überwog die Verblüffung, dass sich ihre Hand an einem Punkt wiederfand, der nichts mit ihrer Krankengymnastik zu tun hatte. Hinzu kam: Sie mochte Mrs. Warren, schätzte ihre Klugheit, die zwar gelegentlich ins Gegenteil umschlagen konnte, doch meistens ladylike wirkte, trotz gelegentlicher Anfälle schlechter Laune. Diese Attacken schob Sara Mrs. Warrens vorübergehender Gehbehinderung zu. Ansonsten konnte sie, Sara, sich über nichts beklagen.
Die Bezahlung war gut, ebenso die kleine Wohnung im Erdgeschoss, die durch eine Klingelanlage und ein Telefon mit Mrs. Warren verbunden war, sodass sie immer Kontakt miteinander haben konnten. Inzwischen war es Sara aufgefallen, dass die Dame des Hauses sich sehr intensiv mit gewissen Notaten einer

Laura befasste, die sie jedoch rasch versteckte, wenn Sara sich längere Zeit dort oben aufhielt. Natürlich plagte sie die Neugier, besonders jetzt nach dem fast erotisch zu nennenden Vorfall des gestrigen Tages. Entweder stand Mrs. Warren unter einem, Sara unbekannten, Medikament, das derartige Gelüste nach intimer Berührung auslöste, oder aber sie las Pornografisches. Auf jeden Fall wusste Sara aus ihrer Ausbildung als Krankenpflegerin, dass trotz zunehmendem Alter gewisse Bedürfnisse vorhanden waren. Ebenso war ihr klar, dass sich die Nichterfüllung gewisser Wünsche sowohl auf die Psyche als auch auf das körperliche Wohl älterer Menschen auswirken konnte. Wie bereits erwähnt, mochte sie ihre Arbeitgeberin, aber die gestrige Szene erschien ihr als nicht mit dem Ethos ihres Berufs vereinbar. Intime Berührungen, egal aus welchem Grund, durften nicht mehr stattfinden.
Andererseits musste sie Mrs. Warren behilflich sein, eine Lösung für ihr Problem zu finden, denn sie war immerhin fast alt, aber sonst recht gesund. Kurz gesagt, für ihre zweiundsechzig Jahre wirklich eine prachtvoll erhaltene Ruine. So grübelte Sara zwei Nächte lang, wie sie ihrer Arbeitgeberin helfen konnte. Schließlich machte diese es möglich, ihrer in der Savanne von Ankaras, wie es Sara nannte, lebenden Familie ein besseres Leben zu verschaffen. Nach Befragung des Internets reiste sie in ihrer Freizeit ins Stadtzentrum, wo sie in einer Seitenstraße eines der manchmal abgedunkelten Geschäfte fand, die oft schambehaftet betreten werden.
Doch Sara war nichts Menschliches fremd und schritt den Mittelgang zwischen beidseitig ausgestellten Apparaten von Penissen hinunter zu einem breiten Regal, auf dem fein massierende Geräte in verschiedenen Formen lagen. Da Sara nicht wusste, ob Mrs. Warren diese Produkte von früher her kannte, musste sie sorgfältig auswählen, welches für Mrs. Warren geeignet war. Sie nahm eines dieser nur leicht gebogenen, für verschiedene Körperregionen geeigneten Apparate und war sicher, die richtige

Wahl getroffen zu haben. Nun hieß es, den richtigen Zeitpunkt zu finden, um das Geschenk anzubringen.
Nach einem Besuch von Doktor Gordon, der sich zufrieden über den Zustand seiner Patientin äußerte, die inzwischen zwar mit einer Krücke wieder gehen konnte, war er weniger zufrieden mit der depressiven Stimmung von Mrs. Warren. Dennoch sollte Sara die Behandlung jetzt alle zwei Tage durchführen. Sie war erleichtert, merkte jedoch, dass Mrs. Warren diese Anweisung nicht passte. Immerhin genoss sie die Berührung von Saras Händen sehr, obwohl diese sich leider nur noch mit ihrem Fuß beschäftigte.
„Mein ganzes Bein ist verkrampft", äußerte sie missmutig. Jetzt fand Sara den Augenblick, um das kleine Gerät einzusetzen.
Zunächst übernahm sie die Führung und machte nach einer abgekürzten Behandlung den Vorschlag, diesen wunderbaren Zauberstab an ihr auszuprobieren, da jetzt seltener massiert würde und stattdessen die Vibration die Muskeln am besten entspannen würde. Skeptisch beobachtete Mrs. Warren das Ding, doch je höher Sara am Bein damit entlang fuhr, war die Zufriedenheit von Mrs. Warren an ihrem Gesichtsausdruck festzustellen. Sie lobte es zwar nur verhalten.
Als Sara es einmal absichtlich in Reichweite von ihr liegen ließ, konnte sie feststellen, dass es sich am nächsten Morgen an einer anderen Stelle und zwar im Schlafzimmer von Mrs. Warren befand. Am oberen, abgerundeten Teil fühlte es sich ziemlich glatt an, so als wäre etwas Ähnliches wie eine Creme damit in Berührung gekommen. Wie auch immer, die Stimmung von Mrs. Warren hatte sich erhellt. Ob nun das Gerät mit der starken Vibration etwas damit zu tun hatte, konnte die barmherzige Sara zwar vermuten, doch nicht beweisen.

LAURAS NOTAT 10

Ich weiß nicht, was mich im Grunde mehr veränderte: ob es das Ereignis der verlorenen Unschuld, die ausgestandenen Schmerzen oder Johns Schwäche war. Eigentlich traf mich am meisten sein Entschluss, am nächsten Tag doch wieder in die Kirche zu rennen, um dort die Beichte abzulegen. Er sprach darüber, als sei es eine Selbstverständlichkeit. Anstatt sich über die Wendung in unserer Liebesbeziehung zu freuen, hatte er sich wieder kleinlaut unter den Rock eines Priesters verkrochen und Reue gezeigt, die ich selber als feige und unmännlich bezeichnete.

Es schockierte mich, wie immer noch die Gesetze der Kirche tief in ihm verankert waren. Unsere intimen Berührungen beim Petting waren nun durch die Penetration und die Beichte zum echten Sündenfall erklärt worden. Wieder folgte eine endlose Diskussion, in der John versuchte, mir den religiösen Unterschied zwischen Liebesspiel und Entjungferung klarzumachen, wobei er vergaß, dass mir dieser Unterschied nur Schmerzen bereitete, während er die männliche Lust genießen konnte. Etwas an dieser Sache störte mein Empfinden für ihn. Wie konnte ich meine Gefühle mit seinen Vorstellungen in einer Ehe mit ihm in Einklang bringen?

Ich liebte John oder besser gesagt, ich hatte ihn geliebt. Bereits die Geschichte mit Hella hatte mich unsicher gemacht. Möglicherweise nahm ich auch seine Beichte nur zum Vorwand, um nicht mehr mit ihm schlafen zu müssen.

Der Tag ging mit Streit und gegenseitigen Schuldzuweisungen zu Ende. Auch wenn John alles versuchte, um mich milder zu stimmen, wurden seine Annäherungen von mir brüsk zurückgewiesen. Zum Schluss hatte er wohl den Verdacht, dass ich einen Vorwand suchte, um ihn loszuwerden. Damit hatte er vielleicht recht, denn ich hatte schon früher die Institution der Ehe angezweifelt, auch wenn cs im Zusammenhang mit dem Leben in einer Kleinstadt und seinen Eltern geschah. Dieser religiöse Eifer aber schien mir der Höhepunkt unserer verschiedenen Ansichten zu sein, auch wusste ich, dass dieser Verlauf der Dinge John tief treffen musste. Er gehörte zu den seltenen und bedauernswerten Männern, die monogam sind und ihre Liebe zu einer Frau in den Mittelpunkt ihres Lebens stellen.

Als wir ein paar Tage Abstand hatten, vermisste ich ihn, aber nicht die neue Art, mit ihm zu schlafen, denn immer noch blutete ich ab und zu. John selber fand das schrecklich und übte sich in Enthaltsamkeit. Kühl gab ich ihm zu verstehen, er solle sich selber befriedigen. Das tat er auch, wie er mir bestätigte, aber er litt unter meiner Kälte. Ich wollte ihn und auch seine Freundschaft nicht verlieren und gab bald meinen Widerstand auf. John war nicht dumm, denn er wollte kein Mitleid von mir, sondern meine Leidenschaft spüren, die ich ihm nicht mehr geben konnte, obwohl ich alles tat, um ihn zu befriedigen. Ich küsste jeden Teil seines Körpers, ließ ihn an gewissen Tagen ungeschützt in mich eindringen, ja, ich spielte ihm sogar den Orgasmus vor, stöhnte und zuckte dabei. Ab und zu gaben mir seine Zärtlichkeiten beim Vorspiel auch eine gewisse Lust, die durch sein ungeduldiges Eindringen wieder rasch verschwand. Merkwürdigerweise verschwand auch meine Sehnsucht nach Hellas Berührungen, die sich mit Harry stritt, sich dann wieder versöhnte und mich mit den Berichten ihrer Streitigkeiten langweilte. War ich frigide geworden durch die Penetration?

Aber es deutete sich eine unerwartete Wende in meinem Leben an. Tom hatte bei seinen Reisen nach London neue Verbindungen angeknüpft. Er hielt Vorträge in englischer und französischer Sprache und hatte gute Kontakte zur Presse entwickelt. Ich weiß nicht, ob er nur ahnte oder sogar wusste, wie sich mein Verhältnis zu John verändert hatte. Jedenfalls schlug er mir vor, den angebotenen Job mit Probezeit bei einem internationalen Magazin für Fotografie anzunehmen.

„Die suchen eine zweisprachige Kraft, die sowohl fotografieren als auch schreiben kann. Ich meine, das wäre etwas für dich.“

Mir erschien es wie ein Wink des Schicksals. Ich sagte sofort zu, hatte aber die Rechnung ohne John gemacht.

***

Aha, dachte Mrs. Warren. Da hatte Tom, der alte Fuchs, wieder seine Hände im Spiel gehabt. So also hatte Lauras Karriere begonnen, die sie in verschiedene Länder trieb. Ab und zu hatte sie eine Postkarte von Laura erhalten, auf der etwa stand: „Liebe Kusine, ein freieres Leben kann ich mir nicht vorstellen.“ Oder aber: „Mein Leben hat sich grundsätzlich verändert. Das wäre nichts für dich, Kusinchen, eigentlich schade.“

Mrs. Warren war gespannt auf die Fortsetzung. Die Notate lagen vor ihr, bisher hatte sie diese als anregend empfunden, auch wenn sie aufpassen musste, dass Sara sie nicht fand. Es gab eben gewisse familiäre Dinge, die man verbergen musste. Vor allem jene lesbischen Neigungen, die bei Laura zu finden waren, wirkten peinlich auf Mrs. Warren, obwohl sie jetzt etwas mehr Verständnis in ihr hervorriefen. Nun ja, die Sexualität war schon eine spezielle Sache, sie selber hätte nie geglaubt, noch einmal etwas unterhalb des Bauchnabels empfinden zu können. Seitdem nicht nur Saras Hände, sondern auch deren vibrierender Zauberstab ihr verholfen hatte, sich wieder ohne Gehhilfe zu bewegen, war sie sozusagen dem Leben wiedergegeben. Darüber war die Arbeit an ihrem kriminellen Buchprojekt fast zum Erliegen gekommen.

Mit Saras Erscheinen hatte sich in Mrs. Warrens Leben einiges geändert, und ohne Lauras Notate wären gewisse Gefühle nicht in ihr auferstanden. Sie musste zugeben: Die Sinnlichkeit war kein Privileg der Jugend, der Reiz des Erotischen ist offenbar fest in allen Menschen verankert und starb nur ab, wenn der Anreiz fehlte oder man selbst den Löffel abgegeben hatte. Ja, Mrs. Warren war Realistin und ehrlich, zumindest sich selbst gegenüber. Da ihr dazu die Natur viel Fantasie mitgegeben hatte, war

sie experimentierfreudiger geworden, was ihr die vielseitige Anwendung des Zauberstabs erschlossen hatte. Natürlich hätte sie das niemandem eingestanden. Immerhin galt die Lust im Alter oft als Vorstufe der Demenz, und wer wollte sich schon einer solchen Verdachtsdiagnose aussetzen?
Doch es gab noch eine andere Seite der Sache: Körperliche Befriedigung war gut, vor allem, wenn man sie so rasch und unkompliziert erreichen konnte, auch preiswert, da sie nur wenige Kilowattstunden Strom zum Aufladen des Akkus kostete. Aber ihr fehlte die angenehme Wärme von Saras Händen, deren Vorarbeit Mrs. Warrens Körper wieder auf die Beine gebracht hatte, die aber nach und nach und viel zu plötzlich von Sara eingestellt worden war. Konnte sie wissen, dass jenes leise surrende Ding nicht nur Mrs. Warrens Beinen zugutekam?
Mit anderen Worten: Mrs. Warren fehlte die körperliche Nähe eines Menschen, die warmen Finger von Saras Händen auf ihrem Körper. Sie würden, selbstverständlich nur an Beinen und Rücken, eine Bereicherung bleiben. Das hatte nichts mit sexuellen Gefühlen zu tun. Nach wie vor erschienen ihr Lauras Entgleisungen mit dieser jungen Gans Hella als rätselhaft, zumal sie von dem guten und auch treuen Liebhaber John lange sehr gut befriedigt worden war. Was für eine Kehrtwende hatte bei ihrer Kusine stattgefunden? Nun, sie wollte Laura nicht zu schnell verurteilen. Die menschliche Natur war unberechenbar, solche Irrtümer konnten vorkommen, obwohl davon nie eine Spur in der Familie Warren zu finden war. Seufzend legte sie den desinfizierten Zauberstab beiseite und widmete sich wieder Lauras Notaten.

LAURAS NOTAT 11

Natürlich fiel es John auf, dass ich seine Besuche bei mir stark einschränkte und oft Entschuldigungen vorbrachte, die in seinen Ohren wenig überzeugend klangen. Mal sagte ich, es ginge mir nicht gut, ein anderes Mal hatte ich zu viel zu tun, Tante Anne brauche meine Hilfe. Manchmal äußerte er den Verdacht, ein anderer Mann sei im Spiel. Ich sah einige Male, wie er sich abends in der Nähe des Hauses aufhielt, dann gestand er mir seine Verdächtigungen und schämte sich über sein Misstrauen. Manchmal klingelte er vergeblich an der Haustür, und ich öffnete nicht – all das machte ihm zu schaffen.

Mein Entschluss, einen Job in London anzunehmen, war hart für ihn, aber er hoffte wohl, diese Idee würde in der Realität nicht stattfinden oder mich nach kurzer Zeit zu ihm zurückbringen. Merkwürdigerweise kam er nie auf die Idee, meine Gefühle für Hella könnten eine Rolle spielen. Wie konnte eine Frau einem Mann Konkurrenz machen? Das war für ihn völlig undenkbar. Tatsächlich fühlte ich für Hella auch nur noch Mitleid. Sie hatte mir gestanden, trotz aller Vorsichtsmaßnahmen schwanger von Harry zu sein, der immer noch nicht daran dachte, sie zu heiraten. Dieser Umstand machte mir noch mehr Angst, mit John zu schlafen. Gemischt mit meiner sexuellen Unlust führte all das zu meinem Rückzug, den John weder verstehen noch verkraften konnte. Häufig traf er sich mit anderen Studenten, mit denen er wohl oft trank, was er früher nie getan hatte. Anders konnte ich mir sein Verhalten nicht erklären, als er mich an einem regnerischen Abend überraschend im Vorgarten, ja an dem Ort, wo wir uns einmal so heiß geliebt hatten, abfing und mich bat, ihm zu helfen, da er sich beim Sport am Bein verletzt habe. Froh darüber, dass er sich auf andere Dinge konzentriert hatte, nahm ich ihn mit in meine Wohnung. Dort zog er Mantel, Jackett und Schuhe aus, schob sich an mir vorbei ins Schlafzimmer und ließ sich auf mein Bett fallen. Dass er in der Hand eine flache Flasche hielt, sah ich erst, als ich mich zu ihm herunterbeugte, um nach seiner Beinverletzung zu schauen. Aber er umfasste meinen Körper mit einem harten Griff und zog mich zu sich herunter. Dabei lachte er und bat mich, ihn zu küssen. Nie hatte ich ihn betrunken gesehen. Jetzt roch ich den Alkohol und küsste ihn nur auf die Stirn. Ungewohnt heftig beschuldigte er mich der Lieblosigkeit, die er nicht länger ertragen könne. Dann zwang er mich, neben ihm auf dem Bett zu liegen, und nagelte mich förmlich mit seinem Körper unter sich fest. Erschrocken stellte ich fest, dass dies die erste Grobheit war, die ich von ihm erfuhr. Das machte mich fassungslos. Wie gelähmt lag ich unter ihm und wehrte mich erst, als er meine Bluse mit seinen kräftigen Händen aufriss. Er wusste, dass ich keinen Büstenhalter trug, umfasste meine nackten Brüste und presste dann seinen Mund darauf. Danach gelang es ihm auch, meinen Rock herunterzureißen und mit einer Hand meine Scham zu erreichen. Ich versuchte, ihn von mir zu stoßen, und bat ihn, aufzuhören, mir weh zu tun. Doch sein von Alkohol umnebeltes Gehirn war wohl nicht imstande, meinen Widerstand zu verstehen.

Die aufgestaute Lust, mit mir zu schlafen, ließ ihn Dinge tun und sagen, die ich nie für möglich gehalten hätte.

„Ich will dich endlich wieder ficken, und zwar so, wie ich es noch nie mit dir getrieben habe. Halte still, sonst bringt dich meine Lust um. Mit diesem Fick will ich dir jetzt ein Kind machen!“

Mein Herz schlug wie verrückt, das konnte nicht mein John sein, der so sprach. Doch dieser Fremde über mir kreuzte meine Arme rechts und links neben meinem Körper, sodass er Gewalt über mich hatte, seine Hose öffnen konnte und mir den erigierten Penis in meinen zum Schreien bereiten Mund presste. Ich bekam keine Luft mehr und war für einen Augenblick wie bewusstlos. Danach presste er eine Hand auf meinen Mund, sodass ich nicht schreien konnte. Meine Starre nutzte er, um sich langsam immer tiefer in mich hineinzuzwängen, und brachte es fertig, sein Glied in meine Vagina zu zwingen. Während er rief, ich müsse ihn jetzt lieben, bewegte er sich heftig auf und ab und stöhnte laut auf, als er sich in mich ergoss. Starr vor Entsetzen hatte ich alles über mich ergehen lassen. Gleichzeitig wusste ich, dass etwas nicht mehr gutzumachendes geschehen war. „Ich bin gerade vergewaltigt worden", sagte mein Verstand, und das von dem Mann, der behauptete, mich zu lieben. Das war nicht mehr mein zärtlicher John gewesen, sondern ein wildes Tier, das mich brutal bezwungen hatte. Ein Tier, das wohl in allen Männern mehr oder weniger sichtbar schlummerte. Aber dieses Tier hatte mir alle Bedenken genommen. Ich wusste jetzt, wie leicht es mir fallen würde, Maidstone zu verlassen.

***

„Wie entsetzlich", stöhnte Mrs. Warren, als sie Lauras Notat zur Seite legte.

„Geht es Ihnen nicht gut?", fragte die eintretende Sara und stellte den Tee auf den Tisch. Rasch nahm Mrs. Warren wieder das eben gelesene Blatt an sich. Sie war innerlich sehr aufgerührt und hatte Lust, mit jemandem darüber zu reden, ohne zu viel von Laura zu verraten.

Unsinn, sagte sie sich, Laura lebt vielleicht nicht mehr. Doch sie lebt! Das war die andere Stimme in ihr. Sie gibt mir ihr ganzes Leben in die Hand, vielleicht weil ich ihr Erleben beschreiben kann. Laura hat mir mit der Übergabe ihrer Notate eine Idee für ein neues Buch geschenkt. Ich werde dieses Buch schreiben, um die Vielfältigkeit der Liebe mit all ihren Facetten zu beschreiben, dem Zauber, aber auch der Eifersucht und der Brutalität, in der sie sich zeigen kann. Es soll ein ehrliches Buch werden, ohne Verschönerung, aber voller Gefühle. Denn was gibt es Schöneres als die Gefühle der Liebe, ja, auch die der Lust? Sie war erstaunt über ihre Gedanken, die ja ein Teil ihrer eigenen Erfahrungen

waren. Bei allem Negativen durfte sie auch Stanleys Vorzüge nicht ganz vergessen.
„Sind Sie schon mal vergewaltigt worden?“
Die Frage traf Sara unerwartet. Doch sie blieb ruhig, gelassen wie immer.
„Wenn man mit sechzehn Jahren verheiratet wird, kann man sich schon so fühlen.“
„Wie schrecklich!“
„Ich wiederhole mich“, dachte Mrs. Warren etwas verwirrt, als Sara ganz natürlich darüber sprach, dass man in ihrem Land, besonders in ihrer Jugend, oft auf diese Weise die Ehe mit einem unbekannten Mann einging, dann Kinder bekam und das alles ohne romantischen Schnickschnack.
Die Art ihrer Schilderung schockierte Mrs. Warren ein wenig. „Also, diese Eingeborenen“, dachte sie im alten Kolonialstil, „sie leben tatsächlich noch in einer anderen Welt.“
Dann aber, als spürte Sara die Stimmungslage der Engländerin, legte sie Mrs. Warren ihre Hand zart auf deren Arm, was zuerst ein Zusammenzucken auslöste, dann aber als wohltuend und beruhigend empfunden wurde. Ja, Mrs. Warren genoss diese Berührung, die in ein leichtes Streicheln überging. Seitdem Sara ihre Massagen eingestellt hatte und sie diesem kleinen Zauberding überlassen hatte, war Mrs. Warren die Wichtigkeit von Körperkontakten bewusst geworden. Noch mehr: sie hatte sie vermisst.
Etwas scheu legte sie mit geschlossenen Augen ihre Finger auf Saras streichelnde Hand und führte sie weiter aufwärts bis zu ihrem Hals. Dort blieb die Hand zuerst unbeweglich liegen. Als Sara einen kleinen Seufzer von Mrs. Warren vernahm, wurde von ihr, der Lebenserfahrenen, die instinktiv erkannte, was hier notwendig war, dieses zarte Streicheln fortgesetzt, bis ihre Fingerspitzen fast das Dekolleté von Mrs. Warren erreichten. Diese saß bequem, den Kopf zurückgelehnt, unbeweglich mit geschlossenen Augen in ihrem Sessel. Etwas verwirrt erinnerte sie

sich an Lauras Schilderungen von Hella. Alle Schriftsteller leiden an einem Übermaß an Fantasie, das war ihr klar. Man muss schließlich nachempfinden können, was andere erleben. „Und das tue ich jetzt.“ Aber eines muss man dieser „Eingeborenen“ lassen: Sie weiß, was mir guttut. Gleichzeitig verbesserte sie ihre gedankliche Ausdrucksweise: Sara war das kultivierteste Geschöpf, das sie kannte!

LAURAS NOTAT 12

Mein Leben hat eine Wendung erfahren, die ich nie für möglich gehalten habe. Ich kenne nur ein Ziel: Vergessen, was geschah, ein neues Kapitel aufschlagen. Ja, es ist Kapitel 11 und schließt viele Türen ab. Es gibt keinen John mehr, keine Hella, kein Begehren. Es ist so, als sei ein Feuer ausgetreten worden. Etwas in mir brennt noch: der Ehrgeiz, weiterzukommen, und das habe ich Tom zu verdanken.

Ich hatte keine Ahnung, dass er eine kleine Wohnung in London besaß, in der ich fürs Erste wohnen konnte. Meine Überraschung war groß, als dort eines Tages ein gut aussehender junger Mann erschien und intensiv, fast aufdringlich, nach Tom fragte. Ich bat ihn nicht, hereinzukommen, sondern rief Tom an, der mir sagte, das sei Bernie, sein bester Freund. Ich war erstaunt über den Altersunterschied zwischen den beiden Männern; Bernie musste etwa dreißig Jahre jünger sein als Tom.

Ich maß diesem Besuch jedoch keine große Bedeutung bei, arbeitete für eine Presseagentur und war am Wochenende viel unterwegs, besonders wenn Ereignisse stattfanden oder prominente Besucher nach London und in die Umgebung kamen. Häufig war ich auch in Dover, schrieb meine Artikel und Interviews, die ich mit entsprechenden Fotos bestückte. Auch wenn ich die Qualität meiner Arbeit nicht selbst beurteilen konnte, erhielt ich positive Rückmeldungen der Agentur, sodass ich nebenbei von Zeitungen Arbeiten annehmen durfte, die mich einmal bis nach Schottland führten. Wahrscheinlich machte ich einen so guten Job, weil ich mich voll darauf konzentrierte.

Nichts Privates existierte mehr in meinem Leben, nur die Verbindung zu Tom, der die Wohnung bewohnte, wenn ich abwesend war. An einem Sonntagabend kam ich früher als gedacht zurück. Zu meiner Überraschung fand ich Bernie vor, der gelassen seine Sachen zusammenpackte und mir ebenso lässig

erklärte, er und Tom seien ein Paar und das schon seit zwei Jahren. Das also war der Grund für Toms längere Abwesenheit, als er Hella und mich gebeten hatte, die Aufsicht im Atelier zu übernehmen. Niemand hatte auch nur den geringsten Verdacht geäußert, dass Tom junge Männer liebte. Irgendwie gab mir das einen Schock, als wäre er mir oder irgendjemandem Rechenschaft schuldig. Vielleicht war es die etwas dreiste Art von Bernie, der sich aufführte, als sei er der Hausherr, was mich störte. Als ich das nächste Mal Tom traf, lachte dieser nur und meinte, Bernie würde sich gerne wichtigmachen, er sei eben noch jung.
Von da an machte Tom keinen Hehl mehr aus dieser Beziehung und sprach offen darüber. Bernies Fotos in verschiedenen Posen hingen von da an an einigen Wänden. Die am wenigsten Bekleideten versteckte Tom im obersten Fach eines Kleiderschranks, auf die ich durch Zufall stieß. Von da an hatte ich das unangenehme Gefühl, zu stören, und wollte mir auch in der Fantasie nicht vorstellen, was in meiner Abwesenheit vorging. Daher war ich froh, dass ich genug Geld verdient hatte, um mir einen Urlaub in Andalusien leisten zu können. Mein Chef war so begeistert von meiner Planung, dass er mir gleich einen Auftrag für Interviews einiger Prominenter gab, die den Winter in Marbella verbrachten. Auch sollte ich dort das kulturelle Leben beschreiben. Ich konnte mir gar nicht vorstellen, dass es an der Costa del Sol so etwas gab. Schließlich kam man dorthin, um dem Winter zu entfliehen – Sonnenbäder statt Konzerte, Theater oder Ähnliches zu genießen.

Ich hatte mich getäuscht. Zunächst suchte ich mir aber eine nicht zu teure Bleibe außerhalb des Hotels, in dem ich abgestiegen war. Mir schwebte ein Bungalow am Meer vor, und so landete ich in einem kleineren Ort namens San Pedro de Alcántara. Etwa zwölf Kilometer hinter Marbella betrat ich die nächste Vermittlungsagentur für Immobilien.
Alles, was ich tat, geschah mechanisch; oft fühlte ich mich wie

ein Roboter, ohne allzu persönliche Gefühle und Gedanken mit dem zu verbinden, was um mich geschah. Nur der Blick auf das tiefblaue Mittelmeer, die zum Teil schneebedeckten Berge der Sierra Nevada oder die nicht weit entfernte Küste Marokkos, die bei Sonnenuntergang wie ein Schatten auftauchte, konnten in mir bewundernde Gefühle auslösen. Oft, wenn ich an einem der ruhigen Strände entlangspazierte, stellte sich mir die Frage: Was mache ich eigentlich hier? Denn die Leere in mir hatte plötzlich ein Gewicht, das mir unheimlich schwer erschien. Bis vor kurzer Zeit hatte mich Liebe erfüllt, die nun verschwunden war. Und jetzt, an diesen Stränden, meldete sich in mir die Einsamkeit, an die ich nicht gewöhnt war.

So betrat ich dieses kleine Büro der Immobilienagentur völlig ahnungslos und trug der hinter dem Schreibtisch sitzenden Dame meine Wünsche vor, ohne zu bemerken, ob sie hübsch oder blond war, blaue oder braune Augen hatte. Ich übersah ihre mir übertrieben vorkommende Vertraulichkeit, mit der sie mir zwei Hausschlüssel überreichte und auf die unter uns liegende Bungalowsiedlung zeigte, wo ich mich umsehen könne. Leider habe sie jetzt keine Zeit, mich zu begleiten; ihr Mann käme erst später ins Büro, erklärte sie mir. Ich dankte für das Vertrauen, die einzige Reaktion in mir war diese Dankbarkeit, ein Ziel zu haben. So schlenderte ich den „Eselweg“, wie ihn die Dame genannt hatte, herunter, der sich durch die bescheidene Siedlung zum Strand schlängelte.
Ich konnte zwischen zwei kleinen Bungalows wählen und war unentschlossen, welcher mir am besten gefiel. Beide waren sehr einfach eingerichtet, ihre Terrassen lagen zum Meer. Innen wie außen gab es einfache Korbmöbel, einen Sisalteppich und eine kleine Küche, in der man mit Propangas kochen konnte. Die Schlafzimmer lagen an der Rückseite im Schatten der Häuser, es gab zwei einfache Betten und Einbauschränke einfachster Art, aber das störte mich nicht. Die Natur zählte, die ich durch breite

Glasfenster bewundern konnte. Das Mittelmeer mit dem Rauschen der Wellen weckte zum ersten Mal seit Langem ein Gefühl echter Begeisterung in mir. Ich ließ mich auf der Terrasse des letzten Hauses nieder und sah hin und wieder einen von Eseln gezogenen, mit Sand beladenen Karren vorüberziehen, auf dem mir singende Spanier fröhlich zuwinkten. Irgendwie fühlte ich mich angekommen und blieb dort verträumt sitzen, ohne zu bemerken, dass es Nachmittag geworden war. Im kleinen Kühlschrank der Küche hatte ich eine Flasche Wasser und etwas Käse entdeckt, wohl eine Hinterlassenschaft des letzten Mieters, und so genoss ich den Anblick des Meeres und die Ruhe, die sich wie Balsam auf meine Seele legte. Endlich spürte ich wieder, dass ich lebte, und zwar sehr intensiv. Ich wusste, hier konnte ich zu mir selbst finden.
Daher störte mich die Dame aus dem Büro, die sich als Nadine Dupont vorstellte und mir einen Vertrag vorlegte, den ich sofort für einen Monat unterschrieb. Sie ließ sich auf einen der Korbstühle nieder, zauberte eine Flasche Cava auf den Tisch und bat mich, mit ihr anzustoßen. Nicht alle Tage kämen Landsleute zu ihr. Und so schaute ich dieser Nadine zum ersten Mal bewusst in ihre braunen Augen, die übrigens sehr schön waren, so wie die ganze Frau reizvoll erschien. Auf eine gewisse Weise, wie ich einschränkte, denn ich wollte jetzt alleine mein neues Lebensgefühl genießen.
Der Sekt schäumte in unseren Gläsern, und sie blieb eine Weile bei mir sitzen, fragte, ob ich rauchte, und erzählte von ihrem Mann, der offenbar ein bekannter Tennisspieler gewesen war und sich hier zur Ruhe gesetzt hatte. Auch erwähnte sie ihre siebzehnjährige Tochter, die in den Ferien zu Besuch gekommen sei. Meine Vermieterin mochte etwa Ende dreißig sein. Ich langweilte mich ein wenig; der Rauch ihrer Zigarette störte mich, und ich sagte, sie sei wohl sehr beschäftigt.
Doch Nadine lachte nur, zog ihren Rock etwas unter die Knie ihrer schlanken Beine und stand erst auf, als ich mein Gähnen

nicht mehr unterdrücken konnte.
„Sagen Sie mir, wo Sie Ihr Gepäck haben, dann schicke ich mein Mädchen zum Hotel. Sie bringt es Ihnen herunter.“

So also begann mein neues Leben. Das Hausmädchen der Duponts kam mit meinen Sachen, erklärte mir, wo ich etwas einkaufen konnte, und bald darauf lag ich in Morpheus’ Armen. Mit dem Rauschen der Wellen im Ohr schlief ich tief und gut.
Schnell war ich am nächsten Morgen am leeren Strand, sammelte ein paar Steine, die ich mitnahm, bevor ich mich entschloss, einkaufen zu gehen. Ich war hungrig und eilte den Eselweg entlang, wobei ich nach den Schilderungen meiner Vermieterin ihre beiden Häuser passieren musste. Sie lagen in einem Abstand von etwa zwanzig Metern voneinander entfernt. Auf der einen Terrasse saß ein sportlich gekleideter Mann, die Beine lässig auf dem Geländer ausgestreckt. Hinter ihm stand ein blondes Mädchen im Bikini und hatte die Arme um den Hals des Mannes gelegt. Es musste wohl die Tochter der Duponts sein. Ich grüßte freundlich, erhielt aber keine Antwort. Beide taten so, als sähen sie mich nicht. Das fand ich merkwürdig, da hier nur wenige Touristen waren.
Ich eilte weiter und passierte das zweite Haus, dort sah ich Nadine Dupont allein auf der Veranda sitzen, das Hausmädchen verschwand gerade, nachdem es das Frühstück serviert hatte. Nadine winkte mir zu und rief, ich solle ihr doch Gesellschaft leisten. Im Grunde hatte ich wenig Lust dazu, doch der Duft des Kaffees und einiger frisch gebackener Croissants trieben mich zu ihr, die in weißen Shorts und einem roten Pulli um den Hals mit einem Glas Sherry in der Hand dort saß, während die andere Hand eine Zigarette ausdrückte.
„Wie haben Sie geschlafen? Bestimmt gut, so wie Sie aussehen. Greifen Sie nur zu.“
Und das tat ich. Es ging alles sehr leicht: die Annahme der Einladung, unser Gespräch und auch ihr Angebot, mir ihr Haus zu

zeigen. Das Hausmädchen, Pepita, verschwand in Richtung der anderen Terrasse, wo der Mann und das Mädchen saßen. Mit einer Handbewegung dorthin fragte ich, ob das ihre Familie sei. Es war, als hinge ein Schatten über ihrem Lächeln. Sie nickte nur und nahm meinen Arm, um mich ins Haus zu führen. Der Mann sah scharf zu uns hinüber, als das Mädchen ihn anstieß und ihm etwas zuflüsterte. Dann standen wir vor dem großen Kamin im Wohnzimmer, auf dem einige Fotos von Mr. Dupont standen: im Tennisdress, die Trophäen seiner Karriere in der Hand.

Die gleichen Pokale auf den Fotos standen aufgereiht daneben, und ich dachte: Warum steht er nicht selbst in diesem Raum, sondern treibt sich arrogant auf einer anderen Terrasse mit seiner Tochter herum? Ja, ich fand ihn selbst auf Abstand als arrogant und unhöflich. Nadine hielt immer noch meinen Arm fest, führte mich durch die anderen Räume, bis wir in ihrem Schlafzimmer vor einem breiten Fenster standen, durch das man eine prachtvolle Aussicht auf die Sierras hatte. Dieser Anblick ließ mich schweigen. Dann trafen sich unsere Blicke, und plötzlich war etwas zwischen uns, etwas ganz Unerklärliches, das wie ein Magnet auf mich wirkte und den Wunsch in mir auslöste, ihr körperlich nahe zu sein.

Ich ärgerte mich, dass mein Herz einen Trommelwirbel schlug. Was sollte denn das? Hier stand ich neben einer Fremden, die viel älter war als ich, und meine Lust, ihr nahe zu sein, kam wohl aus Mitleid. Denn offenbar war sie ein unglücklicher Mensch. Für mich war es die einzige Erklärung, weshalb ich mich nicht zurückzog, als sie die Arme um mich legte. Quasi beschützend drückte ich sie an mich und ließ es zu, dass sie mit ihren Lippen mein Gesicht berührte. Ein Gesicht, das sich zu mir hindrehte und wie zufällig mit sehr warmen, weichen Lippen meinen Mund berührte. Etwas, das ich glaubte, vergessen zu haben, dieses süße, süchtige Begehren, flammte in mir auf, ein Begehren, dem ich keinen Widerstand entgegensetzen konnte. Ich weiß nicht, was geschehen wäre, hätten sich nicht Schritte genähert und wir uns voneinander gelöst, sehr ungern, wie ich zugebe.

***

„Du lieber Himmel“, flüsterte Mrs. Warren, „sie wird sich doch nicht mit dieser viel älteren Frau eingelassen haben, die nicht nur verheiratet und Mutter ist, sondern schon morgens trinkt und auch noch Kettenraucherin zu sein scheint.“ Wenn Mrs. Warren etwas verabscheute, dann war es der Geruch von Nikotin. Das musste sie Stanley zugutehalten, er hatte nie die Angewohnheit gehabt, die Luft zu verpesten.

Wie auch immer, in ihrer Fantasie sah sie das, was sie gelesen hatte, lebhaft vor ihren Augen. Dafür war sie Schriftstellerin. Man war schlichtweg Sklave der eigenen Vorstellungskraft. Hinzu kam, dass sie von einem ihrer Liebhaber vor langer Zeit nach Andalusien entführt worden war, und zwar auf eine Segeltour, die ihr so schlecht bekam, dass Charles, so hieß der Mann, sie im Hafen von Marbella absetzte, wo sie sich bedeutend wohler fühlte. Nie würde sie diese Tage des Alleinseins und ihr Streifen durch die Altstadt von Marbella vergessen, bis ihr Kavalier sie dort wieder abholte und gemeinsam mit ihr per Flugzeug die Heimreise antrat.

Die herrliche Landschaft hatte auch bei ihr einen unvergesslichen Eindruck hinterlassen. Deshalb konnte sie Lauras Gefühle gut nachempfinden, jedenfalls was Andalusien betraf. Jene Dame, diese Frau Dupont, allerdings, schien ihr von der ersten Seite an suspekt zu sein. Auch diese ungeordneten Verhältnisse, die in der Familie zu herrschen schienen. Zwei Häuser, in denen die Familienmitglieder getrennt lebten! Und wie diese Nadine direkt auf Laura zukam, offensichtlich um sie zu verführen. Nun, Mrs. Warren war inzwischen bedeutend toleranter geworden, was die Liebe zweier Frauen betraf, der sie früher kein Verständnis entgegengebracht hätte. Aber in letzter Zeit beurteilte sie solche, ihr vorher als entartet erscheinende Gefühle milder. Im Grunde, wenn sie ehrlich war, hatte die Gegenwart von Sara etwas damit zu tun. Wieso eigentlich? Doch, diese zarten Berührungen, auch wenn sie medizinisch eingesetzt wurden, hatten ihr unglaublich gutgetan. Selbstverständlich waren sie ihrem Bein gewidmet und hatten keinerlei erotische Gefühle in ihr ausgelöst.

Doch der Mensch brauchte hin und wieder Körperkontakt, und das war ihr physisch wie psychisch gut bekommen. Sie verdrängte jetzt den Gedanken an das Zauberkästchen, das Sara ihr geschenkt hatte. Schließlich war es ihre persönliche Sache, dieses Massageinstrument zweckentfremdet eingesetzt zu haben. Natürlich vermisste sie Saras Hände, die immer seltener ihren Körper massierten. Sie vermisste Sara sogar in diesem Moment so stark, dass sie nach ihr rief, und das in einem Ton, der sofort nach ihrer Gegenwart verlangte. Aber das hatte nichts mit Lauras erotisch gefärbter Beschreibung im Haus der Frau Dupont zu tun. Sie wollte sie nur sehen, sich davon überzeugen, dass Sara für sie da war. Doch sie erschien nicht, und das empfand Mrs. Warren fast als Katastrophe und ließ ihr Herz so heftig klopfen, dass sie einen nahenden Herzinfarkt befürchtete.

Jetzt rief sie nicht nur, nein, sie schrie Saras Namen. Und als diese atemlos ins Zimmer stürzte, streckte Mrs. Warren ihr beide Arme hilfesuchend entgegen wie ein Kind, das von seiner Mutter umfangen sein will. Und Sara tat ihr den Gefallen, barmherzig drückte sie Mrs. Warren an ihre weichen Brüste, an die sich diese zum Kind dezimierte Frau schmiegte, ohne zu ahnen, dass sie auf dem besten Weg war, sich in Sara zu verlieben.

LAURAS NOTAT 13

Nachdem ich fluchtartig an Pepita und ihrem Putzeimer vorbeigestolpert war, nahm ich einen Umweg durch ein angrenzendes Feld und fand einen kleinen Supermarkt, in dem ich mich mit allem Notwendigen eindeckte. Daheim aß ich eine Kleinigkeit und verzog mich hinter eine Stechpalme, die mich vor unerwünschten Blicken und Besuchern schützte. Was hieß Besuchern, nur Nadine wusste, wo ich zu finden war. Sie aber wollte ich jetzt auf keinen Fall sehen. Was war mit mir geschehen? Meine Analyse fiel so aus: geschockt durch Johns Gewaltakt, hatte ich zu lange isoliert gelebt, danach wollte mein Körper keinen anderen Körper mehr akzeptieren. Jede sexuelle Lust war mir verloren gegangen, tatsächlich hatte ich mich nicht einmal selbst mehr berührt. Da dieser Körper aber offenbar zu jung war, um auf Sexualität ganz zu verzichten, reagierte er jetzt auf die erstbeste Gelegenheit.

Natürlich war es etwas unverständlich, warum es eine Frau, dazu noch eine ältere und verheiratete, war, die etwas in mir weckte, was ich als überwunden ansah. Natürlich hatte wohl Hella meinem Unterbewusstsein einen Streich gespielt. Denn ich war sicher nicht lesbisch, sondern heterosexuell. Allenfalls mit kurzen Ausnahmen, die bei längerer Enthaltsamkeit auftraten. Das musste man richtig einordnen, um sich nicht völlig im Gestrüpp seiner Gefühle zu verirren. Die Sonne schien prall auf meinen fast nackten Körper. Meine Gedanken erlaubten einen Ausflug zu der Szene in Nadines Schlafzimmer.

Diese flüchtige Umarmung und ebenso flüchtige Berührung von Nadines Lippen setzten plötzlich Hormone in mir frei, die wohl durch die andalusische Sonne noch verstärkt produziert wurden. Meine Hände berührten zum ersten Mal wieder meinen Körper. Da ich nicht wusste, ob mich die Stechpalme genug verdeckte, sprang ich auf und wollte ins Haus gehen, als eine Stimme rief: „Pescados, Señora!" Zu Tode erschrocken sah ich einen Mann vor der Terrasse stehen, er hielt einen Korb mit Fischen in der Hand. Offenbar einer der Fischer, die man ab und zu am Strand sah, wenn sie ihre Boote hineinzogen oder ihre Fangnetze säuberten.

Schnell zog ich mir mein langes T-Shirt über und hoffte, dass er eben erst vorbeigekommen war. Er kam näher und zeigte mir seine Auswahl, die frisch gefangen und appetitlich aussah. Es war mehr als ein Tag her, dass ich eine warme Mahlzeit gegessen hatte, und ich bekam große Lust auf eine große Seezunge, die er mir hinhielt. Ich kaufte sie, nachdem ich den Fischer genauer betrachtet hatte. Sein schlanker Körper steckte in einem dunklen Pullover und sehr engen Hosen. Das schwarze, lockige Haar konnte man unter seiner mit einer Seemannsmütze bedeckten Kopf erahnen, unter dem mich freundlich lächelnd ein gut geschnittenes Gesicht ansah. Sein Mund war geschwungen, die Augen dunkelbraun. Er gefiel mir sofort. An seinem rechten Finger entdeckte ich einen Ehering, und das gefiel mir noch besser. Hier würde es kein Motiv für meine Bindungsangst geben. Seine Augen waren über meinen Körper geglitten, nicht aufdringlich, aber sehr interessiert.

Dann fragte er mich, ob ich Engländerin sei. Als ich das bejahte, kamen wir zu einer Unterhaltung im echten Kauderwelsch. Ich konnte ein paar Brocken Spanisch, er sprach sehr gebrochen Englisch.

Als er mich fragte, ob er mir ab und zu seine Ware, die er auf dem Markt verkaufte, anbieten dürfe, sagte ich ja, gerne. Er zeigte auf ein Boot am Strand, an dem sich zwei andere Fischer zu schaffen machten, das seien seine Brüder, die ganze Familie wohne in Marbella. Hasta luego, bis bald, sagte er und blickte mir sehr intensiv in die Augen, bevor er mit seinem Fang zum Markt ging.

„Ich heiße Paco", rief er mir zu, „und bin sechsundzwanzig Jahre alt."
Diese Begegnung beruhigte mich. Ein Mann interessierte mich wieder, und dieser Mann zeigte Interesse an mir. Ohne Abscheu konnte ich mir vorstellen, von ihm umarmt zu werden. Auf jeden Fall lenkte mich Paco vom morgendlichen Erlebnis mit Nadine ab. Nach dem guten Fischgericht ging ich abends zeitiger als sonst zu Bett. Ja, ich gestehe, dass ich heftige Lust verspürte, mich selbst zu berühren. Abwechselnd schlichen sich die Figuren von Nadine und Paco in meine Fantasien. Die Konturen von Pacos Erektion zeichneten sich in meiner Fantasie durch seine engen Hosen ab, doch als mein Höhepunkt nahte, umarmte ich Nadine und stieß mehrfach ihren Namen aus. Danach schämte ich mich über diesen Rückfall, wie ich es nannte, und beschloss, so schnell wie nur möglich, Paco wiederzusehen.

Gelegenheit dazu kam am nächsten Tag, den ich verbummelte und mich im Zustand meiner Faulheit ausgesprochen wohlfühlte. Als ich später wieder einmal aufs Meer blickte, sah ich zwei Fischerboote, die sich dem Strand näherten, und ich schlenderte gegen Mittag hinunter, wo ein Feuer brannte und Fische auf Spießen gebraten wurden. Mehrere ältere Männer machten sich an den Netzen zu schaffen, zwei davon hatten Pacos schlanke Gestalt, aber ihre Gesichter waren grober, lächelten mich jedoch an und zeigten einladend auf die rauchwarmen Fische am Spieß. Ich konnte nicht widerstehen und unterhielt mich mit ihnen gestikulierend, sodass wir viel lachten.

Offenbar hatte Paco von der Engländerin gesprochen, mehrfach nannten sie mich *la guapa*, was, wie ich später herausfand, „die Hübsche" hieß. Dieses Wort sollte ich später noch häufig von Paco zu hören bekommen. Zunächst war ich enttäuscht, ihn nicht zu sehen, doch seine Brüder beteuerten, er käme bald zurück; die Beisetzung eines verunglückten Freundes habe ihn von der Arbeit abgehalten. Ich kaufte wieder zwei kleinere Fische, die ich mir spät nachmittags gut schmecken ließ. Kurz danach tauchte Paco auf, dieses Mal in einem dunklen Anzug, der seine schlanke Figur betonte. Aber auch diese Hosen erschienen mir wieder eng genug, um die Konturen seiner Männlichkeit zu erahnen. Es begann zu regnen, keine Seltenheit im südspanischen Winter, und ich musste Paco ins Haus bitten. In diesem Augenblick sah ich Nadine vorbeigehen; sie winkte, lächelte mir verschwörerisch zu und rannte, eine Jacke über den Kopf haltend, nach Hause. Also saß ich mit Paco drinnen auf einem der geflochtenen Stühle, er zeigte auf seine Uhr und dann zum Strand, wo offenbar die Brüder auf die Tageseinnahmen warteten. Die Familien seien *pobre*, arm, und darauf angewiesen, täglich die Einnahmen aus dem Fischereierlös zu teilen. Auf diese Art erfuhr ich etwas über die sozialen Umstände, in denen diese fleißigen, aber armen Leute lebten. Einer von diesen Menschen nahm mich beim Abschied in die Arme, nicht ohne mich vorher um Erlaubnis zu fragen. Paco sagte ganz einfach, er würde mich gerne küssen, ob ich ihm *permiso*, die Erlaubnis, dazu gäbe. Seine Küsse waren sehr sanft, er berührte meine Lippen so vorsichtig, dass ich den Vorgang jederzeit abbrechen konnte.

Erst als ich die Lippen öffnete, drang er sanft mit seiner Zunge in meinen Mund ein, immer wieder brach er kurz ab, um Luft zu holen, und sagte: „Bitte noch einmal."

Seine Passivität erregte mich mehr, als wenn er sich auf mich gestürzt hätte. Natürlich spürte ich auch seine Erregung an dem Umfang seines Gliedes, das sich hart an meinen Unterleib presste. Ich dachte an die Enge seiner Hose und daran, wie Paco dem Druck seiner Lust standhalten konnte.

Was immer mich bei diesem mir noch unbekannten Mann überkam, war mir selbst rätselhaft. Ich erlöste ihn, indem ich den Reißverschluss seiner Hose herunterzog. Meine Lust, nach so langer Zeit wieder ein erigiertes Glied in der Hand zu halten, war groß, zumal ich bei aller Erregung etwas Beruhigendes

feststellen konnte: Ich hatte meine Angst vor Männern verloren, die Angst, vergewaltigt zu werden. Ohne jede Abscheu hielt ich Pacos Glied in meiner streichelnden Hand.
Leider kam er zu schnell und ließ mich los, wobei er entsetzt rief: „Wohin, wohin?"
Ich verstand nicht so schnell, was ihn so aufregte; seine Augen wurden groß und rund, er wirkte wie ein hilfloses Kind, aber schon schoss der Erguss aus ihm heraus und landete auf dem Steinboden. Es war eine Situation, wie ich sie noch nie erlebt hatte. Ich konnte mein Lachen nicht unterdrücken, und Paco stimmte in dieses Gelächter ein, als wir uns bückten und mit den Köpfen zusammenstießen, um das Malheur mit zwei Papiertaschentüchern zu beseitigen.
Von dieser Zeit an waren wir Vertraute, Freunde, die körperliche Nähe mit viel Humor erlebten. Er war verheiratet, und das fand ich gut. Paco schien kein schlechtes Gewissen wegen dieses Seitensprungs zu haben, der ja nur ab und zu und sehr locker stattfand. Niemand verdrängte seine Frau aus ihrer gesicherten Position als Ehefrau, und auch mich drängte niemand zu Entscheidungen.
Paco nannte mich seine *Novia*, Verlobte. Wie er auf diese Idee kam, weiß ich nicht, alles war zwischen uns unbeschwert und geschah mit Humor. Auch hatte er unglaublich oft eine Erektion, ohne das Verlangen, befriedigt zu werden. Manchmal spazierten wir durch die Siedlung, er legte immer den Arm um mich und schaute manchmal an sich herunter und kommentierte: „Er schaut mal wieder zum Himmel!" Es dauerte eine Weile, bis ich verstand, wer da zum Himmel schaute.
Das Beste an ihm war: Er drängte nie zur Penetration, sondern spielte mit unserer Lust, ähnlich wie ich es so oft mit John getan hatte. Wir kamen durch Petting zum Höhepunkt. Eine Beruhigung für mich, so wie auch für ihn, denn auch er wollte nur ein Kind mit seiner Frau haben, was bisher nicht geklappt hatte. Doch nach kurzer Zeit mussten wir uns trennen. Sein dritter

Bruder in Cádiz erwarb einen Hochseekutter, und Paco musste für einige Zeit mit ihm auf dem Atlantik fischen.
Am Abend unserer Trennung bat er mich, einmal in mich eindringen zu dürfen. Ja, er war einer der gefühlvollen Südländer und tat das so vorsichtig, dass ich keinen Schmerz, ja sogar Lust empfand und vor ihm den Höhepunkt erlebte. Er selbst zog sich so zeitig zurück, dass er mich nicht der Gefahr einer Schwangerschaft aussetzte. Danach lachte er mal wieder und meinte fröhlich, manchmal müsse man eben vor dem Segen aus der Kirche gehen.

***

Es gibt sie noch, die vernünftigen Männer, rücksichtsvoll und zärtlich, ja, vor allen Dingen zärtlich, dachte Mrs. Warren zufrieden. Dieser Paco erinnerte sie an einen ihrer Liebhaber, er hieß Marvin, der sie mit seiner Zärtlichkeit überschüttet hatte. Leider waren seine Liebesbeweise damit erschöpft, denn er wurde, wenn es darauf ankam, von einer plötzlichen Impotenz eingeholt, die ihn an der Vollendung hinderte, sobald er Mrs. Warren, wahrscheinlich auch andere Frauen, zum Beischlaf verführt hatte. Sie hatte das Versagen fast als Beleidigung empfunden. Wenn sie sich schon in die Horizontale begab, wollte sie auch etwas davon haben. Stattdessen hinterließ dieser Marvin sie so unbefriedigt, dass sie sich tatsächlich, natürlich im Dunkeln, selbst befriedigen musste. Ja, sie erinnerte sich, vor ihrer Ehe Laura davor gewarnt zu haben, selbst Hand an sich zu legen.
Dieser Fremdgänger Stanley hatte Schrecken darüber verbreitet, weil er das erotische Feld alleine beherrschen und die Frauen von sich abhängig machen wollte. Nun, man musste dazulernen und Lösungen für sich finden. Da hatte Laura Glück gehabt, diesen Paco als Liebhaber gefunden zu haben. Das stellte nicht nur Mrs. Warren in ihrem Fantasiebild eines Liebhabers zufrieden, sondern auch die Tatsache, dass Laura Abstand gewann von der

doch sehr suspekt erscheinenden Nadine und ihren merkwürdigen Familienverhältnissen. Wie konnte sich Laura nur in Versuchung führen lassen, als sich Nadine ihr im Schlafzimmer eindeutig genähert hatte? Nach wie vor hatte Mrs. Warren ihre Vorbehalte gegen jede Art gleichgeschlechtlicher Zuneigungen, ohne zu bemerken, dass ihre eigenen Gefühle für Sara bereits einige Grenzen rein freundschaftlicher Art überschritten. Sich das einzugestehen, war ihr unmöglich, denn sie interpretierte den Wunsch nach Umarmung als natürlichen Bedarf nach Nähe. Jeder braucht Nähe, auch Gingerboy, der gerade schnurrend um ihre Beine strich.

Nun hatte sich Sara darüber Gedanken gemacht, wie sie ihre Pflicht als Betreuerin mit denen einer tröstend streichelnden Begleiterin in Übereinstimmung bringen konnte. Die Situation hatte sich zunächst etwas entspannt, als die vielseitigen Talente des kleinen Zauberkästchens in Mrs. Warrens Schlafzimmer von Sara entdeckt wurden und deren Handmassage ersetzen konnten. Doch hatte Sara gemerkt, dass es ihrer Patientin nicht genügte, die elementaren Bedürfnisse damit zu stillen; nein, sie benötigte Körperkontakt, und das nicht nur mit Gingerboy, sondern auch mit einem menschlichen Wesen. Andererseits wollte Sara nicht abweisend auftreten und gab täglich eine kleine Zugabe an Streicheleinheiten von sich, spürte aber, dass sich der Bedarf daran bei Mrs. Warren ständig erhöhte. Hier musste eine Lösung gefunden werden, anders ausgedrückt: Ein Mann musste Saras Rolle übernehmen. So konsultierte sie den Hausarzt von Mrs. Warren und, ohne indiskret zu werden, schlug sie vor, einen Physiotherapeuten traditioneller Art einzuschalten, da ihr Rücken die zusätzliche Arbeit des Massierens nicht mehr schaffe. Sie bekam eine Liste infrage kommender Therapeuten ausgehändigt und versuchte, im Internet mithilfe von Daten und Fotos einen passenden Kandidaten auszuwählen. Dabei spielten auch Erfahrungen und Bewertungen eine Rolle für sie.

Nach einigen Recherchen stieß sie auf einen Masseur schwedischer Herkunft, Mitte Fünfzig, der für den Einsatz von Aromatherapie die besten Bewertungen erhielt. Nachdem sie persönlich Kontakt mit ihm aufgenommen und einen guten Eindruck gewonnen hatte, lag jedoch die schwerste Aufgabe vor ihr, Mrs. Warren von der Notwendigkeit zu überzeugen, dass Saras Rücken zeitweise streikte und Entlastung brauche. Dabei stöhnte Sara bereits bei der geringsten Bewegung so herzzerreißend, dass Mrs. Warren das nicht lange anhören konnte, ohne ungeduldig zu werden.

Unterstützt vom Hausarzt ließ sie es zu, den Mann zumindest einmal kennenzulernen. Nun, Olav Bull, der Schwede, war mittelgroß, blond und kräftig gebaut, ohne grobschlächtig zu wirken. Sein Lächeln wirkte offen auf Mrs. Warren, seine Hände sahen kraftvoll, aber doch sensibel aus. Man hätte ihn als gut aussehend bezeichnen können, wenn nicht seine Nase etwas zu groß ausgefallen wäre. Irgendwie erinnerte er Mrs. Warren an Stanley, dessen Nase ähnlich groß hervorgestanden hatte. Ihr Blick glitt an seinem Körper herunter. Der untere Teil steckte in einer leichten Sporthose und ließ bei genauem Hinsehen gewisse Konturen entdecken, die verrieten, dass nicht nur Stanleys Nase ihm glich. Mrs. Warren fühlte eine gewisse Erregung in sich aufsteigen und versuchte, diesen unteren Körperteil zu ignorieren. Oles Erfahrung mit älteren Damen kam ihm zugute, als sie ihm das erste Mal in Gegenwart von Sara gestattete, ihr nacktes Bein zu berühren. Letztere konnte schon nach wenigen Minuten beruhigt das Zimmer verlassen, als sie am wohligen Stöhnen der Patientin merkte, dass diese leichte, aus Streicheln besonderer Art bestehende Therapie akzeptiert wurde.

Wie schon erwähnt, kamen Oles Erfahrungen mit älteren Damen auch Mrs. Warren zugute. Er bewunderte ihre schmalen Fesseln, ließ seine Fingerspitzen sehr leicht auf ihren immer noch schönen Beinen äußerst vorsichtig empor gleiten, ohne intime Grenzen zu überschreiten. Tatsächlich schien Mrs. Warren dic beiden

Menschen, mit denen sich ihre Fantasie in letzter Zeit etwas zu viel beschäftigt hatte, fast zu vergessen. Die sie zart und doch bestimmt berührende Männerhand weckte in ihr Erinnerungen an Zeiten, in denen weder Sara noch Laura eine Rolle gespielt hatten.

Dann sah sie plötzlich wieder Stanley in seiner besten Zeit vor sich, als er sie mit der Liebe und seiner übergroßen Männlichkeit bekannt gemacht hatte. Sie erinnerte sich, wie er ihr dieses Teil der Männlichkeit zum ersten Mal in die vor Erregung zitternde Hand gedrückt hatte und später auch in den Mund. Bei dieser Erinnerung lief ihr ein Schauer über den Rücken, und immer wieder ließ sie ihre halbgeschlossenen Augen über Oles Unterleib gleiten. Der Lust, ihn dort zu berühren, musste sie aber widerstehen.

Sie lenkte sich mit den Gedanken an den Inhalten von Lauras Notaten ab. Morgen würde sie die Fortsetzung lesen, um sich zu überzeugen, dass Laura wieder zu normalen Gefühlen zurückgefunden hatte.

LAURAS NOTAT 14

Merkwürdigerweise vermisste ich Paco nicht zu sehr. Er selbst hatte beim Abschied Tränen vergossen, was mich sehr wunderte, denn ich hatte noch nie einen so heftig weinenden Mann gesehen. Selbst John hatte sich in allen Krisenmomenten beherrscht und höchstens tief betrübte Seufzer von sich gegeben. Übrigens John! Tom hatte mir eine Nachricht geschickt, dass John nach unserer Trennung völlig aus der Balance gekommen war, die er durch übermäßigen Alkoholkonsum wiederherzustellen suchte, was zur Folge hatte, in den Armen einer Bardame aufzuwachen, die sich eine Weile als Samariterin betätigte. Immer wieder hatte er Tom bekniet, ihm meine Adresse zu geben, nicht nur um sich erneut zu entschuldigen, sondern um mich zurückzuerobern.
Als ihm das misslang, fasste er den wilden Plan, sich einer Söldnertruppe anzuschließen. Nun, er hatte immer eine Schwäche für Militärmusik gehabt. Seinem Vater war es zum Glück gelungen, ihn einem Psychologen anzuvertrauen. Offenbar gelang es dem, John zu überzeugen, sein Studium wieder aufzunehmen, dieses Mal jedoch in Oxford. Ich vermisste weder John noch Paco. Innerlich war ich sehr ruhig geworden. Jene Unsicherheit, zu welchem Geschlecht ich gefühlsmäßig mehr tendierte, war gewichen. Ich hatte mein kleines Zwischenspiel mit Hella und das noch kleinere mit Nadine fast vergessen.
Im Übrigen waren wir alle echte Heteros, und unser Geplänkel war aus der Not heraus geboren worden. Jetzt hatte ich andere Sorgen.
Meine Finanzen wurden knapp. in der letzten Zeit hatte ich nichts getan, um irgendwelche Kontakte zu suchen, die mir ermöglicht hätten, Fotos und Interviews von Prominenten zu machen, die sich doch angeblich haufenweise an der Costa del Sol herumtreiben sollten. Erstaunlicherweise bekam ich Hilfe von Nadine, die sich während meiner Liebschaft mit Paco erstaunlich zurückgehalten hatte. Immer wieder war sie leise wie eine

Katze den Eselweg entlang an meinem Bungalow vorbeigeschlichen. Fast unhörbar, und wenn wir uns sahen, zeigte sie dieses Lächeln, das Verständnis und eine Art Kumpanei andeutete. Wahrscheinlich erschien es ihr als ganz normal, als Tourist zunächst einmal eine Liebesaffäre mit einem Spanier anzufangen. Nachdem Paco verschwunden war, blieb sie stehen, sprach über den im Februar oft auftauchenden Levante-Sturm, der das Meer aufwühlte, und fragte mich, ob ich mit allem gut versorgt sei. Das war ich natürlich nicht, zumal Pacos Fischgeschenke fortfielen.

Nadine sah offenbar Sorgenfalten in meinem Gesicht und bot mir an, mit der Mietzahlung zwei Wochen zu warten. Als ich ihr die Aufträge meiner Londoner Agentur schilderte, meinte sie, ihr Mann habe noch Verbindungen zum Jetset aus seiner Zeit als Tennisstar. Zwar war mir der Gedanke, von ihrem Mann Hilfe anzunehmen, nicht angenehm. Doch Nadine lud mich zu einer Party ein, an der auch einige Nachbarn der Bungalowsiedlung teilnehmen sollten, und diese Einladung nahm ich gerne an. Mr. Dupont sah ich weiter in inniger Umarmung mit seiner Tochter zum Strand spazieren oder er saß mit ihr auf seiner Veranda.

Wieder überkam mich die Neugierde, was es mit dem seltsamen Trio auf sich hatte. Überraschenderweise traf ich dort weder den arroganten Tennisspieler noch seine Tochter. Nur zwei ältere Ehepaare und eine englische Malerin, Mrs. Chapman, die manchmal auch vorbeigehende Spaziergänger mit Klavierstücken aus Musicals beglückte, waren anwesend. Leider hatte Nadine kein Piano, aber Mrs. Chapman saß als Ehrengast am oberen Ende der Tafel, Nadine an ihrer rechten Seite. Ich sah nur ihr Profil und bemerkte erst jetzt, dass dieses Profil sehr schön war. Ihr blondes halblanges Haar war ein Kontrast zu ihrem hochgeschlossenen dunklen Kleid, die Bewegungen ihrer Hände erschienen sehr ruhig, als sie Mrs. Chapman und sich Feuer zu ihren Zigaretten reichte. Es war eine etwas steife und typisch englische Gesellschaft, die sich höfliche Komplimente machte, das leichte Essen, den Sherry und Nadines Kleidung lobten und sich nach etwa zwei Stunden ebenso höflich verabschiedete. Von Partystimmung keine Spur.

Mrs. Chapman versprach mir ein Interview. Als auch ich, als Letzte, die Gesellschaft verlassen wollte, bat mich Nadine, noch etwas zu bleiben. Ich muss gestehen, dass ich nervös war, gleichzeitig aber neugierig, ob ich etwas über ihren familiären Hintergrund erfahren konnte. Auch war ich gespannt, ob sie eine Fortsetzung unserer Episode in ihrem Schlafzimmer anstrebte. Ich selbst fühlte mich durch Pacos Liebesbemühen ganz gesättigt auf diesem Gebiet. Nadine öffnete eine Flasche Champagner, wir stießen mehrmals an. Vorher hatte sie schon vor und nach dem Essen einige Gläser Sherry getrunken und war jetzt sehr lebhaft, rauchte mehrere Zigaretten. Die Bewegungen ihrer Hände wirkten nervös. Jetzt ist sie schlachtreif, dachte ich und kam direkt zur Sache:

„Wo sind Ihr Mann und Ihre Tochter? Gehören die nicht zu den Gästen?“

Es war deutlich zu sehen, dass sie mit den Tränen kämpfte:

„Ich wusste, dass Sie das fragen würden. Sie sind durch und durch Journalistin, vielleicht ist das eine gute Story für Sie. Also: Es ist nicht seine, sondern meine Tochter, mit der er zusammenlebt. Er hat sie, wie auch mein Vermögen, für sich beschlagnahmt. Gütehalber lässt er mich hier wohnen und mir ein lächerliches Taschengeld zukommen. Die Mieten kassiert er auch.“

Nach diesen Worten brach sie in Tränen aus. Das alles klang sehr unwahrscheinlich, aber ihr Schmerz schien echt zu sein. Ich kniete neben ihrem Stuhl nieder und legte tröstend einen Arm um sie. Ihr Kopf landete auf meiner Schulter, etwas Feuchtes tropfte auf meine Hände, als sie mir ihr Gesicht zudrehte. Sie bat mich leise, nicht nach Hause zu gehen, sondern bei ihr zu übernachten.

„Ich habe Angst, oft gibt es hier nach Einbruch der Dunkelheit so merkwürdige Geräusche. Als schliche jemand ums Haus.

Gerard ist übrigens eifersüchtig auf dich. Ich habe wohl zu oft erwähnt, wie gerne ich mit dir sprechen würde. Letztens hat er mich angeschrien, er könne den Namen Laura nicht mehr hören!“
„Nun, er hat wohl Angst, dass du mir zu viel über ihn erzählen könntest.“
„Seine Stimmungen wechseln sehr häufig. In einem guten Moment habe ich ihm eine Adresse entlockt, die wichtig für dich sein kann.“ Sie griff hinter sich und reichte mir einen Zettel.
„Wenn du hier Zugang bekommst, hast du kaum noch Sorgen.“
Wenn das zutraf, wäre ich dem arroganten Kerl Dank schuldig. Das passte mir zwar nicht, aber ich musste eine Lösung meiner finanziellen Probleme finden.
Jetzt fand ich es besser, Nadine zu verlassen, und sagte, ich sei müde und hätte Kopfschmerzen. Das war nicht gelogen, denn die Luft war stickig vom Rauch der Zigaretten. Sie stand sofort auf und meinte, es sei besser, durch die hintere Tür das Haus zu verlassen. Also gingen wir durch den Garten. Es war eine der sternklaren Nächte, wir gingen entlang der Blumenbeete, die von Palmen umsäumt wurden. Tief atmete ich die klare Luft ein und schaute zum Himmel, an dem die Sterne durch die klare Nachtluft fast zum Greifen nah erschienen. Beim Gehen fühlte ich, wie sich Nadines Arm um meine Schultern legte. Wieder setzte bei mir dieses dumme Herzklopfen ein. Ich wollte nicht wieder unsicher werden und herumrätseln, ob ich wirklich eine Frau lieben konnte, doch ihr Körper war dicht neben mir zu spüren. Beim Durchqueren des Gartens nahm ich ihn mehr und mehr wahr, weil sich unsere Beine beim Gehen leicht berührten, was mich erregte.
An einem kleinen Tor angekommen, blieben wir voreinander stehen. Beim Abschied umarmte sie mich, und ich gab diese Umarmung zurück, im Glauben, dass keine Versuchung mehr in mir vorhanden sei. Warum aber erwiderte ich den Druck ihrer Lippen? Warum küsste ich sie, wie ich Paco geküsst hatte, nein,

viel leidenschaftlicher. Wie verrückt wühlte ich mich in ihren Mund hinein und ließ mich ohne Widerstand zurück ins Haus führen. Auf dem Weg zurück blieben wir immer wieder stehen und wollten uns näher spüren, mit unseren Körpern und unseren Lippen. Keine Vernunft befahl mir mehr, Nadine zu verlassen. Alles, was ich bisher erlebt hatte, war unwichtig, nur diese Nacht zählte. Ich weiß nicht, wie ich in Nadines Schlafzimmer gekommen war. In Trance hatte ich wohl den größten Teil meiner Kleider zu Boden geworfen und ließ meine Hände über ihren nackten Körper gleiten, einen Körper, der mir doch so fremd erschienen war, für den ich mich nie entschieden hatte, den ich aber jetzt für mich beschlagnahmte und mit meinen Händen, meinen Lippen erforschte. Sie fanden den Weg zu ihren Wünschen, errieten, was ihr Lust bereitete, und auch mir, die jetzt nackt auf ihr lag und sich im gleichen Rhythmus bewegte wie sie, und zur gleichen Zeit leise zu stöhnen anfing, bis dieses Stöhnen mit heftigen Stößen endete. Das, was ich mir nie hatte richtig vorstellen können, war geschehen: Zwei Frauen konnten sich bis zur Vollendung lieben, und das ohne das Vorhandensein männlicher Attribute.
Atemlos lagen wir nebeneinander und ließen unsere Hände zärtlich über unsere Körper gleiten. Es gab keinen Abbruch unserer Berührungen, der Wunsch, einander ganz nah zu spüren, blieb bestehen. Wir flüsterten uns Zärtlichkeiten ins Ohr, ich hörte ihre Stimme, die leise, fast dankbar sagte:
„Du bist wunderbar!“

***

Schockierend erschien ihr Lauras letztes Notat. Jetzt musste Mrs. Warren die Hoffnung aufgeben, dass Laura in ein normales Liebesleben zurückfand, was immer man darunter verstehen mochte. Die Affäre mit Hella war noch in die Phase des Ausprobierens einzuordnen. Jetzt aber lag die Sache anders. Wenn man so gefühlvoll etwas Neues mit einer Frau wie Nadine beginnt,

würde der süße Stachel der Versuchung immer in einem stecken bleiben. Nun, Mrs. Warrens Beurteilung dieser Art der Liebe war ziemlich eingeschränkt, obwohl sie bei kritischer Betrachtung ihrer manchmal gespaltenen Gefühlslage gegenüber Sara hätte toleranter urteilen müssen.
Aber dazu war sie noch nicht in der Lage, obwohl ihr leichte Bedenken kamen, was ihre eigenen stark begehrenden Blicke auf Oles enge Hosen betraf. In letzter Zeit griff sie häufiger zu Saras Zauberkästchen, und wenn dann der befreiende Moment nahte, hatte sie nicht nur die eng sitzenden Hosen, sondern auch deren Inhalt vor ihrem geistigen Auge. Schließlich war sie eine ältere Schachtel und sollte sich nicht mehr mit Sexualität beschäftigen – auf jeden Fall nicht mehr in dem Maße, wie es ihre Gedanken zurzeit taten. Schuld daran waren Lauras Notate. Diese gingen zum Teil doch sehr ins Detail und konnten ansteckend auf die Fantasie wirken. Das blieb bei Schriftstellern zwar nicht aus, weil sie sich von Fantasien ernähren. Ihr Fachgebiet war jedoch das Kriminelle, das sich im englischen Stil von Agatha Christie oder Patricia Highsmith bewegte, obschon die Ermahnungen von Mrs. Warrens Verleger mit sinkenden Auflagen verbunden waren. Sie solle sich moderner orientieren, lautete die Vorgabe.
Es hatte ihr nicht an Bereitschaft gefehlt, sich etwas umzustellen, nur die Ideen waren ausgeblieben. Immer wieder dachte sie daran, das Genre zu wechseln, doch die Rufe ihres Verlegers, endlich den vorgesehenen Thriller abzuliefern, wurden immer lauter. Wie und wann sie das schaffen würde, sich endlich zwischen Eispickel und dem altmodischen Schlag auf den Hinterkopf zu entscheiden, war ihr nicht klar. Da Mrs. Warren dank der Vorsorge von Stanley, dem Banker, keine finanziellen Sorgen belasteten, konnte sie sich Zeit lassen, einen Entschluss darüber zu fassen, in welche Richtung ihre literarische Laufbahn noch führen würde. Aber dann benötigte sie einen neuen Verleger. Dabei vergaß sie, dass Autoren ebenso schnell aus den Köpfen ihrer

Leser verschwinden, wie sie dort hineingelangt waren. Vereinfacht gesagt, befand sich Mrs. Warren in einer gewissen Krise. Zwar war sie gesundheitlich nach ihrem Unfall wieder einigermaßen hergestellt und schwankte nun zwischen ihren eigenen Gefühlen, die sie längst für tot erklärt hatte, und dem Einfluss ihrer Kusine Laura, die sie in eine fremde Welt führte. Diese aber war eng mit ihren eigenen, scheinbar von den Toten auferstandenen Gefühlen verknüpft.
Kurz gesagt, es herrschte Chaos in Mrs. Warren. Da waren einerseits die nur langsam zu verdauenden, aber vielseitigen sexuellen Ambitionen ihrer Kusine Laura. Auf der anderen Seite eine manchmal zu verständnisvolle Sara und nicht zuletzt die engen Hosen von Ole Bull. Das alles erschien Mrs. Warren als ein großes Durcheinander. Doch als positiv denkender Mensch freute sie sich auf Oles nächsten Besuch und die damit verbundene, so wirksame Aromatherapie.

LAURAS NOTAT 15

Etwas weckte mich aus tiefem Schlaf. Es war ein unangenehmes, störendes Geräusch, ein Hämmern und dann eine Bewegung neben mir. Das Nachtlicht neben Nadines Bett brannte, meine Armbanduhr verriet mir, dass es halb sechs war. Ich sah, wie Nadine versuchte, ihren nackten Körper, der eben noch neben mir gelegen hatte, zu bedecken. Endlich war ich so wach, dass ich das Geräusch als heftiges Klopfen an der Haustür wahrnahm. Meine Herzfrequenz erhöhte sich. Ich dachte an Gerard, der uns hier nicht zusammen finden durfte, also sprang ich auf und sammelte meine Kleidungsstücke zusammen, die ich in meiner Leidenschaft achtlos auf den Boden geworfen hatte. Wie in einer Komödie dachte ich daran, mich in einem Schrank zu verstecken, lauschte aber auf die Stimmen, die sich im Wohnzimmer aufhielten. Ja, es war ein Mann, der freundlich auf Nadine einsprach. Gerard hätte wohl einen anderen Ton angeschlagen.

Ich versuchte, etwas von dem Gespräch aufzuschnappen und hörte den Mann auf Englisch fragen, ob sie alleine sei. Ich konnte nur einen kurzen Augenblick sehen, dass er groß war und rötliches Haar hatte. Die Wohnzimmertür wurde geschlossen und Nadine kam zurück ins Schlafzimmer. Sie wirkte zerstreut und bat mich flüsternd, auf sie zu warten. Sie holte sich einen leichten Mantel aus dem Schrank und dann hörte ich, wie sie die Haustür öffnete und mit dem Mann verschwand. Erst jetzt atmete ich langsamer, mein Herz wollte sich immer noch nicht beruhigen.

Ich zog alles an, was ich auf dem Fußboden fand, setzte mich auf die Bettkante und wartete auf ihre Rückkehr. Doch Nadine war verschwunden.

Ich wartete über eine Stunde, dann beschloss ich, zu meinem Bungalow zu gehen, bevor es hell wurde. Gerade wollte ich die Tür hinter mir zuziehen, da kam Nadine zurück, blass im

Gesicht. Sie murmelte eine Entschuldigung, ein Mieter sei unerwartet in der Nacht mit dem Flugzeug angekommen und wohne, wie schon früher, in dem Haus neben mir. Als ich sagte, das habe aber lange gedauert, ich sei schon auf dem Weg nach Hause gewesen, nickte sie nur und meinte, das sei auch das Beste. Wir standen nebeneinander wie zwei Fremde. Wo war meine zärtliche Freundin der Nacht geblieben? Jedenfalls nicht bei mir. Sie wirkte erleichtert, als ich die Klinke der Haustür hinunterdrückte, küsste mich auf die Wange und sagte:
„Wir treffen uns morgen Nachmittag am Strand und müssen miteinander sprechen. Jetzt bin ich zu müde. Ja, das Alter...", lächelnd entließ sie mich und schloss rasch die Haustür hinter mir. Verdutzt stand ich in der Morgendämmerung, ein paar Katzen schossen aus dem Gebüsch. Eine schien mir sehr schwarz zu sein. Ich dachte, bilde dir nichts ein. Die Nacht mit Nadine war zu schön gewesen, um dunklen Ahnungen Platz zu geben. Ich schlief bis in den hellen Tag hinein und als ich wach war, träumte ich weiter mit offenen Augen und ließ die Szenen des vergangenen Abends und der Nacht in Gedanken vorüberziehen. Als ich am frühen Nachmittag zum Strand hinunterging, war niemand im Haus neben mir zu sehen.
Aber ein durch die Meerenge von Gibraltar eingebrochener Sturm, der Levante, ließ das Mittelmeer aufbäumen, riesige Wellen schlugen auf den leeren Strand. Fasziniert von dem Naturschauspiel ließ ich mich dort an einer geschützten Stelle nieder und wartete zwei Stunden auf Nadine. Als ich sie endlich von Weitem auf mich zukommen sah, schlug mein Herz heftig gegen die Rippen und ich stellte verwundert fest, dass ich mich ernsthaft in sie verliebt hatte und jetzt dieser Gestalt in dem braunen Wildlederkostüm, das so gut zu der Farbe ihrer Augen passte, ungeduldig entgegensah. Ich nahm sie fest in die Arme, zog sie unter eine Palme und küsste sie leidenschaftlich. Sie erwiderte diese Küsse, sah mich dann aber ernst an und erklärte, nicht lange bleiben zu können. Gerard habe Besuch eingeladen und

wünsche, sie dabei zu haben. Protestierend zog ich sie wieder in meine Arme und gab kund, auch ich wolle sie bei mir haben, denn ich sei verrückt nach ihr. Als sie lachte, drückte ich ihren Körper gegen die Palme. Mit meinem Knie zwischen ihren Beinen küsste ich zuerst ihren Hals. Als ich ihren Mund erreicht hatte, griff ich unter ihre Jacke, streichelte ihre Brüste, während die Wellen auf den Sand schlugen, und sie ausrief, ich sei schlimmer als ein Mann.

„Ich liebe dich", sagte ich zu meiner eigenen Überraschung und das stimmte, denn ich konnte mir nicht mehr vorstellen, ohne sie zu sein, und musste versuchen, sie aus diesen verrückten Verhältnissen herauszuholen. Ich beschwor sie, mir zu glauben, und dass meine Gefühle für sie echt waren. Aber Nadine schob mich mit einer fast abweisenden Geste zur Seite und schaute ernsthaft in meine Augen, als sie sagte:

„Laura, du bist so jung und glaubst nur an das Gute, aber lass dir sagen: Ich bin nicht wert, was du für mich empfindest."

Ich wollte versuchen, sie mit meinem Mund am Weitersprechen zu hindern, aber sie sagte alles, was mich nur verletzen konnte.

„Ich bin eine neunundneunzigprozentige Männerfrau, merke dir das. Nur einmal hatte ich eine kurze Beziehung zu einer Frau. Ja, es hat mir Spaß gemacht, aber alle die Männer, mit denen ich geschlafen habe, taten das auch. Damit musst du dich abfinden, mein Kind. Und jetzt lass mich gehen. Lauf nicht hinter mir her. Wenn du mich noch einmal sehen willst, dann warte lieber, bis du klarer im Kopf bist."

Erstarrt blieb ich unter der Palme stehen und sah ihr nach, wie sie mit schnellen Schritten nach Hause ging, zu diesem Mann, der sie um ihr Vermögen gebracht hatte und mit ihrer Tochter schlief. Ich musste also warten. Warten worauf? Sie hatte mich nicht im Unklaren gelassen, aber ich musste sie wiedersehen. Das, was heute Nacht geschehen war, konnte sie doch nicht einfach vergessen. Warum war sie von Anfang an hinter mir her gewesen, hatte mich gestern aufgefordert, mit ihr zu schlafen?

Ich stand wie unter einem Schock und das nicht das letzte Mal. Mein Inneres war so aufgewühlt wie das Meer, das in heftigen Wellen auf mich zurollte. Ich konnte nicht glauben, dass dies das Ende war von etwas, das so glücklich angefangen hatte.

***

Sie muss verrückt sein, sich mit dieser Frau einzulassen, die in derart wirren Familienverhältnissen lebt. Mrs. Warren konnte kaum mehr die Gegenwart von der Vergangenheit unterscheiden. Halbwegs lebte sie sich so in Lauras Leben ein, als schriebe sie bereits an einem Roman. Schon seit einigen Tagen hatte sie Notizen über Laura gemacht, in denen sie von ihr als sensibler, aber labiler Frau analysiert wurde. Kein Wunder, wenn in ihr zwei Geschlechter rumorten. Natürlich hatte das Ganze seinen Reiz, obwohl Mrs. Warren sich persönlich nicht mit den Gefühlen ihrer Kusine identifizieren konnte.
Diese Nadine war wohl das, was man eine Männerfresserin nannte, die manchmal Männchen vom Weibchen nicht unterscheiden konnte. Wie auch immer, sie durfte trotz bestehender Verwandtschaft nicht zu viel Mitgefühl für Laura zulassen, sonst würde sie ihre Objektivität als Schriftstellerin verlieren. Deshalb studierte sie, anstatt an ihrem Kriminalroman weiterzuschreiben, täglich ein Notat, sozusagen als homöopathische Dosis.
Auch jetzt war erneut Abstand gefragt. Ole Bull sorgte dafür auf seine Weise. Jeden zweiten Tag besuchte er Mrs. Warren und verpasste ihr seine sanfte Behandlung, die sie mehr und mehr genoss. Für beide existierte bereits ein gewisses Zeremoniell. Wenn er nach ihrem mittäglichen Schönheitsschlaf eine halbe Stunde vor ihrer Teezeit erschien, war er sicher, danach von ihr eingeladen zu werden, um sich neben zwei Tassen Tee auch an ihren kleinen Kuchen zu erfreuen. Natürlich hatte alles seinen Preis, den Mrs. Warren gerne bezahlte, denn neben der Behandlung erfreute sie sich mehr und mehr an seiner Art, sie

respektvoll zu behandeln. Nur etwas zu respektvoll, erschien es ihr. Sie lobte seine seidenen Hosen so sehr, dass er nur noch in diesen bei ihr erschien. Er tat so, als bemerkte er ihre Blicke nicht, die immer häufiger in eine bestimmte Richtung gingen. Ole Bull war zwar ehrenhaft, wusste aber genau, dass Damen in Mrs. Warrens Alter gewisse Dinge noch zu schätzen wissen. Er war sich seiner guten Körperformen bewusst und setzte sie gerne ein, um diese gut bezahlte Behandlung möglichst lange hinauszuziehen. Insofern kam die Aromatherapie beiden zugute. Es war für Mrs. Warren nicht ganz leicht, sich zu beherrschen.

Die scheinbar unbeabsichtigten Bewegungen ihrer Hände gaben ihr manchmal Gelegenheit, auf einem seiner Oberschenkel zu landen. Da sie das immer mit fast geschlossenen Augen tat, würde Ole wohl glauben, sie befände sich zumindest im Halbschlaf. Natürlich ahnte Ole, was in der zu lange alleinlebenden, gut erhaltenen Witwe vorging, und hatte durchaus nichts dagegen, zart berührt zu werden. Heute machte er es ihr besonders leicht und beugte sich so tief über sie, dass es für ihre Hände leicht war, die gewünschte Stelle vorsichtig zu berühren.

Das Ärgerliche war nur, dass er sich manchmal vor der Behandlung, meist noch zu Hause, befriedigen musste, um keine dieser automatisch bei Berührung auftretenden Erektionen zu bekommen. Heute hatte er das unterlassen und bekam die Quittung dafür. Als Mrs. Warren ihre kleine Theatervorstellung der fast schlafenden Patientin aufführte, die scheinbar nicht wusste, wohin mit ihrer rechten Hand, kamen ihre Finger der Seidenhose so nah wie nie zuvor.

Mit einer kleinen Drehung stieß ihr Zeigefinger direkt ans Ziel ihrer Wünsche. So als sei sie erschrocken ließ sie die ganze Hand höher zucken und fühlte mit Genuss die gesamte Form seiner Männlichkeit. Sie sagte zwar „Pardon“, konnte jedoch der Versuchung nicht widerstehen, natürlich ganz ohne Absicht, mit ihrer Innenhand über das männliche Inventar zu streichen. Da sie genussvoll, wenn auch leise, stöhnte und sich scheinbar im

Halbschlaf zu ihm hinwendete, war die Gelegenheit da, etwas fester diese herrliche, sich erhebende Männlichkeit zu berühren. So konnte auch Ole Bull ein Stöhnen nicht unterdrücken. Dadurch fuhr Mrs. Warren erschrocken hoch und sah, wie ein dunkler Fleck Oles schöne Seidenhose verunzierte. Sie tat, als sähe sie diesen Fleck nicht, warf sich den leichten Morgenmantel über und verließ den Raum mit der Entschuldigung, dringend zur Toilette zu müssen. Erregt stand sie vor dem Spiegel im Bad und wunderte sich über ihr hochrotes Gesicht und fühlte, dass ihr ganzer Körper wohl eine unnormale Temperatur aufweisen musste.

Dann stellte sie etwas verschämt, aber auch stolz fest, dass sich in ihrem Höschen ebenfalls feuchte Flecken befanden. Also war sie noch nicht tot, sondern stand noch im vollen Saft! Sie wollte, nein, sie musste, koste es, was es wolle, Ole dazu bringen, mit seinem herrlichen Unterbau in sie einzudringen. Schließlich kauften sich Männer seit Jahrtausenden Frauen zur Lustbefriedigung. Als sie, glücklich über ihre Idee, in den Raum zurückkehrte, war Ole verschwunden. Sein Werbekärtchen lag auf Mrs. Warrens Behandlungsliege: Er habe einen dringenden Termin versäumt und müsse anschließend seine kranke Mutter besuchen, las sie verärgert.

Nun, sie würde ihn mit einem unwiderstehlichen Angebot zurückholen. Immerhin hatte er auf ihre Berührung heftig reagiert. Das bewies: Sie war noch begehrenswert! Abends musste dann das Zauberkästchen herhalten. Als sie wieder klar dachte, gab sie Laura und deren erotischen Schilderungen die Schuld, dass sich in ihr so merkwürdig starke erotische Wünsche entwickelt hatten, und das nach so vielen Jahren des Alleinseins. Wieso konnten in ihr noch Erinnerungen an die beste Zeit mit Stanley hochkochen?

Ohne Zweifel spielte dabei ihr Unterbewusstsein eine Rolle, weil sie damals Laura in vieles eingeweiht hatte. Etwas beunruhigt setzte sie sich in ihren Lieblingssessel und konnte nicht verhindern, dass sich Gingerboy auf ihren Schoß niederließ, um sie offenbar daran zu hindern, heute Abend das nächste Notat von Laura zu lesen. Sie verschob es behaglich seufzend auf den nächsten Morgen. Jetzt wollte sie sich nur noch einmal an jenen Augenblick erinnern, bevor und nachdem sie den verräterischen Fleck auf Oles herrlich seidigen Hosen entdeckte.

LAURAS NOTAT 16

Ebenso aufgewühlt wie das Mittelmeer ging ich zurück und verkroch mich im hintersten Winkel meines Schlafzimmers. Die Tränen konnte ich nicht zurückhalten, wenn ich an die letzte Nacht dachte, die so zärtlich verlaufen war. Es konnte nicht ernst gemeint sein, was Nadine zu mir gesagt hatte. Was mochte sie so verändert haben? Als es dunkel war, ging ich zu ihrem Bungalow. Kein Lichtschein war zu sehen, mein Klopfen blieb unbeantwortet.

Doch im Haus von Gerard schien es lebendig zuzugehen. Ich schlich mich von der Rückseite heran und sah die helle Beleuchtung der geöffneten Fenster, aus denen Gelächter schallte, das mir weh tat, zumal ich sah, wie der rothaarige Mann von heute Nacht seinen Arm um Nadine gelegt hatte, während Gerard wieder die Tochter, die nicht seine war, im Arm hielt. Gläser klirrten, offenbar hatten alle schon reichlich Alkohol genossen. Jemand hatte Musik angestellt, es war das Lied *Chanson d'amour*, das ich gerne mit Nadine getanzt hätte. Stattdessen ließ sie sich jetzt von dem Rothaarigen in den Arm nehmen, der seine Wange an ihr Gesicht drückte, um sich mit ihr im Rhythmus zu bewegen. Ich konnte nicht mehr zuschauen und lief den Weg zu meinem Domizil hinunter.

Das Meer hatte sich im Gegensatz zu mir beruhigt. Der Wunsch, weiter bis ins Wasser zu laufen, war groß. Dann aber hörte ich Nadines Stimme, eine seltsam veränderte Stimme. Ich drehte mich um und sah, wie der Mann laut auf sie einredete. Wieder suchte ich den Schutz einer Stechpalme und ließ beide mit angehaltenem Atem an mir vorbeigehen. Nadines Stimme lallte etwas von Müdigkeit. Der Mann lachte roh, nahm ihren Arm und sagte, sie könne bei ihm so viel schlafen, wie sie wolle. Ich schlich hinter den beiden her bis zu dem Bungalow, den er wohl gemietet hatte.

Obwohl sie protestierte, schloss er die Tür auf. Im Lichtschein sah ich, wie er sie hochhob und über die Schwelle trug. Ihr Kopf hing herunter, als ob sie bereits schlief. Ich war so geschockt über den Anblick, der sich mir bot, dass ich wie betäubt in mein Haus zurückkehrte. Das also war meine Nadine, die ich mir in meinen Träumen geschaffen und nun verloren hatte. Dass sie nicht nur stark rauchte, vielleicht auch Stoff nahm, sondern auch zu viel trank, wurde mir bewusst.

Der Anblick ihres widerstandslosen Zustands, als dieser Mann sie ins Haus trug, verfolgte mich so sehr, dass ich mich erst nach zwei Tagen überwand, ihr kleines Büro zu betreten, um meine Restschuld zu begleichen. Ich hatte Tom angerufen und er hatte mir sofort telegraphisch eine Summe geschickt, mit der ich mich eine kurze Zeit über Wasser halten konnte. Mir war klar, dass ich jetzt ernsthaft versuchen musste, nicht mehr in den Tag hinein zu leben. Mit dem Geld in der Hand stand ich also vor Nadine, die mich freundlich anschaute, als sei nie etwas zwischen uns gewesen. Allerdings sah sie mich nicht mehr an, als ich ihr mitteilte, den Ort, vielleicht auch das Land zu verlassen. Ihre Augen waren gesenkt.

„Vergiss nicht den Zettel mit der Adresse, den ich dir gab. Und bist du sicher, nicht mehr zurückzukommen?“ Als sie mich wieder ansah, fast liebevoll, war ich mir über nichts mehr klar und hätte sie am liebsten umarmt und meinen Kopf auf ihre Schulter gelegt. Aber ich wollte nicht in Tränen ausbrechen und erwiderte:
„Ich möchte alles, was geschehen ist, gerne vergessen.“
„Ich möchte nicht einen Augenblick vergessen“, sagte sie langsam, „du hast mir viel geschenkt, was ich schon verloren glaubte.“ Sie sprach in Rätseln. Ich schaute sie überrascht und ungläubig an.
„Doch, so ist es. Die Nacht mit dir gab mir den Glauben zurück, dass es mehr gibt als nur Körperkontakte. Von denen habe ich zu

viele gehabt. Das hat mich blind gemacht oder besser gesagt verdorben für die Schönheit der Liebe, die darüber hinausgeht. Es ist zu spät, Laura, ich sagte es schon: Ich habe es nicht verdient, also verschwende nicht deine Gefühle."

Ich wollte nach ihrer Hand greifen, doch sie zog sich hinter den Schreibtisch zurück, sodass keine Berührung mehr möglich war. Auch lag etwas so Bestimmtes in ihrer Aussage, dass sie keinen Widerspruch hören wollte. Ich legte das Geld, das ich ihr schuldete, auf den Tisch und sagte: „Ich habe dich in dem Zustand gesehen an jenem Abend. Wenn der von Dauer ist, so hast du Recht. Aber du sollst wissen, dass ich dich nicht vergessen werde."

„Danke, dass du das sagst. Damit dir das Vergessen aber leichter fallen wird: Mein Mann ist der Stärkere und ich muss mich damit abfinden. Er kann jederzeit über mich und mein Leben bestimmen. Das tut er jetzt auch mit meiner Tochter, die ihm völlig blind folgt. Sie wird ein Kind von ihm bekommen, das offiziell von mir geboren wird. Ich verschwinde eine Zeit lang bis zur Geburt und tauche dann mit dem Kind meiner Tochter auf."

„Das ist doch krank", rief ich, „was spielt ihr euch für ein Theater vor? Willst du noch ein unschuldiges Wesen in euer chaotisches Leben einbeziehen? Lass deine Tochter doch sein Kind bekommen, was hast du damit zu tun?"

Ihr Lächeln wirkte so fern, dass ich glaubte, sie würde mich nicht verstehen.

„Gerard kann kein Kind zeugen, außerdem ist er absolut homophil. Er will den Gerüchten darüber jetzt Einhalt gebieten, mit einer jungen Frau, die er befruchten ließ. Andererseits will er den Skandal einer Scheidung vermeiden. Offiziell ist es sein und mein Kind."

Mir erschien das alles wie eine Szene aus einem schlechten Drama, das ein Irrer verfasst hatte.

„Aber dir", fuhr sie fort, „verdanke ich, dass du mir einen Höhepunkt schenktest. Ich schwöre, dass ich mit vielen Männern

geschlafen habe und nie einen Orgasmus hatte. Den musste ich mir immer selbst verschaffen."
Ich verließ Nadine und die Stadt im Gefühl, Einblick in eine Anstalt für psychisch Kranke getan zu haben.

***

Arme Laura, Mrs. Warren ließ das Blatt sinken und dachte intensiv über die Verirrungen der Liebe nach. Warum musste Laura ausgerechnet an diese Nadine geraten, in deren Leben aber auch alles auf dem Kopf stand. Gleich war ihr diese Frau suspekt vorgekommen. Sie ging sofort aufs Ganze und hatte Laura jetzt wohl den Appetit auf Männer genommen. Dabei ließ sich die Affäre mit Paco so gut an.
Naja, verheiratete Männer, auch kein Dauerzustand. Zugleich kam ihr der fremdgehende Stanley in Erinnerung und mit ihm auch ihre eigene Lust, die sie auf Ole entwickelte. In ihrem Alter! Aber warum eigentlich nicht? Laura ließ sich auch einfach treiben, jetzt saß sie auf der Straße und ging ins völlig Ungewisse. Wie immer verwirrte sich Mrs. Warrens Fantasie, wenn sie sich zu sehr in die Gefühle ihrer Romanfiguren hineinversetzte, obwohl sie einen absoluten Stopp ihres Schreibens erleben musste. Ja, Laura lebte bereits zusammen mit Sara, und selbst mit Stanley in Mrs. Warrens literarischen Gefilden. Ebenso erging es ihr mit Ole. Zwar gehörte er zur Wirklichkeit mit seinen engen Hosen, die ihre Erregung ausgelöst hatten. Aber in ihrer Fantasie gab sie ihm bereits eine zwar noch ungewisse Rolle in ihrem Fantasie-Roman, den sie ebenso ins Ungewisse ausbauen musste, etwa in die des viel jüngeren Liebhabers einer reifen Frau.
Bekanntlich kennt Fantasie keine Grenzen und die von Mrs. Warren schon gar nicht. Sofort sprangen wieder ihre Gedanken zu Ole und seinem Verschwinden. Sie empfand es als schmerzlich, dass er mit so dummen Ausreden fortgegangen war. Es sah

stark nach einer Flucht aus. Und wenn sie ehrlich war, musste sie gestehen, dass ihr seine Aromamassagen sehr abgingen. Zu lange war ihr Gefühlsleben dahin gesiecht. Wie sollte sie jetzt den mangelnden Körperkontakt aushalten? Zugleich fiel ihr Sara ein, die auch gewisse Talente entwickelt hatte. Spontan rief sie laut ihren Namen. Sara, nur mit einem schnell übergeworfenen Bademantel bekleidet, erschien sofort, obwohl sie geplant hatte, früh schlafen zu gehen. Der Dienst bei Mrs. Warren konnte recht anstrengend sein.
Daher war sie nicht so entzückt, als sie gebeten wurde, Mrs. Warren ein wenig den schmerzenden Rücken zu massieren. Doch sie hatte nicht das Herz, den Wunsch abzuschlagen, zumal sie bei Mrs. Warren eine gewisse Unruhe bemerkt hatte, seitdem Ole seine Tätigkeit eingestellt hatte. Also holte sie dessen Massageöl und begann damit behutsam, den weiblichen Rücken einzumassieren. Flugs hatte sich die Patientin bäuchlings auf die Liege begeben und stöhnte behaglich, als die weibliche Hand zart über den Rücken zu streichen begann. Mrs. Warren geriet rasch in einen Halbschlaf mit kurzen Traumphasen, in denen verschiedene Figuren auftauchten.

Ihr Rücken schien mit Nervensträngen sensibelster Art ausgestattet zu sein, denn es war Oles Hand, die sich auf ihrer Haut bewegte und einen Hormonschub in ihr auslöste. Sie fühlte warme Wellen durch ihren Unterleib ziehen und presste diesen fest auf die Liege.
Gleichzeitig glitten ihre Gedanken zu Laura und ihrer letzten Affäre. Also, eine Frau hatte sie verrückt gemacht. Nun ja, wenn sie ebenso weiche Hände wie Sara hatte, konnte man ein gewisses Verständnis dafür aufbringen. Ihre Gedanken verwirrten sich aufs Neue, dabei griff sie nach Saras anderer Hand und legte diese fest an den unteren Teil ihrer Hüfte. Oh, das tat gut, wenn man den Körper noch etwas anhob. Entsetzt stellte Sara fest, dass sie dabei war, in intimere Zonen vorzudringen. Ihre

Arbeitgeberin befand sich offenbar in einem Zustand der Erregung, den Sara richtig zu deuten verstand. Mit einem Klaps auf Mrs. Warrens Hinterteil beendete sie abrupt die Massage.
Die Patientin schreckte hoch und sagte wieder einmal „Pardon", was Sara mit einem bestimmten „Gute Nacht" beantwortete und sich vornahm, morgen Ole Bull aufzusuchen, damit er seine Aromatherapie, koste es, was es wolle, fortsetzte.

LAURAS NOTAT 17

Hier würde ich am liebsten einen Schlusspunkt machen. Mein Leben nahm eine Form an, die mir nicht gefiel. Ich wurde zum Bettler an verschiedenen Türen und wanderte die Costa del Sol entlang in dem Gefühl des absoluten Versagens. Nicht nur in beruflicher Hinsicht. Mehrmals dachte ich daran, meiner einzigen Kusine zu schreiben, um auch sie anzubetteln; stattdessen schickte ich ihr eine Karte von der Alhambra und schrieb darauf, wie gut es mir ging. Nadines Zettel hatte ich verloren und auch kein Verlangen, von Gerard etwas anzunehmen. Und sei es auch nur einen Türöffner. Mein Geld war bis auf ein paar Scheine aufgebraucht. Ich fuhr meistens mit dem Bus an der Küste entlang. Das hatte den Vorteil, oft gratis zu fahren, da die spanischen Männer, ohne etwas dafür zu verlangen, gerne das Ticket für eine Frau bezahlten.
In den preiswerten kleinen Hotels bekam man im Winter immer ein billiges Zimmer. Ich erwog alle Möglichkeiten, um Geld zu verdienen. Einige Male kellnerte ich in kleinen Restaurants, aber der Verdienst reichte gerade, um mich zu ernähren. Es war tatsächlich ein Zufall, der mir die Zeitschrift *Andalušia* in die Hand spielte, die mehrsprachige Artikel mit Fotografien veröffentlichte. Dort erfuhr ich, dass die Residenten eine internationale Kulturgruppe gegründet hatten und zwischen Fuengirola und Marbella ein Treffen vorbereiteten. Da kein fester Ort angegeben war, ging ich zu der Redaktion, die ich im Impressum fand, um Näheres darüber zu erfahren. Im Vorzimmer saß eine junge Dame, die den Eindruck machte, sich wirklich für Menschen zu interessieren und nicht darum, sie schnell wieder loszuwerden. Ich schilderte ihr offen meine Lage und gab auf ihre Fragen Auskunft über meine frühere berufliche Tätigkeit.

„Hören Sie mal, wenn Sie als Pressefotografin tätig waren, so können Sie das sicher bei uns tun“, sagte sie und führte aus, dass

die Redaktion Leute suche, die mehrsprachig seien, ein gebildetes Niveau besäßen und, so drückte sie es aus, mit der Prominenz an der Costa umgehen könnten. Denn die sei nicht immer einfach zu nehmen. Innerlich schlug ich einen Purzelbaum. Sollte ich hier eine Chance bekommen?
Das Wunder geschah. Eve, die Dame an der Rezeption, stellte mich dem leitenden Redakteur, Aaron Kahn, vor, der sich als Kulturbegeisterter bezeichnete und meinte, es wäre an der Zeit, die mitteleuropäische Kultur dem Süden Europas näherzubringen. Hier sollten nicht nur Partys der Schickeria gefeiert werden, sondern auch Konzerte und andere Veranstaltungen stattfinden. Um es kurz zu machen: Ich hatte eine Stelle ergattert, nicht hoch bezahlt, aber eine, die mir Freude machte. Hier begann ein neuer Abschnitt für mich. Ich vergaß alles Zurückliegende und stürzte mich begeistert auf neue, und doch bekannte Aufgaben. Aaron kannte gut den Inhaber eines Fotoladens, der dem Schotten Ian Smith gehörte. Dort durfte ich die Dunkelkammer benutzen und wirkte darin wie früher bei Tom, dem ich jetzt meine Schulden zurückzahlen konnte und der begeistert war, dass ich wieder auf „bekannten Spuren wandelte", wie er es nannte. Ja, ich war glücklich, besser gesagt, zufrieden, meine innere Balance wiedergefunden zu haben. John, Hella, Nadine, selbst Paco wurden zu Randfiguren meines Lebens, Liebe war nur noch ein Wort ohne Bedeutung. Ich vermisste sie nicht.

Ian Smith war ein Schotte, wie man ihn sich vorstellt, wortkarg, sparsam und sehr korrekt. Er lachte nur, wenn er zu viel Whisky getrunken hatte, sonst musste er wohl dazu in den Keller gehen. Ich wusste nicht, dass er verheiratet war, und war sehr erstaunt darüber, als er mir von der Heimkehr seiner Frau erzählte. Ohne weiter darüber nachzudenken, stürzte ich mit einem vollen Film in den Laden und stand einer Frau gegenüber, die ich fast umrannte. Sie lachte über mein verdutztes Gesicht, und dieses Lachen, nein, dieses Gesicht, gab mir einen Stoß. Es glich dem von

Ingrid Bergman.
Ich sah sie an und war schockartig verliebt. Ich war ja immer in Ingrid Bergman verliebt gewesen, aber jetzt, wo ich ihrem Double gegenüberzustehen glaubte, fühlte ich mal wieder einen Schlag mitten im Magen. Ich wusste, jetzt war es mit meiner inneren Ruhe vorbei. Ich konnte nur eine Entschuldigung, mehr einen heiseren Laut, hervorbringen. Sofort wusste ich: Ich würde leiden. Das war keine Nadine, keine Frau für alle, es war eine Frau voller Zuverlässigkeit, Treue und offensichtlich voller Liebe zu Ian, der jetzt hinter ihr auftauchte, uns bekannt machte und plötzlich lächeln konnte, was eine Seltenheit bei ihm war. Ich erfuhr, dass seine Frau Karen aus Dänemark kam. Er hatte sie vor sieben Jahren geheiratet.
Ich schätzte sie auf Mitte dreißig und sah in ihr die Reife einer Frau, die so beständig erschien wie der Fels von Gibraltar, der bei Sonnenuntergang oft vor unseren Augen auftauchte. Sie sprach mit einem reizenden Akzent und rollendem R. Als ich hinter ihr die Treppe in die über dem Laden liegende Wohnung hinaufging, sah ich, dass sie kräftig gebaut war, große Füße und schlanke Finger hatte, mit denen sie das Geländer der steilen Treppe umfasste.
Ich liebte alles an ihr, vor allem ihr Lächeln, mit dem sie mir eine Tasse Kaffee anbot, ihre Bewegungen, die mich so selbstverständlich zum Bleiben aufforderten, und mir eines der kleinen spanischen Törtchen anboten. Im Geiste lag ich ihr bereits zu Füßen und hätte mich gerne in ein Haustier verwandelt, Hund oder Katze, die immer um sie sein konnten, mit der Chance, täglich von ihr gestreichelt zu werden. Immer noch hielt ich den Film mit der Hand in meiner Jackentasche umklammert. Er war völlig unwichtig geworden, so sehr die Redaktion auch auf die Fotos wartete. Ich musste neben dieser Frau sitzen bleiben, bis Ian mich fragte, ob er die Dunkelkammer aufschließen solle. Erst da erwachte ich aus meinem umnebelten Zustand, ohne zu wissen, was ich geantwortet hatte, wenn sie das Wort an mich

richtete. Sie musste mich für geistig unterentwickelt. Genauso fühlte ich mich auch, als ich es endlich fertigbrachte, mich zu erheben, um meine Aufgabe zu erledigen. Immer noch, wie betäubt, führte ich Bewegungen aus, die mir sinnlos erschienen. Was sollte ich eigentlich hier im Dunkeln dieser Kammer? Ich war nicht nur einsam, sondern völlig verloren. Das war der einzige klare Gedanke, den ich fassen konnte.

Am nächsten Tag erlöste mich Karen von meinem jetzigen Schlafplatz in einer winzigen, aber billigen Pension und bot mir ein Zimmer in der obersten Etage ihres Hauses an. Glücklich darüber, ihr so nah sein zu können, war ich doch wie gekreuzigt. Meine Gedanken waren abends, wenn ich die Treppen in mein Zimmer hochstieg, nur noch bei Karen und Ian. Wie sah das Eheleben zweier so unterschiedlicher Menschen aus? Was hatte der kühle, sture Schotte getan, so fragte ich mich, um diese warmherzige, schöne Frau zu erobern? Sie, die mich mütterlich besorgt aufgenommen hatte, ahnte nicht, wie intensiv ich darüber nachdachte, wie ich ihr näherkommen konnte. Zunächst war es mir gelungen, bei unseren Begegnungen eine gewisse Sachlichkeit zu zeigen.

Ich gab mich höflich und dankbar, wenn sie mich nicht ohne Frühstück aus dem Haus gehen lassen wollte oder mich mit einer Tasse Kaffee überraschte, wenn ich in der Dunkelkammer zugange war. Ian schien ihre mütterliche Besorgnis um mich kaum zur Kenntnis zu nehmen. Völlig neutral nahm er, wie das meiste um ihn herum, wahr, genau wie ihre Bemühungen, ihm den Geschäftsbetrieb zu erleichtern. Ich hörte nie, dass er sich bei ihr bedankte, und das musste einer Dänin, die an das *Takk* (Danke) gewohnt war, unangenehm aufstoßen.
Doch sie behandelte ihn liebenswürdig und nachsichtig, auch wenn seine Laune sehr schlecht war. Während ich oben im Bett lag, überlegte ich, was sich im Schlafzimmer der beiden abspielte, wenn sie alleine waren. Der Gedanke, dass er sie küsste, umarmte, in sie eindrang, machte mich rasend, weil ich Karen wohl nie besitzen konnte. Dabei lauschte ich auf jedes Geräusch im Haus, noch schlimmer, ich schlich mich manchmal ins Treppenhaus, um irgendeinen Hinweis zu bekommen, was hinter der geschlossenen Schlafzimmertür vor sich ging. Einmal hörte ich einen leisen Schrei, der mich direkt zur Treppe führte. Doch ich hörte Ians ruhige Stimme sagen, er habe vergessen, das Fenster zu schließen. Ich blieb auf einer der unteren Stufen sitzen. Das Bett knarrte, als er sich wieder hinlegte.
Etwas später hörte ich Karens Stimme: „Das macht doch nichts. Ich habe Verständnis dafür, und du kannst nichts erzwingen. Lass dir Zeit, das passiert doch vielen Männern." Ians Stimme nahm einen Klang an, den ich nicht bei ihm vermutet hätte, als er scharf erwiderte: „Du kannst von mir keine Kinder bekommen, die du dir gewünscht hast. Das hat man dir ja daheim bestätigt. Jetzt kommt wieder mein Versagen."
„Bitte nicht wieder dieses Thema. Du weißt doch, dass mir nichts abgeht, ich bin zufrieden, wieder bei dir zu sein." Karen sprach ruhig, doch ich hörte einen kleinen Ton von Ungeduld in ihrer Stimme.
Leise schlich ich nach oben und ahnte, dass diese Ehe Probleme

hatte. Karen war die geborene Mutter, offenbar konnte sie keine Kinder von Ian bekommen. Das hatte seine Männlichkeit tief getroffen, er kämpfte jetzt mit seiner Impotenz. Irgendwo sah ich für mich eine winzige Möglichkeit, Karen näherzukommen. Natürlich konnte ich ihr kein Kind machen, aber eine Frau wie sie hatte Bedarf an Zärtlichkeit. Nur musste ich vorsichtig vorgehen, sie durfte nicht merken, wie verrückt ich nach ihr war.

***

Armes Ding, sie schrieb mir damals eine Karte, statt mir ihre Geldnöte mitzuteilen. Das dachte sich Mrs. Warren anfangs. Als sie aber wieder eine Frau in Lauras Träumen entdeckte, warf sie so ärgerlich die beschriebenen Blätter auf den Tisch, dass Gingerboy fauchend von dem Sessel sprang, den er als sein Eigentum betrachtete. Die Katze lässt das Mausen nicht, sagte Mrs. Warren laut, als sie über Lauras merkwürdiges Triebleben nachdachte. Dabei überhörte sie Saras Schritte und zuckte zusammen, als deren Stimme laut verkündete, dass Ole von einer kurzen Reise zurückgekehrt sei.
Es dauerte einen Augenblick, bis die frohe Botschaft in Mrs. Warrens Gehirn Platz fand, das völlig von Lauras Leben erfüllt war. Sie kam abschließend zu dem Schluss, dass Laura übererotisch und von Frauenliebe besessen sein musste. Weshalb schläft sie nicht mit einem leidenschaftlichen Spanier, einem Ole Bull des Südens? Damit erwachten sofort ihre eigenen Bedürfnisse, die sie nicht so deutlich formulieren wollte. Kühl fragte sie, wie Sara das erfahren habe.
„Er hat sich gemeldet, als Sie Ihren Mittagsschlaf hielten." Auch Sara hatte Fantasie. Sie verschwieg, Ole aufgesucht zu haben. Es hatte fast eine Stunde gedauert, bis sie ihn überreden konnte, seine Tätigkeit wieder aufzunehmen. Diskret hatte sie ein höheres Honorar angeboten, wenn er eine etwas intensivere Behandlung durchführen würde. Sie wusste, er würde anbeißen, und

fragte ihn, ob Frau Warren vielleicht eine Tantra-Massage guttun könne.
Ole kratzte sich am Kopf und begann zu rechnen. Die Summe, die er nannte, war ziemlich hoch, aber, so führte er aus, diese spezielle Ganzkörpermassage sei sehr zeitaufwendig und würde viel Kraft von ihm verlangen. Es könne sein, dass er selbst stark involviert sein müsse. Sara dachte: Genau das erwarte ich, er soll erst mal antreten und Potenz zeigen. Als sie sich verabschiedeten, waren sie sich über Zeitpunkt und Honorar einig.
„Er wird morgen Nachmittag kommen und schlägt eine spezielle Behandlung des ganzen Körpers vor, die äußerst entspannend auf Sie wirken wird. Keine so billige Massage wie bisher. Es erfordert von ihm vollen Einsatz."
Das Ganze lief wie geschmiert. Auch wenn sie es nicht zeigte, so lag Mrs. Warren am nächsten Tag in ihrem besten und sehr leichten Morgenmantel voller Erwartung auf der Liege und hob nur lässig die Hand, als Ole in seinen besten seidenen Hosen, die jede Kontur seines Unterleibs preisgaben, eintrat. Sofort wurde der gleiche Körperteil bei ihr von erregten Schauern heimgesucht, die von entsprechender Feuchtigkeit begleitet wurden.
Ole hatte vorsichtshalber wieder eine Masturbation an sich ausgeführt, denn die Arbeit verlangte schon eine gewisse Gelassenheit und durfte dieses Mal nicht durch störende Erektionen unterbrochen werden. Erklärend ließ er sich neben Mrs. Warren in sicherer Entfernung auf einem Stuhl nieder. Ihr Blick ruhte fast ununterbrochen auf seiner Hose, die fest seinen Körper umspannte, zumal er, ohne nachzudenken, mit gespreizten Beinen da saß, weil diese Hose einen strammen Schnitt besaß. Nun erklärte er ihr, dass Tantra eine Philosophie sei, man spüre in sich das Pulsieren der Energie im ganzen Körper, der fast unbekleidet an gewissen Punkten berührt werde, die man selbst bestimmen könne, auch wo und wann der Druck seiner Hände als angenehm empfunden würde.
Seine Patientin bebte vor Ungeduld und öffnete bereitwillig ihr

leichtes Gewand. Heute wollte sie sich nicht mehr auf den Bauch legen, sondern den ganzen Mann auf dem Rücken liegend betrachten. Ein schmaler Slip verdeckte nicht einmal ganz ihre Blinddarmnarbe, als er die Haut einölte und seine Hände sehr leicht und langsam an den Beinen entlang nach oben gleiten ließ. Sie erschauerte und hoffte, er würde nicht ihre zunehmende Feuchtigkeit durch den Slip entdecken, doch das hatte er bereits bemerkt und bereitete sie darauf vor, dass auch intimere Teile berührt werden könnten, falls sie nichts dagegen habe.

„Wie könnte ich", sagte sie, „ich möchte gerne ganz entspannen." Fest den Blick auf sein Hosenteil gerichtet, wartete sie ungeduldig auf das Anwachsen des darin befindlichen Inhalts, aber dank seiner Vorbereitung war an dieser Stelle keine Zunahme des Umfangs zu entdecken. Das war enttäuschend für sie, denn immer mehr plagten sie die Erinnerungen an Stanleys mächtiges Glied, das ihr am Anfang ihrer Ehe so herrliche Orgasmen geschenkt hatte.

Ole berührte nun sehr zart die Innenseite ihres Oberschenkels. Es war mehr ein Streicheln, das fast bis an den G-Punkt reichte, kurz davor aber zog er seine Hand zurück. Es war fast nicht auszuhalten. Einen kurzen Augenblick lang flogen ihre Gedanken zu Laura, die ihr so besessen mit ihren Wünschen vorgekommen war. Es musste in der Familie liegen, auch sie konnte sich kaum noch zurückhalten. Sie nahm seine Hand und legte sie direkt auf ihre empfindlichste Stelle. Dabei befahl sie ihm, dort weiterzumachen.

Ole dachte daran, das Honorar zu verdoppeln, und blies die berufliche Ethik in alle Winde. Er strich Mrs. Warren auf Wunsch bis an den G-Punkt, wobei sie sich unter seinen geschickten Fingern zu winden und zu stöhnen begann. Sie versuchte, seinen über sie gebeugten Körper zu sich herunterzuziehen, dabei verlor er das Gleichgewicht und landete mit lautem Krach neben der Liege auf dem Teppichboden. Dabei war das Reißen von Stoff zu hören.

Die sich über ihn beugende Mrs. Warren entdeckte erfreut, dass eine gerissene Naht seine Hose geöffnet hatte und nichts mehr von seiner Männlichkeit verbarg. Doch diese lag noch verschlafen vor ihr und musste aufgerichtet werden. Sie berührte mit der Hand sein Glied an der Spitze, wo sie sich an Stanleys merkwürdigen Wunsch erinnerte, den Mund dabei zur Hilfe zu nehmen. Das, was sie sich früher oft geweigert hatte zu tun, führte sie nun mit Feuer und Eifer durch. Der Erfolg ließ nicht lange auf sich warten: Ein stöhnender Ole bekam eine Erektion von solchem Maß, dass sich Mrs. Warren zufrieden auf Ole niederließ und sein großes Glied in sich einführte. Sie hatte früher immer gerne und viel geritten. Das kam beiden zugute, denn ihre Orgasmen kamen zur gleichen Zeit, begleitet von wildem Stöhnen und spitzen Schreien.
Sara, die sich diskret in Mrs. Warrens Arbeitszimmer zurückgezogen und in den zufällig offen liegenden Notaten von Laura gelesen hatte, rannte in den Behandlungsraum und sah zwei ineinander verschlungene Körper, die offenbar nicht mehr voneinander zu trennen waren.
Durch den ungewohnten Gebrauch hatte sich Mrs. Warrens Scheide verkrampft und schien damit unwiderruflich mit Ole verbunden zu sein. Die Schmerzensschreie der beiden schnitten Sara ins Herz und in die Ohren. Da sie vom Land kam und Ähnliches bei Hunden erlebt hatte, holte sie einen Eimer mit kaltem Wasser und goss ihn über die beiden.

Nachdem Ole fluchtartig verschwunden war und Mrs. Warren mit Saras Hilfe abgetrocknet in ihrem Bett lag, dachte sie trotz verbliebener Schmerzen an Laura, der so etwas bei einer Frau nicht passieren konnte.

LAURAS NOTAT 18

Ohne über eine genaue Vorgehensweise nachzudenken, verließ ich mich auf mein Gefühl. Über eins war ich mir völlig klar: Karen war hetero und ohne eine Tendenz zur lesbischen Liebe. Wenn sie nicht im Geschäft mithalf, gab es nur eine Gelegenheit, mit ihr alleine zu sein, und das war abends, wenn Ian Kundschaft besuchte, was häufig vorkam. Es waren vorwiegend Leute, die, ähnlich wie bei Tom, einen Gesellschaftsfotografen bestellten. Dann saß ich nach der Arbeit oft bei Karen, die immer gastfreundlich etwas zu essen auf den Tisch stellte. Ich revanchierte mich manchmal mit Rosen, die ich, um mich nicht zu verraten, in hellen Farben wählte oder mit einer Schachtel Pralinen. Wir sprachen viel, sie fragte mich, und ich fragte sie, alles nur Mögliche.
Dabei erfuhr ich, dass sie zwar keine spektakulären Affären hinter sich hatte, aber es existierten in ihrem Leben schon einige Männer, die ihr auf der dänischen Insel Hygge, wo sie aufgewachsen war, attraktiv erschienen waren. Doch für „Auswüchse“, wie sie es lachend nannte, gab es keinen Platz. Immer wenn sie lachte, bekam ich diesen Stich in der Magengegend, denn es war mir, als ob die Sonne noch heller scheinen würde. Es waren diese vollen, schön geschwungenen Lippen, die ihre nicht ganz regelmäßigen weißen Zähne freigaben, deren Charme gerade in dieser Unregelmäßigkeit lag und immer sofort in mir den irrsinnigen Wunsch erwachen ließ, ihren Mund mit den Lippen zu berühren

Dieser Mund faszinierte mich wie das unglaubliche Blau der Augen, wie es nordländische Menschen besaßen, und so offen, so ehrlich aussahen, dass nur selten ein Zweifel in ihnen aufkam. Sie glaubte an das Gute im Menschen und konnte es nicht fassen, als ich Johns Vergewaltigung erwähnte. Sie fand sofort eine Entschuldigung für sein Verhalten. Er sei eben nicht nüchtern gewesen, habe mich aber sicher tief geliebt. Ich müsse ihm das eines Tages verzeihen. Verärgert über mich selbst, dass ich Johns schlechteste Handlung ausgeplaudert hatte, versicherte ich ihr, einen Schock wie diesen nie überwinden zu können. Sie nannte mich „armes Kind“ und nahm mich in die Arme, wo ich mich unglaublich wohl fühlte. Diese weichen Arme an meinem Hals zu spüren, mein Gesicht wenigstens einen Augenblick lang an ihre noch weicheren Brüste zu legen, verlangte Beherrschung, mich nicht einfach an sie festzuklammern. Aber ich wusste, meine Zeit war noch nicht gekommen.

Und dann war da noch Ian, der stille Beobachter, der mich in letzter Zeit etwas merkwürdig ansah, vor allem, wenn auch Karen die Dunkelkammer benutzte und es mir manchmal gelang, zu ihr hineingelassen zu werden. Oh, dieses herrliche Dunkel, nur schwach von einer orangefarbenen Birne beleuchtet, schuf die schönsten Momente. Ich hatte das Gefühl, auch sie freute sich, mit mir vertrauliche Gespräche führen zu können, zu denen dieser fast lichtlose Raum einlud.
Manchmal berührten sich unsere Hände, wenn ich ihr half, einen Film vorsichtig aus dem Fixierbad zu nehmen, und wenn eine von uns den Raum verließ, konnte man nicht vermeiden, die andere mit der Hand oder dem Arm zu berühren. Ich war wirklich verrückt nach ihr, aber nicht nur verrückt nach ihrem Körper. Sie strahlte eine Art Reinheit aus, die ich so noch nie bei einem Menschen gefunden hatte. Ja, sie war mit Ian verheiratet, den sie nach ihrer Beschreibung ebenfalls als sehr unschuldig empfunden hatte. Sie war seine erste Liebe, als sie sich zum ersten Mal in Kopenhagen trafen.
Seine schwerkranke Mutter war glücklich, dass Ian endlich heiraten würde, bevor sie starb. Prompt nahm sie Karen das Versprechen ab, Ian nie zu verlassen. Ich war wütend, das zu hören. Diese egoistische Mutter hatte wohl gleich erkannt, dass Karen ihr Versprechen halten würde. Du liebe Zeit, das war ja wie vor

Jahrhunderten. Griechische Tragödien hatten schon davon erzählt. Aber Karen widersprach, wenn auch nicht sehr heftig. Musste sie jetzt auf ewig bei diesem impotenten, unfruchtbaren Mann bleiben? Ich wagte nicht, sie das direkt zu fragen. Immer mehr drängte es mich, sie dazu zu bringen, mich zu lieben. Ich wurde ungeduldig und hasste mich dafür, dass ich abends immer noch auf Geräusche lauschte, die auf Liebeslaute schließen konnten.

Endlich schien etwas Positives für mich zu geschehen. Ians Geschäft lief so gut, dass er ein Zweites in Marbella eröffnen wollte. Er war abends oft unterwegs zu Besprechungen und auf der Suche nach einer passenden Immobilie. In Spanien führte man diese Treffen neben seinem Beruf meistens am Abend durch. Inzwischen war es Frühjahr geworden, und ich hatte in meinem Beruf gute Fortschritte gemacht, obwohl ich meine Kenntnisse der spanischen Sprache noch verbessern musste. Auch hier tat Karen alles, damit ich Fortschritte machte. Sie beherrschte das Spanische fast perfekt und wählte die beste Methode, es mir beizubringen, indem sie oft nur Spanisch mit mir sprach, so wie es auch die Kollegen in der Redaktion taten. Wie gesagt, ich hatte mich in der Abteilung Kultur etabliert, interviewte und fotografierte prominente Gäste und Künstler an der Costa del Sol.
Durch meine Verbindungen zur Künstlergruppe, die sich jetzt „Amigos del Arte“ nannte, kam ich in den Kreis der Musikfreunde, die aus ganz Europa berühmte Interpreten zu Konzerten einluden, die zwischen Málaga und Gibraltar stattfanden. Manchmal konnte ich Karen mit einer Freikarte glücklich machen und war stolz, wenn man mich fragte, wer diese schöne Frau an meiner Seite sei. Aber ich hütete mich, sie mit Männern bekannt zu machen, aus Angst, sie würden ihre Aufmerksamkeit von mir ablenken. Ein spanischer Philosoph hatte einmal gesagt, die Liebe sei ein Phänomen der Aufmerksamkeit. Und die

erreichte ich vielleicht durch mein ständiges Zusammensein mit ihr.

Den Vogel schoss ich ab, als der berühmte Pianist Arthur Rubinstein im hohen Alter einen seiner letzten Klavierabende mit romantischen Stücken von Brahms, Schumann und Chopin gab. Ich tat alles, um auch eine Eintrittskarte für Karen zu bekommen. Als mir das gelang, fragte ich sie, wie Anthony Perkins seine Angebetete, Ingrid Bergman, gefragt hatte:
„Lieben Sie Brahms?"
Karen antwortete sofort: „Ja, und wie!"
Und als ich neben ihr saß und diesem genialen Rubinstein zuhörte, schaute ich Karen, die in einem silbergrauen Abendkleid neben mir saß, immer wieder von der Seite an, weil sie wunderschön aussah und bei Brahms' und Chopins Klavierstücken Tränen in den Augen hatte. Was für ein Abend! Er hat den Charme längst vergangener Tage, so hörte ich eine ältere Dame hinter mir sagen. Es war sehr warm im Saal gewesen, ich glaube, Karen war auch etwas betäubt von den vielen Menschen, deren Eleganz mich wie eine graue Maus vorkommen ließ. Und beide waren wir berauscht von der erlebten Musik.
Es war sehr warm. In der Pause tranken wir jede zwei Gläser Sekt. Ich hatte ein Auto gemietet. Auf dem Rückweg fuhr ich in eine kleine Straße, die bis an den Strand führte. Karen schaute still auf das im Abendschein glitzernde Meer, drehte sich dann spontan zu mir hin, umarmte mich und flüsterte mehrmals das Wort „Danke".
Sehr vorsichtig legte ich mein Gesicht auf ihr Haar und hielt sie fest in den Armen. Meine Hand glitt sachte entlang ihres Rückens. Ich wartete, bis sie sich diesem Druck nicht widersetzte, und nahm ihr Gesicht in meine Hände, küsste die wieder feuchten Augen und ließ meine Lippen zart über ihr Gesicht gleiten, bis sie ihren Mund erreichten. Ich liebte diesen Mund und musste mich beherrschen, mich nicht in ihm zu verlieren und

damit auch Karen. Aber ihre Lippen gaben nach, und sie wehrte sich nicht, sondern ließ zu, dass ich mit meiner Zunge leicht über diese Lippen strich.
Doch dann flüsterte sie erschrocken: „Du küsst mich wie ein Mann. Das geht doch nicht.“
Jetzt aber konnte mich nichts mehr abhalten, ihren Körper fest zu umschließen und sie wirklich zu küssen wie ein Mann. Und ich berührte sie, wie es auch ein Mann getan hätte. Vorsichtig streichelte ich ihren Hals, ihren Nacken und ließ eine Hand leicht über ihre Brust gleiten. Sie stöhnte bei diesen Berührungen leise und erwiderte jetzt auch meine heißen Küsse. Sie hatte lange keine Liebe mehr gehabt und war so durstig nach Zärtlichkeit wie auch ich es war.
Zu lange hatte ich auf diesen Moment gewartet, jetzt konnte mich nichts mehr aufhalten. Ich war wie in einem Rausch und bat sie, die Nacht mit mir in einem Hotel zu verbringen. Unter dem Feuerwerk meiner heißen Küsse und Berührungen hätte sie fast „Ja“ gesagt, als sie sich plötzlich an Ian erinnerte, der bald nach Hause kommen würde und nie einen Schlüssel mitnahm. Dieser Trottel! Ich verfluchte ihn innerlich, aber ich durfte jetzt nichts falsch machen, denn ich war sicher, die Erinnerung an unsere Zärtlichkeiten würde sich in Karens Geist und Körper so festsetzen wie bei mir. Ich küsste sie noch einmal im Flur, sehr heiß, und sagte ihr, dass ich sie liebe. Ihre Nacht würde sicher ebenso unruhig sein wie meine. Kein Ian konnte daran etwas ändern.

Am nächsten Morgen war ich, trotz wilder Träume, in überglücklicher Stimmung. Ich gestehe, dass ich durch den Abbruch unserer ersten Umarmung das befriedigen musste, was man Wohllust nannte. Ich flüsterte dabei Karens Namen in mein Kopfkissen, das ich heftig umarmte. Morgens stand ich unter der Dusche und sang „I am so in love“. Dann ging ich hinunter in die Küche, wo sich Karen morgens meistens aufhielt und eine

Tasse Kaffee für mich parat hielt. Doch die Küche war leer, kein Kaffee wartete auf mich. Stattdessen tauchte Ian hinter mir auf und warf mir einen Blick zu, der nichts Gutes verriet. Seine Worte verkündeten mir in knappem Ton, baldmöglichst eine andere Bleibe zu suchen. Im wahrsten Sinne landete ich vom Himmel direkt in der Hölle. Hatte ihm Karen alles vom Vorabend erzählt? Ich forschte nicht nach dem Grund, sondern fragte, wo sich Karen befand. Das ginge mich nichts an, antwortete er unfreundlich und verließ ohne ein weiteres Wort das Haus. Ich suchte in allen Räumen. Keine Spur von Karen. Ich überlegte, wohin ich an ihrer Stelle entflohen wäre, nahm den Leihwagen und fuhr ans Meer. Es war dort noch sehr still, die meisten Leute saßen beim Frühstück. Ich kannte Karens Lieblingsorte am Strand und sah, wie sie in die entgegengesetzte Richtung lief. Es war schwer, sie durch den Sand laufend einzuholen. Hinter einer Fischerhütte gelang es mir. Ich hielt sie an ihren Armen fest und fragte atemlos und verzweifelt, was geschehen sei. Beide schnappten wir nach Luft. Sie stieß hervor, ich solle sie loslassen. Das tat ich sofort, warf einen Blick in die leere Hütte und zog sie mit mir hinein.

„Ian hat uns durchs Fenster gesehen, als wir im Flur standen. Nein, sag jetzt nichts, Laura. Wir dürfen das nicht wiederholen. Du weißt, ich bin verheiratet und kann dich nicht so lieben wie einen Mann."

Ich fragte sie verärgert, ob sie vergessen habe, was im Auto geschah.

Ihre Antwort darauf schlug wie der Blitz bei mir ein: „Ich hatte zu viel getrunken, ich vertrage wenig Alkohol, vor allem keinen Sekt. Er steigt mir sofort in den Kopf." Das hatte sie auch Ian erklärt, der mich daraufhin auf die Straße gesetzt hatte.

„Er hat mich rausgeworfen", sagte ich hilflos, denn mein Zuhause war sie gewesen, mein Halt und mein Glück. Ohne sie erschien mir mein Leben sinnlos. Wo und für wen sollte ich leben, arbeiten? Wen sollte ich lieben, wenn nicht sie? Ich drehte mich

zum Fenster und dachte tatsächlich, da sich der Himmel eingetrübt hatte, es würde regnen. Doch es waren meine Tränen, die aus meinen Augen rannen. Was jetzt in Karen vorging, wusste ich nicht. Sie stand hinter mir und bat mich, vernünftig zu sein.
„Wie kann ich das, wenn ich jemanden wie dich liebe?"
Abrupt drehte ich mich um und sah Schmerz in ihren Augen, die mich groß und direkt anschauten.
„Ich habe mir fest vorgenommen: Was gestern geschah, darf nie wieder passieren! Das habe ich auch Ian versprochen. Du brauchst das Haus nicht zu verlassen, wenn du dich nach meinem Wunsch richtest." Damit war für sie das letzte Wort gesprochen. Ich hatte keine Wahl: Wenn ich das Haus, Ians Haus, verließ, konnte ich sie, weil dieses Haus ihr Lebensbereich war, nicht wiedersehen. Wenn ich blieb, so hatte ich vielleicht eine, wenn auch geringe, Chance, sie doch für mich zu gewinnen.

***

Eine rührende Liebesgeschichte, dachte Mrs. Warren. Mir kommen wirklich die Tränen. Fabulierte Laura das alles? Hatte sie so viel Fantasie, sich das Ganze auszudenken? Nun, Fantasie lag in den Genen, sonst hätte ich nie ein Buch geschrieben. Wir sind uns doch sehr ähnlich, scheint mir. Manchmal, beim Lesen dieser Notate, kommt mir der Gedanke, das alles hätte ich selbst erfunden und aufgeschrieben. Auf jeden Fall ist es ein Stoff, den ich auf irgendeine Art verarbeiten muss. Nicht das Übliche einer Liebesgeschichte – warum sollte sie nicht Laura und Karen mit ins Boot nehmen? Auch wenn ich nicht weiß, was daraus wird, vielleicht werde ich es wissen, wenn ich am Ende der Notate angekommen bin. Es ist ein Prozess in mir, der reifen will, das spüre ich. Einiges hat sich bereits in mein Leben geschlichen: die fast vergessene Sinnlichkeit, die ich schon längst für tot und begraben hielt, die Vergangenheit, mit der ich schon lange abgeschlossen hatte. Stanley, dieser Mephisto, teuflisch und doch einmal so verführerisch, ist wieder aus dem Grab erstanden und trieb mich zu Dingen, die ich nie für möglich gehalten hätte. Ole Bull, hatte ich ihn wirklich berührt und sogar befriedigt, wenn auch etwas unfreiwillig von seiner Seite aus? Man könnte von einer Vergewaltigung reden. Und mir ist es völlig egal, was andere darüber denken. Sara ist meine Verbündete, sie hatte bereits die Hände im Spiel, als sie mir das Zauberkästchen unterschob. Sie hat meine Lust auch mit ihren Händen geweckt, als sie mich zu massieren begann. Jetzt frage ich mich wirklich: Hat Laura recht mit dem, was sie anfangs in ihrem Brief an mich schrieb? Dass man nur im richtigen Augenblick den richtigen Menschen treffen muss, um seine sexuellen Neigungen völlig zu verändern?

In diesem Moment ihrer Überlegungen sprang Gingerbaby schnurrend auf ihren Schoß, wieder völlig versöhnt mit ihr und der Welt. Ruhe war wieder eingekehrt nach diesem wilden Ritt auf Ole Bull. Gewiss, sie hätte sich dabei den Hals brechen können. Die gute Sara hatte sie schnell wieder auf die Beine gebracht. Ach, Sara, konnte sie überhaupt noch ohne sie leben? Gerade höre ich sie rumoren, sie serviert gleich den Tee mit den kleinen Kuchenstücken, und wir werden diese Stunde der Ruhe zusammen genießen.

Und schon tritt sie hinein, heute in einem bunten, seidenen Sommerkleid.
Der Ausschnitt sitzt ein wenig zu tief, ihre weißen Brüste sind im Ansatz zu sehen. Hübsche Brüste hat sie, merkwürdig – ich habe mich nie für die Brüste einer Frau interessiert, auch sind meine Augen nie an den schmalen Fesseln und den Formen eines Frauenbeins fasziniert hängen geblieben. Und Saras schönes Gesicht, ja, ich fand sie immer hübsch, aber heute fallen mir ihre leuchtenden grünen Augen besonders auf, die gerade Nase und darunter ihr leicht geschwungener Mund mit den vollen Lippen, die sich bestimmt beim Küssen angenehm und weich anfühlen.
Gerade fragte sich Mrs. Warren, wohin ihre Fantasie sie führte, aber Gingerbaby forderte ihre Aufmerksamkeit. Er stand zwar mit den Hinterbeinen noch auf ihrem Schoß, während die Vorderpfoten sich auf dem Tisch befanden, um sich dreist in Richtung des Kuchens zu bewegen. Das war etwas ganz Neues. Wieso verlangte Gingerboy plötzlich nach Kuchen, dieses Katzenvieh, das seine Leidenschaft bisher ausschließlich auf Hühnerleber und Fisch konzentriert hatte? Gelegentlich hatte auch mal eine Maus zu Gingerboys favorisierten Dingen gehört, aber Kuchen?

Nun, Mrs. Warren sah auch hier eine Parallele zu Lauras Lebensphilosophie. Jeder konnte anscheinend seine Einstellungen und Neigungen verändern. Bei Gingerboy war das geradezu abnorm. Wie auch immer, als beim Einschenken des Tees Saras weicher Arm Mrs. Warren streifte, empfand sie das wieder einmal als sehr angenehm und fühlte Lust, die braune, glatte Haut zu berühren. Sie rief sich umgehend zur Ordnung und fragte sich, welchen katastrophalen Einfluss Lauras Notate bereits auf ihre Fantasie genommen hatten.

LAURAS NOTAT 19

Die Situation war mehr als unangenehm. Ian ignorierte mich vollkommen und Karen behandelte mich höflich, mehr aber nicht. Ich verließ das Haus jetzt immer etwas später, in der Hoffnung, sie alleine sprechen zu können. Doch Ian schien fast immer im Geschäft zu sein, es war, als ließe er Karen nicht mehr aus den Augen. Nach einer Woche resignierte ich und beschloss, freiwillig das Feld zu räumen.

Auf der Suche nach einem geeigneten Zimmer oder einer Wohnung trieb ich mich meistens an der Strandpromenade herum. Ich wollte wenigstens aus einem Fenster das Meer sehen können. Bisher hatte ich, um nicht Nadine zu begegnen, vermieden, in die Nähe von Marbella oder San Pedro zu fahren. Zwar war die Wahrscheinlichkeit gering, dass Gerard Nadine Geld gab, um es in Marbella auszugeben, aber heute kam ich am Yachthafen vorbei und schaute dort sehnsüchtig auf die Apartmenthäuser, als hinter mir eine Stimme rief:

„Laura, bonita, como estás? Hübsche, wie geht es dir?“ Es war Paco, der aus Cádiz zurückgekommen war und mich fest in seine Arme nahm. Es war schön, ihn wiederzusehen, ich nahm seinen Geruch von Meer, schwarzen Zigaretten und ein wenig Fisch wahr. Dann erzählte ich ihm von meiner vergeblichen Wohnungssuche.

„No problemo“, meinte er und nahm mich an der Hand. Eine seiner zahlreichen Schwestern sei kürzlich Witwe geworden und würde mir sicher gerne ein Zimmer vermieten. Es war ein kleines, gemütliches Haus, nicht weit vom Strand entfernt, ohne viel Komfort, aber wozu brauchte ich Komfort? Paco war so glücklich, mich wiederzusehen, dass er nirgendwo ein Problem sah und alles sofort regeln wollte.

Seine älteste Schwester nahm mich freundlich auf, es war fast so, als gehörte ich zur Familie.

„¿Y tu maletas?“, fragte Paco.

Meine Koffer? Alles sollte ich rasch holen, bevor es sich seine Schwester anders überlegte. Er wollte mir dabei helfen. Schneller, als ich denken konnte, saßen wir im Bus, der unweit von Ians Geschäft hielt. Mit Herzklopfen betrat ich mit Paco das Haus. Aber es war nicht Ian, der hinter der Theke stand, sondern eine, wie immer, sehr beherrschte Karen, die zwar überrascht auf Paco schaute, mich aber ignorierte. Offenbar dachte sie, er sei ein Kunde. Doch Paco lehnte sich lässig an die Eingangstür, er wirkte etwas piratenhaft mit seiner Zigarette schräg im Mundwinkel und der Seemannsmütze auf seinem Lockenkopf. Er sagte nur „Hola“ und musterte Karen mit dem Blick eines Pferdehändlers, der die angebotene Ware kritisch betrachtet.
„Keine Angst“, sagte ich, „ein alter Freund von mir. Ich hole nur meine Sachen.“ Dabei sah ich, wie sich Karens Miene veränderte. Besorgt schaute sie mich an, ihre Augen weiteten sich erschrocken, als ich auf die Treppe zusteuerte.
„Ich muss mit dir alleine sprechen“, ihre Stimme klang gepresst und ihr Blick ruhte so eindringlich auf meinem Gesicht, dass ich Paco zurief, draußen auf mich zu warten. Lässig tippte er an seine Mütze und verschwand, während Karen die Außentür mit der Begründung verschloss, es sei dreizehn Uhr und damit Siesta. Sie führte mich ins Wohnzimmer.
Ich fragte, wo Ian sei. „Unterwegs“, antwortete sie kurz und hielt mir einen kurzen Vortrag, wie verantwortlich sie sich für mich fühle.
„Weshalb? Aus diesem Haus wurde ich förmlich herausgefroren, ja, auch von dir, Karen. Ich kann dich nicht zwingen, mich zu lieben, aber diese Behandlung habe ich nicht verdient.“
Sie nickte kurz.
„Wer ist dieser Mann, der dich begleitet hat?“
Ich musste lächeln, anscheinend hatte sie nicht mit dieser Wendung gerechnet. Von Paco hatte ich ihr nie etwas erzählt, übrigens auch nicht von meinen anderen Beziehungen, außer der mit John. Karen sah erregt aus. Deshalb trat ich nahe an sie heran

und fragte, indem ich ihr fest in die Augen sah und versuchte, nicht auf den Mund, den so verführerischen, zu schauen:
„Sag mir noch einmal klar und deutlich, dass du mich nicht lieben kannst oder willst!“
Ihre Augen wichen meinem Blick aus.
„Darum geht es jetzt nicht, du darfst dich nicht so treiben lassen und mit dem Erstbesten verschwinden...“
„Doch, ich kann. Paco ist nicht der Erstbeste, wir kennen uns schon eine Zeitlang. Ja, ich habe mit ihm geschlafen und werde es wahrscheinlich wieder tun, genau wie du es wieder mit Ian tun wirst.“
Das saß! Ihren bittenden Blick und die Worte, ich solle zurückkehren, überhörte ich. Was sollte das Ganze? Ich konnte nicht mehr in diesem Haus leben und Zeuge ihrer Ehe mit Ian sein. Ich sagte das laut und ging hinauf in mein Zimmer, um meine Sachen zu holen. Während ich packte, kam sie in mein Zimmer und bat mich, nicht übereilt zu handeln.
„Bitte lass uns noch einmal in Ruhe über alles sprechen“, bat sie eindringlich, „Ian kann jeden Augenblick kommen.“
Ich beeilte mich mit dem Packen. Nach Ian hatte ich wirklich keine Sehnsucht. Konnte ich Karen überhaupt für mich gewinnen?
Und als sie fragte, wohin ich ginge, wusste ich, bei Pacos Schwester konnte ich sie nicht empfangen. So sagte ich dreist: „Im Cortijo Blanco“, ein Apartmenthotel, es lag nicht weit von San Pedro entfernt, aber auch in Nadines Nähe.
Karen nickte erleichtert, ich nahm schweigend mein Gepäck und war froh, das Haus hinter mir zu lassen. Draußen stand Paco mit ein paar Männern zusammen, trat seine Zigarette aus und nahm wie selbstverständlich meine Sachen, pfiff nach einem Taxi und sagte:
„Ich muss mich beeilen, Geliebte, darf ich heute Abend zu dir kommen?“ Sein fröhliches Lachen half mir nach der Begegnung mit Karen, mich zu entspannen. „Du weißt doch, ER schaut

immer zum Himmel, wenn ich dich sehe."
Das war typisch für Paco, wir lachten, doch ich erinnerte ihn daran, dass er ein verheirateter Mann sei und ich bei seiner Schwester wohnen würde.
Er meinte, die könne ihm die Suppe nicht versalzen. Ich aber bat ihn mit einer Ausrede, mich vor Marbella aussteigen zu lassen und mein Gepäck bei seiner Schwester abzuladen, die auch ihn und mich nicht aus den Augen lassen würde. Das war mir recht, denn ich wollte nicht wieder ein Schäferstündchen mit Paco haben, jedenfalls nicht zu diesem Zeitpunkt.

***

An dieser Stelle angekommen, seufzte Mrs. Warren resigniert und musste einräumen, dass Laura, oder besser gesagt, ihr Naturell, sich wohl entschieden hatte, nur noch Frauen zu lieben. Wahrscheinlich nicht nur eine, sondern ihr Leben lang mehrere Frauen. Männer konnten nur noch eine Kulisse für sie sein oder auch im Notfall eine kleine Abwechslung darstellen, ohne dass sie von einer Leidenschaft mitgerissen sein würde. Das war zwar bedauerlich, aber jetzt, nachdem Mrs. Warren siebzehn Tage lang, gut dosiert, je ein Notat studiert hatte, konnte sie Laura für die Fortpflanzung der Menschheit abschreiben.
Doch wo zum Teufel steckte Laura jetzt? War sie noch in Südspanien? Weshalb hatte sie sich auf diese Art bei ihr gemeldet? Zum ersten Mal streifte Mrs. Warren ernsthaft die Frage, ob Laura überhaupt noch lebte. Aber dieser Brief erschien ihr fast wie ein Auftrag, dieses immer noch gerne verschwiegene Problem der gleichgeschlechtlichen Liebe in eine literarische Form zu gießen, da Laura glaubte, nicht das Talent zu haben, das ihr selbst „die Natur mir nicht gegeben hat", wie sie schrieb. Das hörte sich nicht nach Schwanengesang an. So wie sich Mrs. Warren gut erinnerte, war Laura immer für eine Überraschung gut und würde vielleicht morgen schon vor der Türe stehen und

fragen, wie es mit dem literarischen Werk stehe, ohne dass Mrs. Warren auch nur ein Wort geschrieben hatte.
Dieser Gedanke verankerte sich so in ihr, dass sie fast bereit war, sofort an ihren Schreibtisch zu eilen, um eine Skizzierung der Handlung vorzunehmen. Dabei vergaß sie fast ihr noch unbeendetes Manuskript, das ihr Verleger in Kürze erwartete. Dennoch konnte sie sich schon mal den Kopf zerbrechen, wie sie Lauras Notate in eine andere Form gießen könnte. Nur war sie verzweifelt, weil sie sich einem völlig fremden Stoff ausgesetzt fühlte, der, milde ausgedrückt, nicht ihrer Natur entsprach.
Nein, sie musste die Dinge klarer benennen: Lauras Gefühle empfand sie als ein wenig pervers, aber das Problem musste sie mit einem vertrauenswürdigen Menschen besprechen. Doch mit wem? Mrs. Warren lebte ja in einer etwas isolierten Blase, die man auch „splendid isolation" nannte. Dr. Gordon in seiner Zeitnot war ungeeignet, denn welcher Arzt interessierte sich für die psychischen Probleme seiner Patienten? Mit Begeisterung hätte er sich auf jeden Gallenstein, der ihr glücklicherweise erspart geblieben war, gestürzt.
Wen also konnte sie einweihen? Natürlich, so peinlich es auch war, kam nur Sara infrage. Jedenfalls konnte sie ihr mit ein paar nicht zu intimen Passagen Lauras Situation begreiflich machen. Jetzt aber war Mrs. Warren fest entschlossen, die restlichen Notate von Laura schneller durchzulesen.
Also griff sie seufzend nach dem Rest der Papiere, den Gingerboy ausnahmsweise nicht in Beschlag genommen hatte. Vielleicht erschien auch ihm der Inhalt als zu suspekt.

LAURAS NOTAT 20

Ich hatte hier schon einmal gewohnt. Das war, als ich am Anfang meiner Tätigkeit für die Zeitschrift ein paar spektakuläre Interviews, gespickt mit Fotos, abgeliefert hatte, die zwei prominenten, aber kamerascheuen Filmstars galten. Damit hatte ich den Vogel abgeschossen und wurde mit einer satten Prämie belohnt. Solche Gelegenheiten boten sich nicht oft. Ich verdiente zwar nicht schlecht, doch Spanien war nicht mehr so preiswert wie früher. Jetzt aber leistete ich mir wieder ein Apartment im Cortijo Blanco und wusste, Karen würde kommen.

Also nahm ich mir ein paar Tage frei. Kulturelle Ereignisse standen, sobald der Sommer nahte, nicht an. Also hielt ich mich meist in meinem Apartment auf oder lag im Palmengarten neben dem Swimmingpool. Ich durfte Karen nicht verpassen. Vorher war ich zu Pacos Schwester, sie hieß Pepita, gegangen und hatte mir ein paar passende Sachen geholt. Natürlich wollte Pepita mich verhören, wohin ich fahren würde und was sie Paco sagen sollte.

„Gar nichts“, antwortete ich, schließlich sei er nicht mein Ehemann. Das gefiel ihr, sie rief: „Libertad, Freiheit sei das Beste!“

So also stand oder besser gesagt, lag ich auf der Lauer.

Ich versuchte mir vorzustellen, wie sich Karen verhalten würde. Kühl, herzlich, verschlossen, aufgeschlossen? Ich jedenfalls hatte mir vorgenommen, Klarheit zwischen uns zu schaffen. Ihr näherzukommen, das wusste ich, würde nicht leicht sein. Aber sie kam jetzt zu mir auf dem neutralen Boden eines Hotels. Ich musste mich nicht nach ihr richten und Rücksicht auf einen nahenden Ehemann nehmen, der immer in der Lage gewesen war, unser Zusammensein zu stören. Abgesehen von den Abendstunden, wenn Ian abwesend war und dennoch jeden Moment drohte, aufzukreuzen.

Am zweiten Tag, einem Freitagabend, saß ich auf der kleinen

Terrasse meines Apartments, als mich die Rezeption anrief und eine Besucherin meldete. Mein Herz schlug wieder ein paar Takte zu rasch, auch das Atmen fiel mir schwerer. Ich trank einen Schluck Eiswasser, das immer parat stand, und stellte eine leise Musik ein, die der Sender Gibraltar immer am Wochenende durch den Äther schickte. Als es an der Tür klopfte, legte mein Herz noch ein paar Schläge zu. Bei ihrem Eintritt begehrte ich sie so heftig, dass ich mich beherrschen musste, mich nicht zu verraten.

In dem Augenblick, da sie sich mir gegenüber hinsetzte, schwor ich mir, sie nichts von meiner inneren Aufruhr merken zu lassen, und ließ gewollt gleichgültig den Blick über sie, den Tisch und die Karaffe mit Eiswasser schweifen, aus der ich ihr zu trinken anbot. In ihren Augen entdeckte ich Anzeichen von Hilflosigkeit, so, als wisse sie nicht, was sie sagen sollte. Aber auch ich blickte sie nur schweigend an. Zum Glück fühlte ich nicht mehr diese Ungeduld, die mich früher gequält hatte, als ich mich in John verliebt hatte, oder bei den kurzen, überhitzten Affären mit Hella und Nadine. Durch sie hatte ich allerdings erfahren, wie schön sich ein nackter weiblicher Körper anfühlen konnte. Aber jetzt sahen wir uns nur schweigend an, bis Karen den Mund öffnete und sagte, wie froh sie sei, dass ich ein hübsches Apartment gefunden habe. Mein Schweigen machte sie nervös:

„Es tut mir so leid, dass du dich nicht mehr wohl bei uns gefühlt hast.“

Scheinbar kühl antwortete ich, sie solle das vergessen, ich käme mit Hilfe von Freunden schon zurecht. Aber, so fügte ich hinzu, mir fehle ihre Wärme und Freundschaft sehr.

„Aber die hast du doch“, meinte sie mit belegter Stimme, „daran hat sich nichts geändert.“

Das war der Moment, als ich mich neben ihrem Sessel hinkniete und meinen Kopf an ihr Knie lehnte. Sie nahm mein Gesicht in ihre Hände, vergrub sie dann in meinem Haar und wand es sanft um ihre Finger. Dann hob sie mein Gesicht langsam zu sich

empor, ihre Augen leuchteten in Erwiderung meiner Lust, sie an mich zu drücken, und ich berührte, ohne jede Hast, ihren Mund. Sie küsste mich und brachte damit ihren Willen zum Ausdruck, meiner Lust zu folgen. Wir spielten mit dem Feuer. Ich konnte es nicht fassen, dass sie sich nicht zur Wehr setzte. In diesem Moment erschien sie mir noch schöner als zuvor. Das machte mich fast wahnsinnig vor Verlangen. Die einzige Lösung war, sie ganz zu besitzen. Wie zwei Schwerkranke, die endlich gerettet werden und sich der Angst, die sie empfanden, bewusst werden, hatten wir nur kurze Sätze gestammelt.
Als wir endlich im Schlafzimmer waren, ließen wir uns einfach dahintreiben. Ich umschlang sie mit meinen Armen, zog sie eng an mich. Scheinbar wehrlos überließ sie mir ihren Körper. Mein Mund bedrängte ihren Mund, der sich öffnete und meine Lust erwiderte. Ein heißer Strom durchzog mich, als ich mit meinen Lippen ihren ganzen Körper in Besitz nahm. Und die letzten Tage waren nichts gewesen als eine lange Flucht vor ihren Händen und diesem warmen weichen Körper, der so für meinen geschaffen war und den ich sofort geliebt hatte. Und dann geschah das, was zwei Menschen widerfährt, wenn zwischen ihnen das Feuer aufflammt.

„Ich bin sehr ungeschickt", sagte sie, „das hier habe ich noch nie erlebt."
Auch ich war ungeschickt und hatte Angst, etwas falsch zu machen. Welche Berührungen würde sie lieben oder abstoßen? Ich konnte mich ihr nur langsam nähern und strich leicht mit meinen Händen über ihren Körper, dessen Reife mich entzückte. Jede kleine Falte berührte ich mit meinen Lippen, küsste sanft ihre empfindsamsten Stellen, bis sie leise zu stöhnen begann, meinen Kopf mit ihren Händen lenkte und mir die Sicherheit gab, auf dem richtigen Weg zu sein. Alles wurde unwirklich, keine unserer Gesten konnte der anderen peinlich sein. Wir murmelten die ungeschickten, kindlichen Worte der Liebe, dankbar über die

geschenkte Lust. Ganz fern erinnerte ich mich an die früher erreichten Höhepunkte. Es schienen ganz andere zu sein als die jetzt Erlebten, die mein Inneres stark berührten. Wir waren von unseren Zärtlichkeiten besessen. Als ich ihr hinterher sagte, dass ich sie wirklich liebe, antwortete sie lächelnd:
„Das passt gut, denn ich liebe dich auch."
Immer wieder beugte ich mich über sie, küsste sie leidenschaftlich, zog sie so eng an mich, dass ich ihren ganzen Körper fühlte und streicheln konnte. Bei den anderen waren solche Küsse bald ausgeschöpft, bei ihr machten sie die Begierde überflüssig. Sie waren nur eine Etappe auf dem Weg und fast etwas Unerschöpfliches, sich selbst genügendes.
Nachdem wir uns noch einmal geliebt hatten, saß sie aufrecht, hielt meinen Körper in ihren Armen und küsste mich ruhig und ernst – erst meine Schläfen, dann meine Wangen, schließlich meinen Mund. Und als ich dieses ruhige Gesicht über mir sah, wusste ich, dass ich es noch oft wiedersehen würde und dass weder sie noch ich etwas dagegen tun konnten.
„Ich hatte vergessen, dass man so für jemanden empfinden kann", sagte sie leise, „ich kann mir jetzt nicht vorstellen, jemals ein anderes Geschöpf zu lieben."
Sie blieb die Nacht über bei mir. Wie sie das Ian gegenüber erklären würde, verriet sie mir nicht. Und ich wollte es jetzt auch nicht wissen, sondern es ihr überlassen, Ordnung in das scheinbare Chaos dieser Beziehungen zu bringen. Sie hatte sich entschieden, mich zu lieben, und das machte mich glücklich.

***

Obwohl sich Mrs. Warren vorgenommen hatte, den Rest von Lauras Notaten in einem Zug durchzulesen, musste sie alles aus der Hand legen. Nicht nur Gingerboy, der ihr auf den Schoß sprang, verlangte seine tägliche Portion an Zärtlichkeit, sondern auch das Klingeln an der Haustür unterbrach das Idyll. Dr.

Gordon wollte nach seiner Patientin sehen, was nicht gerade seinen Gewohnheiten entsprach. Die Patienten mussten ihn manchmal auf Knien bitten, sie zu besuchen.
Wie auch immer, er erkundigte sich nicht mit den üblichen Worten „Was kann ich für Sie tun?“, sondern fragte direkt, wie es Mrs. Warren denn gehe. Sie sagte, ausgezeichnet, und fragte: „Was kann ich denn für Sie tun?“
Das brachte ihn in leichte Verlegenheit, und er kommentierte, er sei zufällig in der Nähe gewesen. Eine Ausrede, die Mrs. Warren nicht schluckte. Außerdem hatte sie keine Lust, später für einen nicht bestellten Hausbesuch zu zahlen. In ihrer direkten Art stellte sie die Frage, ob es etwas Neues zu berichten gäbe, vielleicht einen Röntgenbericht oder Resultate eines nie in Anspruch genommenen Labors.
„Oh nein“, sagte Dr. Gordon, „ich mache mir nur etwas Sorgen um Sie. Der Physiotherapeut wurde nicht mehr in Anspruch genommen. Ich habe gehört, dass Sie einen etwas windigen Schweden engagiert haben, der für seine, sagen wir mal, übergriffige Art bekannt ist.“
Mrs. Warren kochte. Was hatte sich dieser Gordon in ihre Auswahl einzumischen?
„Bei mir dulde ich nur Übergriffe, die ich selbst veranlasse. Glauben Sie denn, es würde jemand bei mir wagen, sich schlecht zu benehmen?“
Der Arzt kannte Mrs. Warrens gefürchtetes Temperament. Rasch zog er sich zurück und hinterließ eine Patientin, die wieder ihre Kolonialstimme ertönen ließ. Sara erschien sofort mit dem Teetablett in der Hand und glaubte, ihre Verspätung habe den Ärger hervorgerufen. Aber der Anblick ihrer hübschen Sara, die in einem tiefgrünen, ebenso tief ausgeschnittenen Kleid vor ihr stand und sich über sie beugte, um den heruntergerutschten Schal wieder um sie zu legen, milderte Mrs. Warrens Stimmung. Dabei schauten Saras faszinierende, grün schimmernde Augen direkt in die ihrer Arbeitgeberin, die sich entspannte, obwohl sie erneut

ihren sonst so regelmäßigen Herzschlag aus dem Takt kommen fühlte.
Was zum Teufel geschah jetzt wieder mit ihr? Sie hob die Hand und streichelte ganz gegen ihren Willen die zarte Haut von Saras Wange. Dabei verspürte sie Lust, diese mit ihren Lippen zu berühren und tat das ebenfalls gegen ihren Willen.
Doch Sara lächelte und dachte, Mrs. Warren vermisst Ole Bull, besser gesagt, seine körperliche Nähe, überhaupt den Hautkontakt, den alle Menschen brauchen. Und wenn es dann sein soll, so bin ich bereit, alles zu tun, um Mrs. Warren zufrieden zu stellen. Sie korrigierte sich: nicht alles, aber doch einiges. Der Tag schien gerettet, Mrs. Warren grübelte den Rest des Abends über Lauras merkwürdigen Lebensweg nach.

LAURAS NOTAT 21

In dieser Nacht, der ersten unserer kostbaren Nächte, sprachen wir viel. Die Situation würde nicht leichter werden, wenn Ian von unserer Liebe erfuhr. Sollte Karen es ihm sagen oder verschweigen, mich wiederzutreffen? Jetzt hatte sie sich klar zu ihren Gefühlen bekannt, an deren Vorhandensein sie bis vor Kurzem nicht geglaubt hatte. Eine Frau zu lieben, hatte immer jenseits ihrer Vorstellungskraft gelegen. Nie hatte sie an ihrer Heterosexualität gezweifelt, ebenso wenig wie sie den ihr bekannten lesbischen Frauen Aufmerksamkeit geschenkt hatte. Sie waren da, für sie völlig in Ordnung, aber unverständlich, sich mit einer von ihnen im Bett vorzustellen.

Nun war sie mir auf den Leim gegangen, wie sie es liebevoll ausdrückte. Und zwar so gründlich, dass sie sich sofort zu dieser Liebe bekannte, mit der Lust, Ian davon Mitteilung zu machen. Sie wollte ihn ja nicht verlassen und das Ganze mit gutem Gewissen durchziehen. Eine Ehe, die nur auf dem Papier existierte, war für sie auch eine Existenzfrage, weil sie weiterhin die Geschäfte für Ian führte.

Ich warnte sie vor zu großer Offenheit ihm gegenüber; mir war klar, dass im Jahr 1981 Spanien noch ein Stück entfernt war von der Toleranz gegenüber Homosexualität. Ich hatte von einem homophilen Kollegen gehört, dem das Wort „maricón“ häufig nachgerufen wurde, und Frauen wurden mit „lesbiana“ beschimpft. Die sexuelle Orientierung konnte immer nur heimlich gelebt werden.

Aber Karen, die mutigere von uns beiden, meinte, das alles sei für eine Skandinavierin Unsinn, sie wollte nicht in Heimlichkeit leben. Wir stritten sehr liebevoll miteinander in dieser ersten Nacht. Es war fünf Uhr morgens, als sie mich verließ, und der Hoteldirektor fragte mich am nächsten Morgen, ob das Apartment von einer oder zwei Personen belegt worden sei. Weil es praktischer war, bezahlte ich eine Woche im Voraus. Für zwei

Personen.

Ich meldete mich krank, was ich noch nie gemacht hatte, und wartete jeden Tag mit Ungeduld auf Karen, die zeitweise Ians Geschäfte führte, aber meinem Rat gefolgt war, noch ein paar Tage mit der Wahrheit zu warten. Ian war viel unterwegs und hatte nichts bemerkt. Oft kam sie schon zur Siesta in mein Schlafzimmer, wir versanken beide im Dunkel der vorgezogenen Vorhänge und hatten kaum Zeit zu sprechen.

Vergeblich versuchten wir uns genau zu erinnern, nachdem wir uns getrennt hatten, an ein geflüstertes Wort, eine Gebärde. Wie zwei Nachtwandler trennten wir uns, fast zerstreut, und schon wenige Stunden später begannen wir, auf den Augenblick zu warten, wann wir uns wiedersehen würden. Nur das zählte und war die einzige Realität, der lebenswichtige Punkt unseres Lebens. Alles geschah mit dem Reiz des Verbotenen, alles, um nicht zusammen gesehen zu werden. Ich glaube, Karen war oft erschrocken über diese Leidenschaft, die sie wie ein Ekzem überfallen hatte. Uns hielt die Erwartung am Leben, und die Zeit mit anderen Menschen erschien wie ein Hindernis.

Einmal meinte sie, an ihrem Verstand zweifeln zu müssen, ein solches für sie undenkbares Erlebnis zugelassen zu haben. Für mich war die Zeit nur das, was man totschlagen musste, aber wenn wir uns dann umarmten, musste man diese Zeit hegen und pflegen, um sie daran zu hindern, zu vergehen.

Wenn dann Karen übermüdet neben mir eingeschlafen war, versuchte ich, sie mit kleinen, fragenden Kopfstößen zu wecken, entzückt darüber, wie sie mich erstaunt ansah, gähnte und sich zu mir umdrehte, Bauch an Bauch oder Rücken an Rücken. Ich war glücklich, wenn sich unter meinen Händen ihr Atem beschleunigte und ich ihr kleine Schreie und leises Stöhnen entlocken konnte, und das ohne die wesentlichen Attribute eines Mannes.

Karen wusste nicht, dass ich ihr Stöhnen, die leisen Schreie und die Höhepunkte hortete, was mir half, die inneren Ängste zu

überwinden, sie wieder an Ian zu verlieren. Dann zählte nur, dass wir uns im Bett gut verstehen mussten, ganz gleich, auf welchem Weg man zur Erfüllung kam. Die Spiele der Liebe gleichen einander, ob sie knabenhaft, sexuell, kindlich, zärtlich oder geflüstert sind. Was uns widerfuhr, wenn zwischen uns das Feuer aufflammte, machte es undenkbar, eine andere Lust gekannt zu haben. Sie ließ die Grenzen des eigenen Körpers, die Schranken der Schamhaftigkeit und Kühnheit vergessen. Keine unserer Gesten, die murmelnden Worte körperlicher Liebe, konnten uns je peinlich sein; immer würden wir uns dankbar an die geschenkte Lust erinnern.
Karen, die reife, mir vollendet erscheinende Frau, bewies mir, wie schön die Liebe und das Leben sein können, wenn sich innere Harmonie mit der körperlichen Lust verbindet. Karens Ruhe, der Klang ihrer Stimme, die Klarheit ihrer Wortwahl hatten mich gefangen. Im Laufe dieser herrlichen Woche hatte ich gelernt, dass sie den Lauf der Dinge bestimmte: ihren Umgang mit Ian, die Zeitspanne unseres Beisammenseins, die durch ihre Tätigkeit im Geschäft immer eingeschränkt war. Ich gehorchte, aber abends oder wann immer wir uns liebten, war sie meine gehorsame Sklavin, was ich genoss. Dann unterwarf sich diese so bestimmte Frau meiner Leidenschaft und war nur noch Frau und keine Gebieterin. Sobald sie kam, landete sie in meinen Armen und meistens in meinem Bett, wo ich ihr oft die Hand auf den Mund legen musste, um die Laute ihrer Lust abzudämpfen. Sie hatte, bevor sie mich traf, nie einen Orgasmus erlebt. Diese Erfahrung, zusammen mit mir, war ein fester Bestandteil unserer Beziehung, unserer Liebe, die nur einen Nachteil hatte: Wir mussten vermeiden, uns gemeinsam in der Öffentlichkeit zu zeigen. Und wenn, dann war jeder Zentimeter Abstand unserer Körper zu berechnen. Wir vermieden es, uns anzuschauen, wenn andere anwesend waren.
Karen behauptete, meine Blicke auf sie würden uns sofort verraten. Sie war immer sehr beherrscht und in der Lage, mich kühl

zu übersehen. Wenn ich nicht gewusst hätte, dass diese Minerva noch kurz zuvor in meinen Armen gestöhnt hatte, wäre ich über ihr Ignorieren gekränkt gewesen. Wir wussten beide, dass die Gesellschaft jedes Abweichen von der Norm immer noch scharf verurteilte, und Karen wie auch ich waren von dieser Gesellschaft abhängig. Es war der Chef an der Rezeption, der mir als erster merkwürdig zulächelte. Er sagte zwar nichts, wollte sich aber wohl mein reichlich ausgefallenes Trinkgeld nicht entgehen lassen. Die Zimmermädchen lächelten wohl aus dem gleichen Grund, manchmal kicherten sie, wenn ich an ihnen vorbeiging.

Als ich wieder in der Redaktion arbeitete, fragte mich ein aufdringlicher Kollege, wem ich die dunklen Schatten unter meinen Augen zu verdanken hätte. Aber die konnte ich auf Paco schieben, woraufhin er den Verdacht äußerte, ich hätte wohl einen Freund, denn für meine abweisende Haltung ihm gegenüber konnte es nur diese Erklärung geben. Ich fuhr nur anstandshalber zu Pacos Schwester und sagte, ich hätte öfter Nachtdienst. Sie schien mir zu glauben. Enger wurde es für Karen. In der ersten Woche fiel Ian ihre immer häufigere Abwesenheit nicht auf, er war mit seinem neuen Fotoladen in Marbella beschäftigt und froh, dass Karen zu Hause die Leitung übernahm.
Da beide zu unterschiedlichen Zeiten arbeiteten, fiel es nicht auf, dass sie zum Schlafen im oberen Stockwerk in mein Zimmer gezogen war. Ian dachte, das sei ein vorübergehender Zustand. In letzter Zeit jedoch fragte er immer häufiger nach mir. Je mehr Karen vom Thema ablenkte, umso intensiver wurden seine Fragen. Ihr war das ganze Versteckspiel widerwärtig, und sie glaubte, dass Ian mit der Zeit verstehen würde, dass es vielfältige Formen der Liebe gibt. Ich war da nicht so sicher und warnte sie. Schließlich war er nicht im viel freiheitlicher denkenden Skandinavien geboren. Ihre und auch meine Existenz konnten in Gefahr sein, obwohl in Redaktionen häufig Freidenker zu finden sind. Aber man konnte nie sicher sein. Außerdem machte mir das

Katz-und-Maus-Spiel irgendwie Spaß. Der Reiz des Heimlichen hat eine besondere Faszination. Dieses „Ich-weiß-etwas-was-du-nicht-weißt“ machte mir aber mehr Freude als Karen. Die Sache erledigte sich auf einen Schlag, als Ian sich auf seine Anrechte als Ehemann besann. Wieso er plötzlich seine Potenzprobleme als beseitigt ansah, wusste nur er.
Auf jeden Fall kam er einmal kurz nach Ladenschluss nach Hause und wollte Karen, die während der Siesta noch in meinen Armen gelegen hatte, heftig umarmen. Sie erschrak über diese ungewohnte Geste und fragte, was denn mit ihm los sei. Ein leichter Whiskygeruch verriet ihr, dass ihm der Alkohol half, seine Hemmungen zu überwinden, um sie so direkt anzugehen. Natürlich verweigerte sie sich ihm. In seinem Zorn darüber beschuldigte er sie, einen anderen Mann zu lieben.
Ebenso unvorsichtig wie spontan antwortete sie: „Nein, keinen Mann.“
Ian stutzte und brauchte einen Moment, um zu verstehen, was das bedeuten konnte. Sofort fiel mein Name, den er rasend vor Wut förmlich ausspuckte. Diese Szene war nicht angenehm, kommentierte Karen, aber er muss sich damit abfinden. Ich war mir nicht sicher, ob Ian das hinnehmen würde.
Doch Karen zog sich beim Erzählen dieser Szene völlig ruhig vor mir aus, was mich immer erregt hatte, und sagte nur: „Komm“, und zog mich aufs Bett.
Einerseits bewunderte ich ihre Ruhe, ihren Mut, andererseits versetzte mich ihr Bericht in einen Zustand, den man bei Männern als Impotenz bezeichnet. Es dauerte eine Weile, bis mich Karen mitriss in den Strom ihrer Gefühle. An diesem Abend war sie es, die mich besitzen wollte. Sie bedeckte meinen Körper mit ihrem, küsste dann jeden Zentimeter meiner Haut, bis ich anfing zu stöhnen, auch vor Glück über diese aktive Geliebte, die alles tat, um mich zu befriedigen. Ich vergaß Ian, die Rezeption, die Redaktion – alle Befürchtungen lösten sich im Nebel dieses Traums auf, dieses herrlichen Gefühls, etwas Vollkommenes zu

erleben. Anschließend rieb sie meinen feuchten Körper mit einem Handtuch ab, so als wäre ich ein Pferd, das zu stark geritten wurde. Dann breitete sie liebevoll einen Bademantel über uns beide und schlief sofort ein.

***

Nein, Mrs. Warren schaffte es nicht weiterzulesen. Die Schilderung der Liebe zwischen den beiden Frauen war für sie schon starker Tobak. Zugegeben, wenn sie an ihr Erlebnis mit Ole Bull dachte, was sie nur ungern tat, konnte man das auch als ziemlich scharf bezeichnen. Allerdings wurde darüber nichts schriftlich hinterlegt.

Aber hier gab Laura das Intimste aus der Hand, selbst geschrieben, sozusagen ein Geständnis. Einräumen musste Mrs. Warren, dass Lauras Beschreibung auch sehr poetische Seiten aufwies und sich gut, ohne Abscheu zu erwecken, lesen ließ. Nun, Laura war ihre Kusine, hier schien die Geschichte mit den Genen zu stimmen, obwohl sie selbst mehr zur Realität neigte. Was sollte auch Poesie in Kriminalstories zu suchen haben? Immerhin, sie überlegte nun häufiger, was sie mit diesen Notaten anfangen konnte und sollte.

Lebte Laura überhaupt noch, war sie vielleicht todkrank und wollte sich vor ihrem Tod erleichtern? Aber Laura hatte ihr diese Notate nun einmal anvertraut, damit Mrs. Warren sie irgendwann vielleicht in einer Form schriftlich vermitteln konnte, was Laura glaubte, nicht von der Natur mitbekommen zu haben. In diesem Punkt war Mrs. Warren mit ihrer Kusine nicht einig: Laura schien ohne Zweifel schriftstellerisch begabt zu sein. Man konnte diese Notate unter einem Pseudonym veröffentlichen, natürlich nur bei einem Verlag, der dem Thema gleichgeschlechtlicher Liebe nicht abgeneigt war, andererseits aber nicht zur Pornografie tendierte und auch die Poesie einer Liebe zwischen zwei Frauen zu würdigen wusste und den Unterschied kannte, dass es solche Beziehungen gibt, die aus rein heterosexueller Herkunft entstehen. Sie selbst tat sich schwer daran zu glauben, denn irgendwann musste bei diesen Frauen schließlich mal ein Saatkörnchen von Lesbos hinüber geweht sein. Aber sie schaffte es nicht, einen Plan zu erstellen, der Lauras Willen entsprechen konnte.

Die einzige Vertraute war inzwischen Sara geworden, diese kluge Frau, die den Instinkt hatte, zu beurteilen, was richtig war. Zwar war es etwas peinlich, sie an allen Details der familiären Geheimnisse teilhaben zu lassen, doch sie entschloss sich zu diesem Schritt und rief diesmal mit ihrer sanftesten Stimme nach Sara. Die erschien in wenigen Minuten, denn am Klang der Stimme konnte sie erkennen, dass sich Mrs. Warren in Nöten befand. Vorsichtshalber hatte sie das Tablett mit dem Tee in der Hand, denn Tee war das Allheilmittel aller Probleme – jedenfalls bei Mrs. Warren und generell in England. Bereits nach wenigen gestammelten Worten wusste Sara Bescheid, um was es sich handelte.

Den Einblick in Lauras Notate hatte sie ja längst. Doch die intimen Szenen zwischen Laura und Karen erschienen Mrs. Warren wohl als etwas Anstößiges. Nun kamen diese Bedenken aber ans Tageslicht. Außerdem fragte sie, wie man sich Lauras Tendenz zur lesbischen Liebe erklären konnte, da die heterosexuellen Anlagen völlig unsichtbar waren. Dass sie John verlassen hatte, war verständlich, aber nun schob sie auch Paco, der doch einfühlsam mit ihr umgegangen war, beiseite.

Sara setzte ihren Stuhl neben Mrs. Warrens Sessel. Gingerboy sprang empört über diese Störung von Mrs. Warrens Schoß und machte sich über den Rest einer Mahlzeit her. Tee, Plätzchen und Kuchen waren jetzt nicht sein Ding. Sachte strich Saras Hand über Mrs. Warrens Rücken und fragte, ob sie das als unangenehm empfände.

„Keineswegs“, sagte Mrs. Warren, „deine Massagen waren die besten. Hättest du diese fortgesetzt, wäre mir Ole Bull erspart

geblieben."
Lächelnd beugte sich Sara näher zu Mrs. Warren, so dass sie fast deren Gesicht berührte. „Nun", meinte Sara, „auch Ole Bull hat seine Mission erfüllt und Ihnen gezeigt, dass Sie äußerst vital sind und noch alles an Ihnen lebt."
Eine leichte Röte stieg in Mrs. Warrens Gesicht.
„Und", fuhr Sara fort, „auch Laura hat eine Mission für Sie. Ohne den Verrat ihrer erotischen Erlebnisse hätten Sie sich kaum noch Ihrer eigenen entsonnen."
Auch das musste Mrs. Warren einräumen.
Jetzt nahm Sara ihr Gesicht sanft in die Hände, was die Röte bei Mrs. Warren noch verstärkte. Sie zog den Duft von Saras Haut, ihrem Haar, intensiv ein. Fast schwindelte ihr Kopf, als Sara sie sanft auf die Wangen küsste, und sie hätte gerne diese Lippen näher an ihren gefühlt. Sie erschreckte die Erkenntnis, dass vielleicht in jedem Menschen die Sehnsucht nach dem eigenen Geschlecht wohnt.

LAURAS NOTAT 22

Ich hatte ein ungutes Gefühl, wenn ich an Ian dachte. Karen glaubte, die Situation fest im Griff zu haben. Ian war abhängig von ihrer Hilfe und konnte es sich nicht leisten, auf diese Hilfe zu verzichten. Aber die Logik hat nicht immer Recht. Das bekam auch ich am nächsten Tag in der Redaktion zu spüren, als ich zum Stellvertreter von Aaron Kahn, der im Urlaub war, gerufen wurde. Dieser Mann hieß Benjamin Baker, war verheiratet und hatte mehrmals versucht, mich einzuladen – ohne seine Frau. Meine Abfuhren hatte er frech grinsend überhört.

Jetzt musterte er mich ebenso frech und bemerkte, ich sähe schlecht aus. Ob ich genügend Schlaf bekäme? Sein Lächeln war hintergründig, meine Antwort vertrieb seinen Spott.

„Nein", sagte ich, „mein spanischer Freund ist ziemlich anstrengend."

Das rief zuerst Verblüffung, dann Unglaube in ihm hervor: „Haben Sie tatsächlich einen Freund und dann noch einen Spanischen?"

Ich fragte, ob ich ihn mal mitbringen solle.

Das verblüffte ihn noch mehr. Ungläubig sagte er: „Ja, gerne, auf den bin ich gespannt."

Nun, wozu kannte ich Paco? Sobald ich ihn sah, würde ich ihn in die Redaktion schleppen. Wer konnte hier etwas von meinem Liebesleben wissen? Nur Ian war durch Karen orientiert. Mein Verdacht war sicher nicht unbegründet. Diesen ersten Angriff hatte ich erfolgreich abgewehrt. Jetzt musste ich es beweisen.

Wenn Karen oft stundenlang im Geschäft arbeitete und ich erst gegen Mittag anfing zu schreiben, ging ich morgens oft an den Strand. Heute besuchte ich zuerst Pepita und fragte nach Paco, doch Pepita war nicht da, also wühlte ich mein Bett etwas auf, damit es so aussah, als hätte ich hier zumindest eine Weile geschlafen. Ich kannte Pepitas feste Gewohnheiten, an denen sie

unbeirrt festhielt: Sie ging spät zu Bett und stand dann etwa um neun Uhr brummend auf.
Der erste Gang nach dem Frühstück führte sie zum Markt, wo sie sich stundenlang aufhielt, weil sie ihre Freundinnen traf, um den neuesten Klatsch zu hören. Nur selten hatte sie an meine Tür geklopft, da ich ihr eingeschärft hatte, dass ich wegen redaktioneller Nachtarbeit spät einschlief. Also spazierte ich in der Sonne und hielt Ausschau nach Paco. Nichts war von ihm oder seinen Brüdern zu sehen, aber ich fragte die anderen Fischer und hörte, dass die drei Brüder ihre Netze in San Pedro auslegten. Ich hatte Paco wegen Karen völlig vernachlässigt und wollte ihn jetzt überreden, an einem der nächsten Tage mit mir, sozusagen rein zufällig, in der Redaktion aufzutauchen. Ich wollte das Feuer gleich im Keim ersticken.

Es war das erste Mal seit langer Zeit, dass ich San Pedro besuchte, das ich nach meinem Abschied von Nadine verlassen hatte. In meiner besessenen Leidenschaft für Karen hatte ich keine Bedenken mehr, der anderen Frau zu begegnen, die mir doch einiges an Herzblut gekostet hatte. Das war vorbei, dessen war ich mir sicher.
Als ich aus dem Bus stieg, nahm ich den Weg durch das Feld und traf niemanden auf dem Weg zum Meer. Dort standen meine drei Fischer, reinigten ihre Netze und waren sichtlich erfreut, mich zu sehen.
Die beiden Älteren taten sehr beschäftigt, um Paco Gelegenheit zu geben, mich in den Arm zu nehmen und zu küssen. Er roch wieder nach Meer, Zigaretten und ein wenig nach Fisch. Ich muss gestehen, es gefiel mir, nach so viel Frau wieder einen männlichen Körper nah zu spüren, zumal ER mal wieder deutlich zum Himmel schaute. Die Vitalität der Südländer ist wirklich bewundernswert. Wir setzten uns etwas höher in den Sand, Paco hielt meine Hand und legte sie in seinen Schoß, wo alles deutlich nach oben strebte. Er küsste mich, und ich ließ es

geschehen, doch als er Ausschau nach einem Liebesversteck hielt, log ich, dringend in die Redaktion fahren zu müssen. Schade, meinte er, morgen führe er wieder für ein paar Wochen nach Cádiz. Das passte nicht in meinen Plan. Ich musste alles umstellen und fragte, ob er mich nicht begleiten wolle – es sei doch schade, sich jetzt zu trennen. Nun, ich kannte Paco. Eine solche Gelegenheit ließ er sich nicht entgehen. Rasch schoss ich ein paar Fotos vom Fischeridyll mit meiner Kamera, die ich ständig bei mir hatte, und ging mit Paco Hand in Hand, nein, mit seinem Arm um meine Schulter, in dieser verliebt aussehenden Pose den Eselweg entlang zur Bushaltestelle.
Als sei die Zeit zurückgedreht, sah ich Gerard Dupont mit „seiner" Tochter auf der Terrasse sitzen. Dieses Mal reckte er neugierig den Kopf über die Hecke, die den Garten einzäunte, und eilte ins Haus. Kurz danach tauchte auch Nadine auf, mein Herz setzte einen Augenblick lang aus, die Erinnerungen kamen hoch. Aber Paco beugte sich zu mir herunter und küsste mich kurz auf den Mund, was Nadine nicht abhielt, ihrerseits die Arme auszubreiten, um mir zuzurufen, wie schön es sei, mich wiederzusehen. Wo ich, um Himmels Willen, denn so lange gesteckt habe. Irgendwie erschien mir alles so vertraut – die Ruhe dieses Viertels, die Häuser, der Duft der Felder gemischt mit dem des Meeres, Paco neben mir und dann Nadine, die mich liebevoll anlächelte.
Offenbar hatten Gerard und seine Tochter ihre wahnsinnigen Pläne auf Eis gelegt. Sonst wäre sie nicht hier gewesen, sondern in einem Versteck, um auf die Geburt des Kindes zu warten. Auch ihre Tochter, die jetzt neben Gerard stand, hatte nichts von ihrer schlanken Linie verloren. Ich musste das alles geträumt haben – den rothaarigen Mann, der Nadine betrunken in den Bungalow getragen hatte, unser Abschied am Strand. Immer noch spürte ich einen leichten Schmerz, wenn ich daran dachte. Jetzt aber liebte ich Karen.
Für einige Momente hatte ich sie vergessen. So wie ich auch

vergessen hatte, Karen von Nadine zu erzählen. Unsere Liebe war so plötzlich wie ein Flächenbrand ausgebrochen und hatte Erinnerungen an frühere Empfindungen ausgelöscht. Zwar hatte Karen einmal gefragt, wie viele Frauen ich schon verführt hätte. Mit gutem Gewissen hatte ich geantwortet: keine. Hella und Nadine hatten ja im Grunde mich verführt. Natürlich war das nur die halbe Wahrheit, doch ich hatte kein Verlangen nach Fragen, deren Antworten mir völlig unwichtig erschienen. Ich liebte Karen und keine andere, damit war alles gesagt. Dennoch fühlte ich mich momentan sehr wohl beim Anblick von Nadine und in der Gegenwart von Paco, der mich einfach zum Bungalow und in den Garten führte, wo wir uns zum ersten Mal begegnet waren. Das Haus stand leer, und ich befand mich plötzlich hinter der Palme, die schon manches gesehen hatte, und spürte die Wärme von Pacos Körper, der mich wie selbstverständlich küsste und sich an mich drängte, so dass ich jeden seiner Muskeln spürte, von denen natürlich einer wieder in den Himmel schaute.
Es erstaunte mich, dass ich das nicht als unangenehm empfand, sondern den „Himmelsgucker“ fast berührt hätte. In diesem Augenblick wurde mir klar, dass ich bisexuell sein musste, und ich fand es gut, beide Seiten zu kennen. Man lernte die Welt, die Natur, in ihrer Vielfältigkeit zu verstehen, und ich hatte große Lust, Pacos Versuch, mich neben ihn ins Gras zu legen, nachzugeben. Als ich dann Nadine vorbeigehen sah, stellte ich mir vor, sie käme zu uns, und ich könnte beide umarmen.
„Du musst dich zusammennehmen“, schimpfte ich mit mir, „die Nächte mit Karen haben dich sexsüchtig gemacht.“ Das war es wohl. Außerdem wollte ich doch Paco als meinen Freund in der Redaktion vorführen.
Ich erinnerte ihn an die Fotos und vertröstete ihn auf ein anderes Mal.
Zum Glück war er nicht gekränkt, sondern sagte nur: „Aber bitte bald, Geliebte.“
Kaum kamen wir in die Nähe von Ians Laden, konnte ich die

Sehnsucht nach Karen kaum noch ertragen. Ich musste sie möglichst schnell sehen und eilte mit Paco in die Redaktion. Mit seinem rechten Arm um meine Schulter wanderten wir durch alle Räume, ich stellte ihn vor, und ließ den noch morgens so spöttisch lächelnden Benjamin Baker unbeachtet stehen, der jetzt nur etwas skeptisch die Stirn runzelte. Paco schaute auf seine Uhr. Ach ja, er musste nach Cádiz. Das passte mir gut, weil ich mich von ihm entsprechend verabschieden musste. Wir taten das am Tor, und die lebenden Blumentöpfe hinter den Fenstern der Redaktion sahen zwei Verliebte, die, sich küssend, voneinander Abschied nahmen. Nachdem ich ein paar ältere Fotos mit einer Kurzreportage („Fortsetzung folgt") über die Fischer von Marbella versehen hatte, sprang ich mit dem Film zu Ians Geschäft, in dem nachmittags Karen stand. So war es, aber sie war von ein paar Kunden umringt und über meinen Anblick fast erschrocken. Fragend rief ich, ob Don Ian anwesend sei. Keiner von den Kunden verstand, wen ich meinte. Lächelnd schüttelte Karen den Kopf.

Mit einer Geste, die mir bedeutete, bald nachzukommen, sprang ich in die Dunkelkammer. Ich war heiß, sogar mehr als das. Offenbar hatte mich die Begegnung mit zwei früheren Liebschaften so stark erregt, dass ich den Film mit den Fotos nur mit zitternden Händen entwickeln konnte.

Als endlich Karens Schritte nahten, zog ich sie mit beiden Händen in das Dunkel des engen Raums und knöpfte ihre Bluse auf. Sie fragte mich, ob ich verrückt geworden sei, hier so unerwartet zu erscheinen.

Ich sagte: „Ja, ich bin verrückt nach dir", und fuhr fort, sie zu entkleiden.

Sie hatte keinen BH an, und ich küsste ihre Brüste, während meine Hände sich mit ihrem ganzen Körper beschäftigten. Sie versuchte, mich aufzuhalten, und flüsterte, Ian könne kommen und bitte nicht hier, aber ich war nicht zu stoppen, kniete vor ihr auf dem kalten Steinboden und ließ meine Zunge überall suchen,

bis ich den richtigen Punkt gefunden hatte, an dem sie immer leicht zu seufzen anfing und in meinen Haaren wühlte.
Aber jetzt riss sie mich eher an diesen Haaren und sagte noch energischer: „Nicht hier, nimm doch Vernunft an."
Meine Hände glitten enttäuscht an ihren Beinen herunter. Ich stand auf, hielt sie weiter umklammert und fragte: „Wo dann?"
Sie murmelte etwas von einer dummen Wilden, die sie offenbar überfallen hatte. Sie hatte die Ladentür abgeschlossen, und ich zog sie hinauf in mein früheres Zimmer, zum Bett, auf dem ich oft gesessen und gelauscht hatte, was unten geschah – lange bevor alles zwischen uns passiert war. Ja, jetzt teilte ich die Geschehnisse schon ein wie „vor Christus, nach Christus". Meine Lust war noch da, doch sie erschien mir nicht mehr so unbeherrscht.
Aber wenn Karen schon nah bei mir war, musste die Gelegenheit genutzt werden. Unsere Kleider flogen zu Boden, und irgendwann kam meine Wildheit zurück, die sich jetzt darauf konzentrierte, sie damit anzustecken. Raffinessen, von denen ich vorher nicht geahnt hatte, dass meine Fantasie sie erschaffen konnte. Damit brachte ich meine Geliebte dreimal bis kurz vor den Höhepunkt, und sie bettelte, nicht aufzuhören.
Dann lag ich mit einigen kurzen, heftigen Bewegungen auf ihr und fühlte auch ihre Hände an meinen empfindsamsten Stellen und hörte ihren Schrei, der auch meiner war – von dem man hätte behaupten können, dass er Tote wecken würde. Es waren aber nicht die Toten, sondern ein recht lebendiger Ian, dessen Schreie unsere hätten übertönen können. Nein, er schrie nicht nur, er brüllte wie ein Löwe, dessen Beute in Gefahr war, abhanden zu kommen. Nie hätte ich gedacht, dass Ian völlig, ohne jede Beherrschung, die Nerven verlieren könnte, wie besessen fluchte, uns die Kleider zuwarf, Karen kündigte, ihr auch das Haus verbot, mich ins Gesicht schlug und, wie er sich ausdrückte, unsere „ekelhaften Schweinereien" anzeigen wolle. Es gäbe seit Franco immerhin noch strenge Gesetze in diesem Land, die Gültigkeit

hätten.
Es war schrecklich, aber das Schrecklichste kam aus Karens Mund, als sie im Apartment zu mir sagte: „Dank deiner Unvorsichtigkeit habe auch ich alles verloren!“

***

Nicht nur die Gefühle, sondern auch die Denkweise von Mrs. Warren wurden durch Saras Worte und ihre Nähe beeinflusst. Sie, die noch vor kurzer Zeit das Verhalten von Ian befürwortet hätte, fand jetzt sein Gebaren abscheulich.
„Wie konnte er sich“, fragte sie Sara am nächsten Morgen, „so vergessen? Die Schotten sind beherrschte Menschen, jedenfalls die, denen ich begegnet bin.“ Sara lächelte über die Wendung in Mrs. Warrens Gedankenwelt und gab sich selbst die Schuld an dieser Veränderung. Da sie in der Natur des Taurusgebirges, in den Bergen rund um Ankara, geboren und aufgewachsen war, erschien ihr ohnehin nichts mehr als widernatürlich. Mochten Religionen und ähnliche, von Menschen erschaffene Vorstellungen andere zu bestimmten Denkweisen zwingen – Sara wusste es besser: Tier oder Mensch entscheidet nach Instinkt, Trieb oder was immer. Gesetze der Natur lassen sich nicht in Normen pressen. Die Natur wird immer die Siegerin bleiben.
Nun, sie hatte Mrs. Warren von Anfang an wie unter einem Mikroskop beobachtet und gesehen, dass unter der herben Schale ein Mensch mit viel Gefühl steckte, der sich nur wegen seiner anerzogenen Ideen zu einem Leben verpflichtet sah, in dem er die angelernten Normen übernahm. Sie, Sara, hatte Mrs. Warrens wahre Instinkte erkannt und gefördert, hatte sie auch durch das Erkennen ihrer verborgenen Gefühle gezwungen, diese Nebelwand der Selbstverleugnung zu durchbrechen.
Klar, sie hatte ein wenig Schicksal gespielt und Mrs. Warren erkennen lassen, dass sie nicht alt und ohne Gefühle durch ihr Leben ging. Deshalb erschien ihr der Kauf des sogenannten

Zauberkästchens immer noch als eine gute Investition. Zwar hatte es zu einigen extremen Folgeereignissen mit Ole Bull geführt, aber gleichzeitig hatte es dieser sich hinter Kriminalgeschichten versteckenden Dame die Augen geöffnet für das, was in diesem Leben alles möglich ist, wenn man seinem gebändigten Triebleben einmal freien Lauf lässt. Jetzt musste Sara jedoch die Zügel etwas straffer ziehen.
Auch Lauras Notate hatten ihre Spuren bei Mrs. Warren hinterlassen. Das bewegte und ganz andere Liebesleben ihrer Kusine hatte durch Lauras intensive Schilderung in Mrs. Warrens Fantasie Einzug gehalten, denn sie war ein kreativer Mensch und saugte alles, was auf sie einströmte, auf. Jetzt war es Zeit, die Reißleine zu ziehen, denn Mrs. Warren war im Begriff, sich in sie, Sara, zu verlieben – wenn sie es nicht schon war.

Heute Vormittag hatte Mrs. Warren mit ausgebreiteten Armen, noch in ihrem Bett liegend, Sara begrüßt und versucht, sie eng an sich zu ziehen. Mit Mühe und Not war Sara ihren fordernden Lippen entgangen, die durch eine Kopfdrehung nur auf Saras Stirn gelandet waren. Diese war fest entschlossen, Mrs. Warrens Intentionen in eine neue literarische Richtung zu lenken. Denn wer konnte Lauras Notate besser in einen vielschichtigen Roman umwandeln, wenn nicht Mrs. Warren persönlich?

***

LAURAS NOTAT 23

Es war das erste Mal, dass unsere Beziehung in eine Krise geriet. Vielleicht war alles zu schnell, zu leicht gegangen. Ich war übermütig geworden und hatte damit Karen in Schwierigkeiten gebracht. Ian hatte nicht nur mich herausgeworfen, sondern seiner angetrauten Ehefrau die einzige Existenzmöglichkeit genommen. Natürlich konnte Karen nach dänischem Gesetz das Ganze anfechten; in ihrer Heimat gab es keine Schuldfrage mehr. Aber es war ein langer Weg, sie hätte Spanien verlassen müssen, um eine Scheidung durchzusetzen. Dass Ian seine Position ohne Weiteres aufgeben würde, war eine andere Frage. Bis alles geregelt sein würde, konnte viel Zeit vergehen.

Zum Glück konnte ich Karen überreden, mit mir das Haus und den wütenden Ian erst einmal zu verlassen. Für mich war Ians Schlag nicht das Schlimmste, obwohl sich bereits eine Schwellung in meinem Gesicht zeigte. Es war Karens Haltung mir gegenüber, die mir immer abweisender erschien. Zwar hatte sie mir kühle Umschläge gemacht, aber als ich sie dabei an mich ziehen wollte, wich sie zurück und sagte, danach sei ihr nicht zumute. Ich sah ein, dass ich leichtsinnig gehandelt hatte, als ich mich mit ihr unter Ians Dach traf – was sage ich da: Ich hatte Karen überrumpelt, doch letztlich hatte sie sich verführen lassen. Das erklärte ich ihr auch. Ihre Reaktion darauf fasste sie in dem verletzenden Satz zusammen, dass ihre Schwäche für mich der größte Fehler ihres Lebens gewesen sei. Damit hatte sie im Grunde nicht nur das Tischtuch, sondern auch das Betttuch zwischen uns zerschnitten.

Ich war tief verletzt und enttäuscht über ihre Meinung, die Schuld allein bei mir zu suchen. Die Szenen dieser Nacht hatten nichts mehr mit den zärtlichen Stunden vergangener Tage und Nächte zu tun. Obwohl ich ihr tausendmal versicherte, wie leid mir meine spontane Idee jetzt tat, mich in Ians Haus mit ihr zu treffen – nicht nur zu treffen, sondern sie zu lieben –, blieb sie abweisend. Ich sei eben zu sehr darauf versessen gewesen, in diesem Moment ihren Körper spüren zu wollen.

„Solche triebhaften Einfälle können Männer haben, aber du bist immer noch eine Frau, von der ich mehr Sensibilität erwartet hätte“, antwortete sie ärgerlich.

„Aber du hast vor Lust geschrien und warst damit ebenso triebhaft wie ich.“

„Das stimmt“, meinte sie eiskalt, „doch dafür, dass es so weit mit mir gekommen ist und ich dir wie eine heiße Hündin entgegengehechelt habe, kann ich mich nur selbst verachten.“ Mit diesen Worten verließ sie mich.

Ich rief ihr nach, wohin sie denn gehen wolle, aber sie war blitzschnell verschwunden. Alles in mir schien zu erstarren, der Schmerz, sie verloren zu haben, erschien mir unerträglich. Ich weinte, und dieses Weinen galt auch mir und meinen heftigen Begehren, die Karen von Anfang an in mir ausgelöst hatte. Aber dann sagte ich mir, das alles sei nur eine Schockreaktion, das würde sich legen, wenn Karen zur Ruhe kommt.

Die nächsten Tage waren die Hölle für mich.

Meine Arbeit führte ich wie ein Roboter aus. So las sie sich auch: leblos, fehlerlos, inhaltslos. Die Fotografien besaßen die Aussagekraft von Abziehbildern. Die Leere herrschte überall, nur der Schmerz, Karen verloren zu haben, war mein ständiger Begleiter. Er wachte mit mir auf, ging tagsüber neben mir her und schlief mit mir ein. Nur im Schlaf verschwand er zwischen unruhigen Traumbildern. In den kurzen Phasen des Erwachens wollte er sich aufdrängen, wurde aber, bevor er sich ausbreiten konnte, vom Schlaf überrascht. Doch beim Erwachen stand er wieder als erster parat und schlug unbarmherzig zu: Karen hatte mich verlassen, ein Leben ohne sie stand mir bevor und war so unvorstellbar wie eine schwere Krankheit für den Gesunden. Nach einer Woche fühlte ich mich wie ein Gespenst, das umherirrte, ohne zu wissen, wohin es sich bewegen sollte. Dieser

Schmerz des Verlustes wurde täglich schlimmer. Ich wollte ihr schreiben, aber wohin? Als ich es nicht mehr aushielt, bewegte ich mich abends bei Dunkelheit zu Ians Haus, um herauszufinden, ob Karen zu ihm zurückgekehrt war.

Meist lag das Haus im Dunkeln, dann näherte ich mich ihm und versuchte, durch die unbeleuchteten Fenster zu schauen, doch nichts rührte sich. Verzweifelt lief ich eines Nachts am Strand entlang, den langen Weg ins Cortijo Blanco zurück. Kurz vor der Eingangspforte sah ich eine Gestalt, die offenbar auf jemanden wartete. Ich musste an ihr vorbeigehen, als ich leise meinen Namen rufen hörte. Sie kam auf mich zu und fiel mir in die Arme: „Ich kann es nicht mehr ohne dich aushalten!" Es klang wie das Echo meines inneren Zustands, und wir standen beieinander wie zwei Schwerkranke, die sich gegenseitig stützten, hielten uns umschlungen und glaubten, uns nie wieder loslassen zu können. Dabei sprachen wir kein Wort, nur der Inhalt des Satzes „es nicht mehr ertragen zu können" schuf die Erkenntnis der Verzweiflung, die uns beide beherrschte.
Als wir es endlich fertigbrachten, uns voneinander zu lösen, sahen wir die Tränen in unseren Augen und gingen schweigend in mein Apartment. Dort fühlte ich mich wie eine Marionette, steif in den Bewegungen. Ich stellte etwas zu trinken und zu essen auf den Tisch und setzte mich dann neben Karen, legte meinen Kopf an ihre Schulter und fühlte, wie dieser Schmerz der Erleichterung Platz machte, sie wieder bei mir zu haben.
Als wir uns küssten und umarmten, waren unsere Beweggründe nicht das Begehren, sondern nur das Glück der Ertrinkenden, die in letzter Sekunde gerettet worden sind. So lagen wir auch später nebeneinander im Bett, hielten einander fest und begannen dann, so als müssten wir die Sprache erst wieder lernen, miteinander zu sprechen. Wie zwei Kinder, die ihre Ängste einander anvertrauen, lagen wir nebeneinander.
Erst als wir glaubten, uns alles mitgeteilt zu haben, erkannten

sich unsere Körper wieder, die wussten, dass sie zueinander gehörten – nicht auf eine spielerische Art, sondern wir liebten einander, als führten wir eine heilige Handlung aus. Ich kniete vor ihr und berührte ihren Körper mit einer Vorsicht, die der Angst glich, etwas zu zerbrechen. Es war die Angst in mir und das Wissen, wie schnell das Kostbarste, was ich hatte, abhandenkommen konnte.

Ich glaube, dass wir beide in dieser Nacht die gleichen Gedanken und Ängste hatten und nur Trost in den Berührungen, dem Streicheln unserer Hände, den Berührungen unserer Lippen fanden.

Später nannte ich diese Nacht die „Heilige Nacht", wie man sie vielleicht nie mehr erleben würde.

***

Saras sachte vorgetragener Gedanke, diesen Stoff zu einem Roman zu verarbeiten, stieß bei Mrs. Warren zunächst auf wenig Gegenliebe. Schließlich könnte Laura noch leben, auch wenn sie viele Jahre nichts mehr von ihr gehört hatte. Außerdem sei es ihr unmöglich, etwas nachzuempfinden, was Laura erlebt hatte und ihr völlig fremd war. Wegen ihrer ungewöhnlichen Erlebnisse der letzten Wochen starrte Mrs. Warren mit einer gewissen Scham nur auf das, was sie sich herausgenommen hatte und was so gar nicht in ihr bisheriges Bild von sich selbst passte. Also blieb Sara nichts anderes übrig, als das Feuer in Mrs. Warren ein wenig anzufachen. Gingerboy, der immer die erste Rolle in Mrs. Warrens Leben gespielt hatte, sah mit einigem Missvergnügen, dass sich die Aufmerksamkeit seines Lieblingsmenschen mehr und mehr auf Sara konzentrierte. Betrat diese den Raum, setzte sie sich sofort neben eine Mrs. Warren, die Gingerboy von ihrem Schoß jagte und nach Saras Hand griff. Eine Hand, die immer gleich zart über Mrs. Warrens Arm strich und sich täglich etwas weiter nach oben verlagerte.

Auch beugte sich Sara immer häufiger dicht über Mrs. Warren, sodass diese den Duft eines Parfüms einatmen konnte, das wohl aus dem Orient stammte und merkwürdige Gefühle zu wecken verstand. Natürlich hatte Mrs. Warren Sara immer sehr geschätzt, fast hätte sie „geliebt" gesagt, wenn es nicht im Widerspruch zu ihrer konservativen Art stünde. Die kluge Sara wusste, dass gerade über einen längeren Zeitraum alleinlebende Menschen starken Bedarf an körperlicher Nähe haben, und machte sich diesen Umstand, wie sie meinte, in guter Absicht für Mrs. Warren zunutze.
Dass sie selbst gefühlsmäßig davon berührt werden könnte, kam ihr nicht in den Sinn. Immerhin lag mehr als eine Generation zwischen den beiden, also sah Sara keine Gefahr für sich, obwohl sie oft die immer noch vorhandene Schönheit von Mrs. Warrens Gesicht entdeckte und auch sonst nichts Abstoßendes an ihr fand. Eine gepflegte, meist elegante Dame im höheren Lebensalter, die mit ihrem Humor und Charme sehr anziehend wirkte. Da sich Sara jetzt nicht mehr Mrs. Warrens Umarmungen entzog, sondern sie erwiderte, kamen sie sich beide ständig näher.
Sara hatte eines nicht berechnet: Sie selbst hatte jetzt seit geraumer Zeit ohne körperliche Berührungen gelebt, wenn man von der pflegerischen Seite einmal absah. Und so empfand sie die anfangs berechnend eingesetzten Berührungen plötzlich als angenehm. Ja, sie fehlten ihr, wenn sie einige Zeit nicht mit Mrs. Warren in einem Raum war. Gingerboy, der sie immer freundlich begrüßt hatte, fuhr jetzt manchmal seine Krallen aus, wenn sie an ihm vorbeiging und in die Nähe von Mrs. Warren kam.
Als sie einmal laut fragte, was mit dem Tier los sei, sagte die Dame des Hauses lächelnd: „Eifersucht, was sonst." Sie selbst genoss die körperliche Nähe zu Sara sehr, ohne darin die geringste erotische Absicht zu sehen oder irgendeine Wirkung bewusst zu fühlen, genauso wenig wie Sara sie empfand. Man könnte sagen, sie fühlten aneinander vorbei und wurden dabei

immer unvorsichtiger. Das sanfte gegenseitige Streicheln nahm etwas an Stärke zu. Als es Mrs. Warren dann bei einer Umarmung gelang, ihre immer noch vollen Lippen sehr nah an Saras Mund zu platzieren, befanden sich die beiden plötzlich in einem längeren Kuss. Beide fuhren erschreckt auseinander, als Gingerboy ärgerlich aufschrie, weil Sara ihm versehentlich auf den Schwanz getreten war. Immerhin brachte das beide in die Wirklichkeit zurück.

Da dieser Kuss gewisse Hormone bei ihnen freisetzte, fragte Mrs. Warren erschreckt: „Sara, sind wir etwa lesbisch geworden?“

„Das wohl nicht, aber ich glaube, das Gefühl kann ein begabter Mensch jetzt in etwas Kreatives umsetzen. Lesen Sie weiter in Lauras Notaten!“

Die kluge Sara hatte erkannt, dass sie zu weit gegangen war, aber Mrs. Warren auf die richtige Spur gebracht hatte. Da diese immer noch den digitalen Möglichkeiten skeptisch gegenüberstand, freute Sara sich, damals zwei Zauberkästchen gekauft zu haben.

LAURAS NOTAT 24

Karen war einen Tag nach unserer kurzen Trennung mutig bei Ian aufgetaucht, der nach seinem Wutanfall etwas zur Vernunft gekommen war und sich darüber im Klaren war, dass er seine beiden Geschäfte nicht alleine betreiben konnte. Natürlich hätte er ein oder zwei spanische Kräfte einstellen können, doch die waren entweder ungelernt oder keiner anderen Sprache mächtig. Das war ein Handicap, denn das Geschäft lebte größtenteils von Touristen oder Residenten. Als Schotte konnte sich Ian gut ausrechnen, dass er den neuen Laden bald wieder schließen müsste. Also war er schon deshalb froh, dass Karen nach Hause kam, obwohl er weiter darauf bestand, sie müsse den Kontakt mit mir abbrechen.

Diplomatisch antwortend ließ sie diese Forderung vorläufig offen mit der Begründung, sie müsse sehen, wie sich das Ganze entwickeln würde. Seine Forderung, wieder ins gemeinsame Schlafzimmer zu ziehen, lehnte sie ab und nahm sofort wieder das Zimmer in der oberen Etage in Beschlag.

„Schon weil ich dir da oben sehr nahe bin“, erzählte sie mir. Scheinbar hatte sie einen Sieg errungen, aber, so drückte Karen es aus: „Ian ist nicht der Typ, um klein beizugeben, er braucht mich jetzt zwar, wird mich aber nie aufgeben. Wir müssen weiter vorsichtig sein.“

Ich war einfach glücklich, dass sie wieder zu mir zurückgefunden hatte, ihre Existenzfrage gelöst war und wir uns weiter, wenn auch nicht so oft, treffen konnten. Aber wenn sie zu mir kam, dann war alles noch viel schöner und intensiver in unserer Liebe, eben weil sie in Gefahr gewesen war und nichts als selbstverständlich galt. Jedenfalls nicht in den ersten Wochen. Vielleicht liegt es in meiner Natur, etwas vergesslich zu sein oder, besser ausgedrückt, die Dinge nicht so tiefernst zu nehmen, wie es die Nordländer tun. Und Karen war Skandinavierin. In unseren Liebesstunden stellte sie jetzt häufiger Fragen nach meinen

früheren Liebesbeziehungen. Ich sagte ihr, es seien nur wenige gewesen. Die wichtigste war die zu John, und die sei ihr ja bekannt.
„Ich meine zu Frauen, du wirkst so erfahren, ich war es nicht, sondern habe viel von dir gelernt.“
Nun, ich wand mich innerlich etwas und gab dann aber die Geschichte mit Hella bekannt, nannte sie eine jugendliche Verirrung der Gefühle, was ja stimmte. Ich hatte sie nie geliebt. Übrigens war Hella inzwischen verheiratet und mit zwei Kindern gesegnet worden. Bei der Gelegenheit stellte ich fest, dass Karen etwas zur Eifersucht neigte. Sie fragte intensiv nach meinen damaligen Gefühlen, obwohl ich glaube, es lag bei ihr eine gewisse Unsicherheit und Angst vor, eines Tages von mir enttäuscht zu werden. Da ich in dieser Hinsicht nicht ganz klug aus ihr wurde, verschwieg ich ihr das Intermezzo mit Nadine, die immerhin in der Nähe wohnte.
Über meinen intensiven Flirt mit Paco hatte ich sie informiert, auch darüber, dass ich das preisgünstige Zimmer bei Pepita noch zum Teil bewohnte. Das fand sie als Fluchtmöglichkeit vernünftig, denn auf Dauer könnte ich nicht im Hotel Cortijo Blanco wohnen. In der Hochsaison würde das zu teuer für mich werden. Ich selbst machte mir keine Gedanken über das Morgen, nur das Heute und die Liebesstunden mit Karen zählten. Doch jetzt, wo der Sommer sich bereits mit höheren Temperaturen und vielen Touristen bemerkbar machte, hatte sie so viel Arbeit in Ians Laden, dass ich sie an manchen Tagen nicht zu Gesicht bekam. Bei mir lag der Schwerpunkt meiner Arbeit in den Monaten von Januar bis Mitte Mai. Danach fanden es unsere Leser am Strand oder in den Bars am interessantesten, wenn sie nicht in ihre Villen in Madrid geflüchtet waren.
Somit hatte ich mehr Zeit für mich und besuchte Pepita, schlief dort in meinem Zimmer, was sie erfreut zur Kenntnis nahm, weil sie immer noch dem Irrtum erlag, ich sei zu viel unterwegs, äße zu wenig und müsse endlich dicker werden, was mein

Liebesleben mit Karen zum Glück verhütete. Ja, wir liebten uns sehr heiß in den Stunden unseres Beisammenseins. Manchmal musste ich sie, die jetzt mehr arbeitete, oft wirklich zur Liebe verführen und dachte mir viele Variationen aus, wenn ich ihre Lust wecken wollte. Manchmal nannte sie mich ihren Plagegeist, wenn ich sie hinterrücks, manchmal im Halbschlaf, überraschte, ihren Rücken küsste und streichelte, nicht ohne vorher Musik angestellt zu haben. Das Lied „Crazy" hatte uns beide immer in Stimmung gebracht, denn wir waren verrückt aufeinander, und „Crazy" blieb weiter ein Signal der Lust, damit gelang es mir meistens, ihre Müdigkeit zu vertreiben.
Und dem sachten Streicheln ihres Körpers konnte Karen fast nie widerstehen, zumal ich Stellen berührte, die ich sofort wieder verließ, wenn ich merkte, dass sie reagierte, wenn auch nur mit einem leichten Seufzer oder Zucken ihrer Haut. Sie war für mich wie ein Studium weiblicher Erotik, bei dem ich immer zuerst sie in Fahrt brachte, bevor ich an mich dachte. Oft war es nur ein Kuss, den ich sanft mit meinen Lippen auf ihren Mund setzte und dann diese Lippen so lange auf ihren streichen ließ, ohne Begehren zu zeigen. Das konnte plötzliche Lust in ihr auslösen, sodass sie mir mit dem leichten Öffnen ihres Mundes ein Signal gab, tiefer einzudringen.
Und hatte ich die Tiefe des Kusses erreicht, zeigte sie ihr Verlangen, jetzt ganz genommen zu werden oder mich zu nehmen. Es war ein herrliches Ritual mit immer neuen Variationen. Mich hatte die schöne Form ihres Mundes und dessen geschwungene Lippen von Anfang an gereizt, sie zu küssen. Manchmal glaubte ich zu träumen, dass es mir gelungen war, sie zu verführen, und dann beobachtete ich diesen Mund, an dem ich Karens Stimmungen ablesen konnte. Er war so lebendig wie der von Ingrid Bergman, wenn sie sehr ernst dreinschaute, dann aber ihr Gesicht plötzlich in ein Lächeln überging, das mir das Gefühl gab, die Sonne sei durch einen wolkenverhangenen Himmel durchgebrochen. Es war herrlich, dass dies jetzt mein Mund geworden

war, er gehörte mir. Wenn ich mir vorstellte, dass Ian oder ein anderer ihn berührt hatte, erwachte ein Berserker in mir. Jeder, der das liest, wird mich für durchgedreht halten. Aber jeder, der einmal sehr geliebt hat, weiß, wovon ich spreche. So also taumelte ich durch den heißen Sommer Andalusiens, in dem man tagsüber schläft oder sich mit einem kalten Getränk am Leben hält, um am späten Abend den fast leeren Strand aufzusuchen und sich nackt ins Mittelmeer zu stürzen.
Ich war an diesen heißen Tagen oft alleine, schlief bis in den späten Morgen bei Pepita, die ihren älteren Bruder in Cádiz besuchte und dessen fünf Kinder während der Ferien betreute. Dann saß ich oft träumend auf ihrer Veranda, bis die größte Hitze vorüber war. Später wartete ich auf ein Zeichen von Karen, die mir nachmittags durch das uralte Telefon von Pepita ein dreifaches Klingelzeichen gab, das mir ihren abendlichen Besuch signalisierte. In letzter Zeit war sie oft durch die Hitze so erschöpft, dass Pepitas Telefon nur selten klingelte. Dann merkte ich, dass ich mich zu langweilen begann und ließ mich einfach durch den Tag treiben.
Oft suchte ich eine kleine, etwas steinige Bucht auf, wo nur wenige Leute Lust hatten zu baden. Etwas höher gab es struppige Büsche und ein paar Palmen, die der Hitze mühsam widerstanden und ein paar sandige Stellen zuließen. Ich hatte versucht, Karen hierher zu locken, um sie abends ungestört von anderen Augen unter freiem Himmel zu lieben, aber sie schob Müdigkeit und Angst vor Ians Eifersucht vor, der Karens Leben so gut es seine Arbeit zuließ, überwachte.
Zum Glück schlief er im Sommer häufig in einem Hinterzimmer seines neuen Geschäftes, sodass er scheinbar Karens nächtliche Abwesenheit nicht bemerkte. Auch ihm machten die sommerlichen Temperaturen zu schaffen, die in Schottland so wenig zu finden sind wie auch in Karens Heimat. Nun, ich war einige Jahre jünger als die beiden und voller Lebenslust, vielleicht auch Lebensgier, denn ich wurde nicht gut mit dem häufigen

Alleinsein fertig. Kurz gesagt, ich vermisste Karens Gegenwart, ihren Körper und die tägliche Befriedigung meiner Lust. Zugleich fühlte ich kein Bedürfnis, mich selbst zu befriedigen. Es war die Wärme des anderen Körpers, die ich brauchte. Aber ich wollte Karen wirklich nicht betrügen, als ich einmal den Bus nach San Pedro nahm, um dort auf dem Wochenmarkt ein paar preiswerte Sachen zu kaufen, die in Marbella und anderswo wesentlich teurer waren. Der Himmel ließ an diesem Tag keinen Sonnenstrahl durch. So schlenderte ich durch die kleinen Straßen des Ortes, bis ich auf das lange Marktspektakel stieß, das jeden Samstag stattfand. Hier konnte man alles kaufen, von Obst, Eiern, Blumen, Kleidung bis zu Unterwäsche und Schuhen. Ich lief den Markt rauf und runter, kaufte hier etwas und dort etwas, darunter ein knappes Strandset aus Shorts und einem sehr offenen Oberteil in Türkis, was meine gebräunte Haut zur Geltung bringen würde.

Da hörte ich eine Stimme hinter mir, die sagte: „Das wird dir blendend stehen, möchtest du es nicht bei mir anprobieren?“

Mein Herz benahm sich wieder mal sehr dumm, es schlug ein paar Takte zu rasch. Ich drehte mich nicht um und dachte, wollte ich sie eigentlich hier treffen, bin ich absichtlich in dieses verminte Gebiet gefahren oder war das einfach nur Zufall? Ich war das Risiko eingegangen, ja, ich ließ mich treiben, wenn keiner auf mich aufpasste, und blickte dann beim Umdrehen in Nadines braune Augen, die mich unter den blonden Haaren anlächelten wie bei unserer ersten Begegnung. Wir waren beide nicht erstaunt, uns zu begegnen. Irgendwie hatte diese Geschichte noch keinen Abschluss gefunden, ich dachte, da ist noch eine Rechnung offen.

Wieso, wusste ich nicht. Wir gingen nebeneinander her, als sei es so abgesprochen. Sie schlug den Bogen um den Eselweg herum durch das Feld mit diesem schmalen Pfad, der uns zwang, zwischen unseren Körpern kaum Abstand zuzulassen. Es war wie in unserer ersten Nacht, unsere Beine streiften sich bei

jedem Schritt. Ab und zu taten das auch unsere Hände, die sich berührten. Eine Stimme fragte in mir, was tue ich hier neben dieser Frau, ich liebe doch Karen, aber wie im Traum folgte ich Nadine zu der Hintertür ihres Hauses. Sie schloss auf und meinte ganz nebenbei, dass ich durstig sein müsse. Das stimmte, erst jetzt wurde mir bewusst, dass mein Mund ausgetrocknet war. Sie mixte uns eisgekühlte Drinks, die nicht ganz alkoholfrei waren, aber unglaublich gut schmeckten. Ich ließ mich auf das Sofa fallen und starrte wie betäubt in das leere Glas, das ich in der Hand hielt.
Plötzlich war es wieder voll und sie sagte den spanischen Trinkspruch: „Salud, dinero y amor". Gesundheit, Geld und Liebe. Dann setzte sie sich neben mich und meinte wie selbstverständlich, dass es der Liebessommer sei, den man genießen solle.
„Das hast du sicher schon getan", stellte ich fest.
Sie lachte und gab zu, gerade eine Affäre mit einem spanischen Feriengast beendet zu haben. Er hatte sich mit Frau und Kind in der Nähe ihres Hauses eingemietet und sei nachts zu ihr geschlichen, während nebenan das Kind rief, wo denn der Papa sei. Sie erzählte das lachend und ich lachte mit ihr über die Leichtigkeit, mit der sie das Leben nahm, ohne jemandem irgendetwas wegzunehmen. Die Sache war geschehen und abgehakt, so wie ich nach unserer gemeinsamen Nacht. Ich sagte es ihr, aber sie antwortete, das sei etwas ganz anderes gewesen. Irgendwie machte mich das wütend. Diese Frau log und ich fühlte wieder diesen Schmerz, als sie mich am Strand einfach hatte stehen lassen. Plötzlich spürte ich den lächerlichen Drang, mich zu rächen:
„Du bist völlig unfähig zu lieben, Nadine, deshalb wirst du immer einsam sein. Deine Männergeschichten sind nichts als ein Surrogat."
Ich fühlte ihre Betroffenheit und freute mich darüber. Dann erhob ich mich und wollte gehen. Zugleich hatte ich Lust, sie zu küssen, schon um mir zu beweisen, wie gleichgültig sie mir war. Ich tat es auch und merkte, wie kühl ich blieb, als sie lächelnd

die Arme um mich legte.
„Laura, jetzt bist du nicht ehrlich zu dir selbst. Kannst du wirklich diese Fassade aufrechterhalten, wenn wir uns wieder treffen?“
Mutig und überzeugt erwiderte ich: „Ja, das kann ich dir beweisen.“
Sie streichelte mein Gesicht und fragte, wo und wann? Was in mir vorging, als ich ihr mein Strandversteck verriet, weiß ich nicht. Es war der Wunsch, sie so kalt abfahren zu lassen, wie ich das bei unserem Abschied am Strand spüren musste. Wenigstens sollte ihre Eitelkeit darunter leiden, nicht mehr von mir begehrt zu werden, und das Lächeln sollte ihr vergehen. Sie versprach, sich bei Dunkelheit dort einzufinden. Ich wusste, dass Karen abends wegen der Wochenabrechnung nicht kommen würde, und erst die nächste Nacht bei mir verbringen wollte. Darauf freute ich mich und war stolz, Nadine nicht mehr zu begehren.

***

Sie muss völlig verrückt geworden sein! Das war Mrs. Warrens Kommentar, als sie das letzte Notat beiseitelegte. Sara, die sie jetzt als ihre beste Freundin empfand, saß neben ihr und stimmte zu. Nach ihrer Ansicht hatte sich Laura benommen wie der berühmte Esel, der sich aus Übermut aufs Glatteis gewagt hatte. Die beiden Frauen hatten jede Geheimnistuerei hinter sich gelassen. Seit diesem langen Kuss war eine Art Brüderschaft, besser gesagt, Schwesternschaft zwischen ihnen entstanden, die beide als sehr bereichernd empfanden.
Das Hin und Her ihrer Sie- und Du-Anreden war einem klaren Bekenntnis zum Du gewichen. Ja, man konnte sagen, die beiden Damen liebten sich auf eine Weise, die nichts Schlüpfriges an sich hatte, sondern auf einer festen Vertrauensbasis stand. Da gab es keine heimlichen oder gar nächtlichen Besuche, sondern beide lagen friedlich in ihren Betten, jede für sich im eigenen.

Ihre gegenseitigen Berührungen hielten sich in Grenzen und endeten allenfalls in einer herzlichen Umarmung, und zwar morgens vor dem Frühstück und abends, bevor sie schlafen gingen. Für sonstige Bedürfnisse waren die Zauberkästchen zuständig. Falls sie überhaupt über diesen positiv empfundenen Wandel ihres Verhältnisses nachdachten, empfanden sie diese Frauenfreundschaft als sehr angenehm und beglückend. Jetzt, nachdem sie ungehemmt das Geheimnis von Lauras Notaten miteinander teilten, beschäftigten sie sich so intensiv mit dem Inhalt, dass sie nicht glaubten, es fehle ihnen irgendetwas, sondern sie waren glücklich, dieses mehr als komplizierte Liebesleben von Laura teilen zu können. Mit anderen Worten, sie waren auf angenehme Art genügsam geworden.

Wie rasch sich Gefühle wandeln konnten, hatte Lauras Umschwung zu Nadine bewiesen. Zunächst war sie verrückt nach dieser Nadine gewesen, hatte gelitten wie ein Hund. Jetzt aber wollte sie sich rächen und Nadine bei nächster Gelegenheit die kalte Schulter zeigen. Sehr merkwürdig! Die beiden Freundinnen waren sich jedenfalls hierin einig: Das Lesen der einzelnen Notate, das gemeinsame Diskutieren über das Verhalten der Kusine von Mrs. Warren, war ein Ritual geworden. Sie nahmen die einzelnen Abschnitte akribisch unter die Lupe, ohne allerdings immer einer Meinung zu sein.

Sara, die viel Jüngere, stand von Natur aus den variablen Gefühlen der Laura weniger skeptisch gegenüber, als es der konservativen Mrs. Warren gelang, die trotz ihrer eigenen kleinen Fehltritte erotischer Art zwar mit Laura litt, diese aber lieber unter einer ehelichen Haube gesehen hätte, als diesen variablen Lebensstil gutzuheißen. Nun, Sara erinnerte dann sehr taktvoll an Mrs. Warrens Gefühle ihr selbst gegenüber, nahm sie dann fest in den Arm, drückte ihr auch manchmal einen zärtlichen Kuss auf den Mund, was Mrs. Warren zwar dahinschmelzen ließ, ohne dabei zuzugeben, dass man sehr gut die Zärtlichkeiten einer Frau ertragen kann, jedoch der Lebensform lesbischer Liebe Grenzen setzen sollte. So stritten die beiden Frauen oft liebevoll miteinander, um dann Lauras Notate weiter zu analysieren.

LAURAS NOTAT 25

Ich muss zugeben, dass mich mein Mut verließ, als ich bei Anbruch in meinem Versteck auf Nadine wartete. Da sie sich, vielleicht absichtlich, verspätete, stieg meine Spannung, wie ich auf sie reagieren würde, auf den Höhepunkt. In meinem Eifer, ihr etwas beweisen zu wollen, hatte ich vergessen, dass meine letzte Liebesnacht mit Karen zwei Tage zurücklag und ich mich sexuell bereits nach einer einsam verbrachten Nacht nach ihr sehnte. Aber die Reue kam zu spät. Die andalusischen Nächte sind besonders im Sommer nie ganz dunkel. Als ich Nadine auf mich zukommen sah, kam die Erinnerung zurück. Sie hatte wieder die braune Kleidung gewählt, die sie zwar in dieser Nacht fast unsichtbar machte, aber als sie sich näherte, klopfte mein Herz wieder ein paar Takte zu rasch, und ich sah ihre so perfekt zur Kleidung passenden braunen Augen, die mich intensiv anschauten.
Sie nahm wie selbstverständlich meine Hand und kletterte in mein Nest aus Sand. Dabei ließ sie ihre Finger sacht an meinem Körper entlanggleiten und küsste mich, ohne dass ich ihr dabei entgegengekommen wäre. Hätte sie mit ihren Händen dabei nicht leicht meine Brüste berührt, wäre nicht das geschehen, was ich verhindern wollte. Sie zog mich herunter in den weichen Sand, sodass wir seitlich nebeneinander lagen. Dann flüsterte sie mir etwas zu, was den Rest meines Widerstands schmelzen ließ: „Du bist wunderbar." Es waren die Worte unserer ersten Nacht. War es meine Eitelkeit, die mich schwach machte, die Erinnerung an unsere heißen Umarmungen jener Nacht? Oder konnte ich einfach keiner Versuchung widerstehen?
Ja, ich verlor den Kopf, als sie meine Hand unter ihrer Bluse auf ihren nackten Körper legte und sie das Gleiche bei mir tat, die ohnehin nur ein T-Shirt trug. Das Wandern unserer Hände hörte nicht auf. Sie entblößte jetzt ihren ganzen Körper und presste meinen Kopf tief herunter, damit mein Mund nicht mehr lange suchen musste, wo er sich befand. Ihr Stöhnen kam stoßweise,

als ich sie dort küsste und sie rief, nur ich könne sie zu solchem Höhepunkt bringen. Irgendwo in meinem Hinterkopf sagte eine Stimme, was machst du da, es ist doch nicht Karen, aber schon kam Nadines Aufschrei mit dem Zucken, der verriet, dass sie bereits am Ziel angekommen war. Sie zog mich nach oben und wollte auch mich auf diese Höhenreise mitnehmen, aber ich drehte mich weg von ihr. Mein Körper, aber auch mein Verstand, wollten nicht mitmachen.
Doch da traf mich ein Blitzlicht, ich war wie blind und zu Tode erschrocken, wie auch die Stimme von Nadine, die schrie, wer dort sei. Ein zweiter Blitz folgte, dann entfernten sich eilige Schritte. Wir waren beide starr vor Schreck, fuhren in unsere Kleider und sprangen herunter an den Strand. Niemand war zu sehen. Wir sahen uns entsetzt an. Nadine rannte in die eine Richtung und rief, ich solle die andere nehmen. Damit endete diese Nacht des Schreckens.
Als ich zu Pepitas Haus kam, betete ich, dass Nadines letzte Worte stimmten, als sie mir zurief: „Sicher einer dieser verrückten Spanner."
Es war mir nicht möglich einzuschlafen. Irgendeine warnende Stimme sagte in mir, da stimmt etwas nicht. Die Sache musste mit mir zu tun haben. Denn warum sollte Gerard Beweise gegen seine Frau sammeln, die er wahrscheinlich jetzt im Sommer täglich vor seinen Augen finden konnte? Nadine war ja nach eigener Aussage eine neunundneunzigprozentige Männerfrau.

Ich lag die ganze Nacht mit einem unguten Gefühl wach. Als dann am nächsten Tag kein Klingeln von Pepitas Telefon zu hören war, war mir klar, dass etwas mit Karen geschehen war. Mein Versuch, Ians Fotogeschäft, in dem Karen arbeitete, anzurufen, scheiterte. Niemand hob ab. Ich setzte mich in den nächsten Bus und fuhr zu ihr. Der Laden, so stand auf einem Schild geschrieben, war vorübergehend geschlossen. Jetzt geriet ich in Panik und fuhr nach Marbella, wo sich Ians neuer Laden befand. Auch

dort hing ein Schild mit dem gleichen Text: „Vorübergehend geschlossen."
In einem benachbarten Geschäft erfuhr ich, die Herrschaften seien nach Gibraltar gefahren. Was um Himmels Willen wollten sie dort? Ich wusste, dass viele Leute in Gibraltar technische Dinge und andere Sachen „made in England" preiswert einkaufen konnten. Mit mir konnte das nicht zusammenhängen. Verzweifelt fuhr ich zum Hotel Cortijo Blanco.
In der Rezeption überreichte man mir einen großen, geschlossenen Briefumschlag. Als ich ihn in meinem Apartment aufriss, fielen zwei Fotos heraus. Sie waren nicht sehr scharf, aber zeigten eindeutig, was da zwei Frauen taten, als sie sich auf dem kleinen Sandflecken umarmten. Nadine war nicht gut zu erkennen, sie hatte in dem Moment ihres Lustschreis den Kopf beiseite gedreht, aber mein Gesicht, mein Körper, als ich mich von ihr abwendete, waren deutlich zu sehen. Am liebsten hätte ich mir einen Kopfschuss gegeben. Da lag aber noch ein kurzes Schreiben im Umschlag. Ich erkannte Karens Schrift, sie hatte einen unverkennbaren, künstlerischen Schwung, den ich oft bewunderte, wenn sie Namen und Anschrift der Kunden auf die Tüten mit Fotos schrieb:
„Mir ist jetzt klar, dass Ian dich und auch wohl mich schon länger beobachten ließ. Er hat nie viel von dir gehalten. Er hatte Recht, ich werde das Land, Ian und auch dich für immer verlassen. Lebe wohl."
Jetzt merkte ich, wie die Panik mich zu Handlungen trieb, die vernünftige Lösungen ausschlossen. Natürlich hatte ich alles falsch gemacht. Ich wollte Nadine eine Lektion erteilen, stattdessen hatte ich sie, statt meine kleinliche Rachsucht, befriedigt. Wahrscheinlich lag sie schon wieder im Bett eines spanischen Liebhabers, während ich in meiner abgrundtiefen Dummheit meine Geliebte verloren hatte. Bestimmt war es nur gekränkte Eitelkeit gewesen, die mich zu diesem verrückten Verhalten getrieben hatte. Ohne große Panik musste ich als Erstes

herausfinden, ob Karen noch in Andalusien war oder über Gibraltar auszureisen plante, mit Ian oder alleine. Vielleicht suchte sie eine Möglichkeit, unabhängig von ihm zu werden. Ich bekam kein klares Bild von der Situation, in der sie sich jetzt psychisch befand. Jedenfalls mietete ich einen kleinen, preiswerten Seat, packte nur das Notwendigste zusammen und machte mich sofort auf in Richtung Gibraltar. In La Linea ließ ich den Wagen stehen und marschierte mit meinem englischen Pass ungestört über die Grenze, wo oben schon auf dem Felsen die Affen lauerten, die mich noch vor ein paar Monaten zum Lachen gebracht hatten mit ihrem ungenierten, an Touristen gewöhnten Verhalten. An sie verschwendete ich keinen Gedanken, sondern überlegte, wo ich Karen finden konnte.
Bisher hatte ich Gibraltar immer nur kurz besucht. Bekannt aber war mir, dass Engländer das im Zentrum liegende Hotel Bristol wegen seines typisch britischen Ambientes bevorzugten. Daher zog es mich dorthin, ich buchte und bezahlte gleich ein Einzelzimmer mit Blick auf den Cathedral Square und schaute eine Weile auf das bewegte Leben unter mir. Irgendwie fühlte ich mich plötzlich sehr einsam, isoliert auf diesem Stück England, und fand mein Vorhaben hoffnungslos.
Ich wusste nicht, ob Karen überhaupt noch hier war. Als der Abend kam und damit die Silhouette der afrikanischen Küste auftauchte, fühlte ich mich innerlich wie ausgebrannt und ging in die Hotelbar. Anstatt etwas zu essen, nahm ich nur ab und zu ein paar Nüsse und griff nach den Tapas, diesen kleinen Häppchen mit etwas Käse, der schon anfing, hart zu werden. Ansonsten ging meine Hoffnungslosigkeit nur in eine Richtung: Ich wollte nicht weiter grübeln, sondern hielt mich an Cocktails, die eine Bardame gut zu mischen verstand. Ein Alkoholkonsum, an den ich überhaupt nicht gewöhnt war. Ich plauderte ein bisschen mit der tief dekolletierten, nicht mehr ganz frischen Bardame und fand es irgendwie tröstlich, einen Menschen zu haben, mit dem ich reden konnte.

Diese Lady verstand ihr Geschäft und mixte immer bessere Zaubergetränke, je mehr ich redete. Tatsächlich vertraute ich ihr einen Teil meines Kummers an und begann, Karen detailliert zu beschreiben und ließ dabei auch Ian nicht aus.
Als sie plötzlich sagte: „Darling, ich glaube, du brauchst nicht lange zu suchen", dachte ich, sie macht Spaß und leerte mein viertes Glas. Gebannt starrte ich in ihren Ausschnitt und nannte sie einen Spaßvogel mit dem schönsten Busen Gibraltars.
Sie lachte laut und etwas ordinär, hielt mir die Rechnung zum Unterzeichnen mit den Worten hin: „Die wohnen im dritten Stock. Der Mann trinkt gerne Scotch. Guck nicht so dumm, sondern klopf mal in der Nummer 32."
Rennen konnte ich nicht mehr, sondern wankte auf unsicheren Beinen in die Nähe des Aufzugs, aus dem Ian stieg und ohne mich zu sehen weiter zum Ausgang ging. Es war zu schön, um wahr zu sein. Ich konnte mein Glück kaum fassen und stieg in den Lift. Gerade kam ein Kellner aus der Nummer 32 und verschwand mit seinem leeren Servierwagen in einem Nebenzimmer. Die Tür zum Zimmer 32 stand einen Spalt offen. Ich sah Karen, meine Geliebte, mit einem dünnen Nachthemd bekleidet auf der Bettkante sitzen. Ich fand, sie sah süß aus, so als warte sie auf mich. Als ich später zurückdachte, erinnerte ich mich nur sehr schwach, was geschah.
Eine ärgerliche Karen fauchte mich an, was mich nicht davon abhielt, neben ihr auf das Bett zu sinken. Mir war nicht klar, warum sie protestierte und ich nicht zu ihr kommen sollte. Schließlich war ich in ihrem Bett beheimatet und ihr immer willkommen gewesen. Meine Hände glitten über ihren widerstrebenden Körper, aber da war ein Hindernis zur nackten Haut. Wieso wehrte sie sich gegen meine Berührung? Weg mit dem Fetzen, sagte ich laut, irgendetwas riss, und schon war das Hindernis beseitigt.
Zwei Hände schlugen auf mich ein. Was sollte das bedeuten? Diese Hände mussten festgehalten werden. Gegen den

Widerstand zwang ich mich auf ihren Körper, breitete ihre Arme zur Seite und stammelte, wie sehr ich sie jetzt begehrte und lieben würde. Da lag sie wie gekreuzigt unter mir und wehrte sich nicht mehr. Das war gut, und ich kniete vorsichtshalber auf ihren Armen, spürte die entblößten Brüste und einen enormen Hunger auf eine liebevolle Berührung. Meine Hände griffen nach unten. Da war die geliebte Haut und all die vertrauten sensiblen Stellen meiner Geliebten. Ich wollte sie ganz besitzen, riss mir meine dünne Kleidung herunter und warf mich auf Karen, die wieder Gewalt über ihre Arme und Hände besaß und versuchte, mich von sich zu stoßen. Immer noch genoss ich in meinem Rausch die Lust, ihren mir unverständlichen Widerstand zu brechen. Karens Schreie klangen schrill, als sie von mir verlangte, sie sofort loszulassen und zu verschwinden. Ich nahm ihr das übel und schloss ihren Mund, indem ich meine Lippen auf ihre presste, während meine Hände versuchten, auch an diesem widerspenstigen Körper ihre Lust zu wecken. Da plötzlich spürte ich eine harte Hand an meiner Schulter, die mich von Karen wegriss.
Es konnten nur Minuten vergangen sein, als mich der Schmerz in meinem Kopf wachrüttelte und langsam in mein Bewusstsein eindrang. Ich lag auf dem Boden des Badezimmers und wurde mir klar, dass etwas Schreckliches passiert sein musste. Erst als ich Ians laute Stimme durch die geschlossene Tür hörte, wusste ich, dass wegen mir dieses Brüllen zu hören war, das drohte, die Polizei zu rufen.
Als ich dann hörte, wie Karen Nein schrie, entstand wieder die vergangene Szene klar vor meinen Augen. Was hatte ich getan? Beim Versuch, mich aufzurichten, wurde mir schwindelig, jedes einzelne Haar auf meinem Kopf schien mit Nerven versehen zu sein. Ian musste mich an den Haaren ins Bad geschleppt haben. Ich robbte zum Waschbecken, stützte mich ab und richtete mich auf. Alles drehte sich um mich, Blut lief aus meiner Nase. Es schien endlos zu dauern, bis das Wasser aus dem Hahn kam und ich es mit meinen Händen über Kopf und Gesicht laufen lassen

konnte.
Nur ein Gedanke beherrschte mich: Wie kam ich hier heraus und wie konnte ich jemals wieder in Karens Augen schauen? Sie, die ausgeglichene, friedliche Frau, hatte ich vielleicht auch körperlich verletzt? Denn ich hörte Ian von einem Arzt reden, der wohl im Hotel zu finden sein würde. Offenbar telefonierte er und schrie wieder, dann müsse er ihm eben Beine machen. Ich hörte, wie die Zimmertür zugeschlagen wurde und tastete mich an der gefliesten Wand entlang und öffnete die Tür zum Bad. Karen lag bleich und wie tot im Bett, sie hatte sich auf dem Boden erbrochen.
Bei meinem Versuch, ihr näher zu kommen, sagte sie ebenso ruhig wie kalt: „Du darfst nie mehr in meine Nähe kommen, Laura. Lauf weg von hier so schnell wie du kannst, sonst passiert etwas Schreckliches!"
Was konnte mir Schrecklicheres passieren als diese Worte, diese Stimme? Ich gestehe meinen Kniefall vor ihrem Bett, meine Tränen, meine Bitte um Vergebung, weil ich nicht gewusst hatte, was ich in meiner Verzweiflung tat. Aber da war nur diese schrecklich kalte Stimme, die das vorher Gesagte wiederholte und jetzt noch dringender rief, ich solle schnellstens verschwinden. Erst da wurde mir klar, dass sie mich warnen wollte und der Inhalt meiner Worte sie nicht erreichte. Ja, Ian war rachsüchtig und würde kein Erbarmen kennen. Bevor ich aus der Tür herauskam, konnte ich nur noch sagen, dass ich sie immer lieben würde.
Dann hörte ich Stimmen, die aus dem Lift kamen, und mich blind in ein danebenliegendes Zimmer trieben, dessen Tür zum Glück offen stand. Ich fühlte mich jetzt völlig nüchtern und roch förmlich die Gefahr, die von Ian ausging. Er hasste mich, seitdem er begriffen hatte, dass Karen mehr als freundschaftliche Gefühle für mich entwickelt hatte. Nur er konnte hinter der Fotoaktion am Strand stehen. Es war kein Zufall gewesen, dass die Bilder in Karens Hand gelandet waren. Jetzt konnte ich nur

versuchen, meine eigene Haut zu retten, denn Karens Worte waren nicht misszuverstehen. Sie war fertig mit mir, und auf eine schmerzliche Art verstand ich sie. Was ich ihr angetan hatte, musste entsetzlich für sie gewesen sein, auch wenn ich mich nur wie im Nebel an mein Handeln entsann.

Jetzt war ich wieder völlig nüchtern, und die Wirkung des Alkohols war durch Ians brutalen Zugriff verschwunden. Die Stimmen, es war die von Ian und einem anderen Mann, verschwanden im Zimmer 32. Nie würde ich diese Zahl vergessen. Unten stand niemand am Lift. Den Haupteingang zu benutzen erschien mir zu gefährlich. Dort stand der Portier mit einem Gast. Schnell ging ich in die Bar zu meiner Busenfreundin, die fragte, was denn da oben passiert sei. Ohne zu antworten, fragte ich zurück, wie ich am besten ungesehen aus dem Hotel käme. Sie lachte herzlich und verständnisvoll, wobei ihr Busen in Bewegung geriet. Ich fürchtete, er könne aus dem Dekolleté springen. Sie zeigte auf die Klotür. Ich sprang dort hinein und kletterte aus dem Fenster. Draußen nahm ich Umwege durch kleine Straßen, bis ich auf der Winston Churchill Avenue stand, dem einzigen Zugang von und nach Gibraltar.
Mein Atem schien noch rascher zu gehen als mein Puls, denn ich war nicht nur auf der Flucht, sondern saß jetzt in meinem Leihwagen, ohne richtig begreifen zu können, dass ich alles, was mir im Leben als wertvoll erschien, verloren hatte, durch meinen Leichtsinn und die Unbedachtheit meines Handelns. Die Leere in mir war so groß, so hoffnungslos, dass ich nur noch das Verlangen spürte, mit dem Wagen gegen den nächsten Felsen oder in einen Abgrund zu fahren. Aber auf der Strecke gab es weder einen Felsen, noch einen Abgrund. Natürlich hätte ich das Auto stehen lassen können, um mich ins Meer zu stürzen, aber die Strecke war so befahren, dass Zeugen auftauchen konnten, wenn ich den Wagen auf der Straße stehen gelassen hätte und zum weiter entfernten Wasser gelaufen wäre.

Hinter mir hupten schon die Autos, weil ich aus Erschöpfung sehr langsam fuhr. In meinem Kopf hämmerte es immer noch, und mich quälte die Frage, wohin ich überhaupt fahren konnte. Pepitas Zimmer kam nicht infrage, auch das Apartment im Cortijo Blanco war Ian bekannt. Mein Geld war zu knapp, um ein anderes Hotel aufzusuchen. Ich war am Ende. Als winziger Lichtblick erschien mir nur Karens Warnung. Ohne die wäre ich wahrscheinlich schon verhaftet worden. Der Gedanke, wegen Körperverletzung und Gewalttätigkeit belangt zu werden, war undenkbar, und beides galt in Spanien als schwere Delikte. Hinzu kam: Ich hatte die spanische Aufenthaltsgenehmigung, und der Gedanke, die Bekanntschaft mit einem der berüchtigten Gefängnisse Spaniens zu machen, war beängstigend, zumal ich mir keinen Rechtsanwalt leisten konnte.

Über eineinhalb Stunden war ich gefahren, hatte Estepona erreicht und in Gedanken alle Kollegen und Bekannten an mir vorbeiziehen lassen. Die Erkenntnis, in der Not keine echten Freunde zu haben, verstärkte meine Hoffnungslosigkeit. Selbst mit Paco konnte ich nicht rechnen. Abgesehen von seinem Aufenthalt in Cádiz hätte er niemals begriffen, dass eine Frau eine Frau so lieben konnte, dass sie zu allem bereit war, um auch noch unter Alkoholeinfluss die Geliebte zu Sexhandlungen zu zwingen. Er hätte mich nicht nur wegen der Betrunkenheit, die in Spanien, besonders bei Frauen, verpönt war, verachtet, nein, homophile Verhältnisse und dazu noch Gewalt passten nicht zum Stolz eines Spaniers. Schließlich hatte es ein spanischer Mann nicht nötig, mit gewaltsamem Sex eine Frau zu erobern.
Als das Schild „San Pedro de Alcántara 7 Km“ auftauchte, fiel mir plötzlich Nadine ein, meine Mitschuldige. Besser gesagt, diese immer verführbare Frau schien mein Rettungsanker zu sein. Zwar war sie mit mir auf dem Foto nur unscharf zu sehen, aber weder Ian noch sonst wer aus seinem Umfeld kannte ihren Namen. Auch Karen nicht, weil ich ihr dieses Verhältnis

verschwiegen hatte.
Ich fuhr sehr leise durch die Bungalowanlage, die jetzt von Touristen stark bevölkert war. Überall standen Autos, auf den Terrassen saßen lachende Menschen, Gläser klirrten, die Lichter brannten innen und außen. Es war nicht schwer, meinen Leihwagen zwischen den Autos in Strandnähe zu parken, um mich dann den Eselweg hinauf zu pirschen. Bei den Duponts schien alles unverändert zu sein. Gérard stand dort mit der geliebten Tochter im Arm und einem Glas in der Hand, während die andere Hand unter dem Tisch zu hängen schien. Ein paar Gäste saßen daneben, und ich sah Nadine im Hintergrund, die ein Tablett in der Hand hielt.
Ich schlug wieder einmal einen Bogen, um zu Nadines Bungalow zu kommen und hoffte, dass sich keiner ihrer Liebhaber im Haus befand. Aber alles sah dunkel aus, als ich an der Rückseite das leicht geöffnete Fenster ihres Schlafzimmers entdeckte. Wieder einmal stieg ich, dieses Mal ziemlich kraftlos, durch ein Fenster und bewegte mich vorsichtig in den dunklen Räumen. Meine Erschöpfung hatte einen Grad erreicht, der alles auf Durst, Hunger und Schlaf reduzierte. Selbst die Angst verschwand und machte einer unglaublichen Gleichgültigkeit Platz. Es konnte mir nichts mehr passieren, denn es war mir alles schon passiert.
Nachdem ich im Kühlschrank die ärgsten Bedürfnisse gestillt hatte, schleppte ich mich ins Bad, das fensterlos mit einem Entlüfter ausgestattet war. Dort machte ich Licht und sah mit Entsetzen mein immer noch mit Blutresten verschmiertes Gesicht. Ich drehte die Dusche auf und blieb fünf Minuten unter dem lauwarmen Wasser stehen, wusch meine Haare und bemerkte erst jetzt, dass meine Sachen noch im Hotel Bristol lagen. Also lieh ich mir einen von Nadines Bademänteln und sank in ihr Bett. Ich fiel sofort in einen Schlaf, der ohne Träume und Angst war. Ich fühlte mich sicher, denn Nadine würde mich verstehen. Von ihr hatte ich nichts zu befürchten.

Das erste Mal wurde ich wach, als sich Nadine über mich beugte und flüsterte: „Mein Gott, wer hat das getan?“ Ich muss sofort weiter geschlafen haben. Beim zweiten Erwachen lag sie neben mir. Es war schon hell, und ich fühlte ihre Hand an meinem Arm, so als wollte sie mich beruhigen. Dann brach alles aus mir heraus.
Sie hörte mir so ruhig zu, wie ich ihr nach ihrer Party, als sie mir das Elend ihrer Ehe geschildert hatte. Ja, ich gab alles von mir preis, was in meinem Leben wichtig geworden war, John und Karen, aber ich verschwieg auch nicht Hella. Meine Episode mit Paco kannte sie ebenso wie meine Gefühle für sie, bevor ich Karen kennengelernt hatte. Im Grunde mussten das für sie, die Erfahrene, alles Peanuts sein. Auch Eifersucht war ihr nichts Unbekanntes. Sie saß inzwischen auf der Bettkante neben mir, rauchte nachdenklich eine Zigarette und sagte nur, wie leid es ihr täte, die Ursache der Szene im Hotel Bristol zu sein. Ich widersprach, denn die Ursache war Ians Eifersucht und seine Verfolgungsjagd. Und meine Liebe zu Karen mit meiner Unbeherrschbarkeit.
„Nun, auch er liebt Karen und will sie nicht verlieren“, meinte Nadine, dann befahl sie mir, im Bett zu bleiben, und erhob sich, um das Frühstück zu machen.
Ich rief ihr nach, ob ich heute noch bei ihr bleiben könnte.
„Du hast Glück, dass Gérard meiner Tochter Córdoba zeigen möchte, da haben wir ein paar Tage für uns.“
Einerseits beruhigte mich das, andererseits wusste ich nicht, was Nadine von mir erwartete. Auf jeden Fall wollte ich mich nicht mehr von ihr in Versuchung führen lassen. Der fanatische Wunsch nach absoluter Treue hatte seit gestern von mir Besitz ergriffen, obschon es zu spät dafür war, denn Karen hatte mich resolut abgeschrieben. Ich hatte nichts mehr von ihr zu erwarten, damit musste ich mich abfinden. Aber ich empfand ein Pflichtgefühl, als sei ich die Hinterbliebene einer Toten, mich jetzt so zu verhalten, wie ich es zu ihren Lebzeiten hätte tun müssen. Ich

weiß, das klingt verrückt, aber es war auch schön, sich hier bei Nadine vorerst sicher zu fühlen, ein gutes Frühstück zu genießen, das sie uns auf einem Tisch neben dem Bett servierte. Inzwischen hatte sie gelüftet, war dann ins Bad gegangen und hatte sich ungeniert vor mir nackt gezeigt, mit einem Badeanzug in der Hand.

„Möchtest du auch?"

Ja, ich hatte Lust, und wir rannten zum Strand. Es war noch früh, entweder saßen die Touristen beim Frühstück oder sie schliefen noch.

Spitze Schreie ausstoßend, warfen wir uns ins Mittelmeer, das uns nur im ersten Augenblick kalt erschien. Dann rannten wir zu einer der kleinen Fischerhütten und ließen uns davor nieder. Die Sonne hatte Kraft und trocknete unsere Kleidung rasch, während Nadine einen Schlachtplan entwarf, den ich ihr nicht zugetraut hätte. Sie wollte in Ians Geschäfte gehen, um herauszufinden, wo sich der Eigentümer und seine Frau aufhielten, falls sie nicht anzutreffen waren. Sie glaubte, mir das schuldig zu sein, außerdem brächte es Abwechslung in ihren Alltag.

Ich fragte sie, ob sie denn zurzeit keinen Lover hätte.

„Das ist es ja", lachte sie, „alles unterbesetzt. Selbst du fällst aus in diesem Zustand."

Wir sprachen jetzt so miteinander, als wäre nie etwas zwischen uns gewesen.

***

Das war absolut das längste von Lauras Notaten, und ich habe es in einem Zug durchlesen müssen, sagte Mrs. Warren zu Gingerboy, der sich gelangweilt auf den heruntergefallenen Seiten ausruhte und nur aufschaute, wenn eine davon neben ihm landete.

Wieder einmal trat Sara im richtigen Moment ein, um den Tee zu servieren. Sie sah an Mrs. Warrens Gesichtsausdruck, dass sie

von etwas sehr berührt war, und beeilte sich, den Tee entsprechend zubereitet vor Mrs. Warren hinzustellen, nicht ohne ein Stück von deren Lieblingskuchen zu servieren.
„Sara, Darling, setz dich nach dem Tee gleich hin und lies dir das durch. Leider muss ich annehmen, dass sich meine Kusine in einem geistig stark reduzierten Zustand befunden haben muss, als sie dieses Notat zu Papier brachte. Nein, eigentlich schon viel früher, nämlich als sie sich erneut mit dieser Nadine eingelassen hat."
Nun kannte Sara ja die Personen dieses Theaterstücks, wie sie es innerlich nannte, und war froh, in der Heimat des Taurus-Gebirges, abgesehen von auf dem Land als normal geltenden Perversitäten, nie einem derartigen Chaos an Gefühlen begegnet zu sein. Auf der anderen Seite wurde sie hier mit Dingen vertraut, denen es nicht an Reiz mangelte.
Unbewusst kamen auch ihre eigenen Gefühle ins Spiel. Von der Seite her betrachtete sie Mrs. Warrens feines Profil und fühlte, wie so oft, eine gewisse Verehrung in sich aufsteigen. Hier hatte sie eine Lady vor sich, wie man sie nur noch in Romanen fand. Keine von der faden Sorte, deren Meinungen lebenslang fest verankert waren. Mrs. Warren war Sie selbst, sozusagen im Original, und das gefiel Sara außerordentlich, da sie bisher nur Menschen begegnet war, die auf Rollenspiele festgelegt waren. Deshalb gefiel ihr auch Laura, die sich zu dem bekannt hatte, was sie empfand. Wahrscheinlich deshalb, weil sie, Sara, auch immer unangepasst ihren Gefühlen und Ideen gefolgt war. Natürlich waren die nicht immer ohne Folgen geblieben, wenn sie zum Beispiel an Ole Bull dachte. Immerhin, sie hatten einen guten Zweck erfüllt und waren nie bösartig gewesen. Als sie sich mit Mrs. Warrens Genehmigung, das heißt auf ihren Befehl hin, abends das letzte Notat gelesen hatte, konnte sie nur schwer einschlafen.
Was für ein Schweinekerl dieser Ian war. Laura selbst hatte aus Liebe gehandelt, was man von Karens Ehemann nicht behaupten

konnte. Da war bestenfalls verletzte männliche Eitelkeit und Besitzergreifung zu finden, die nichts mit Liebe zu tun hatte. Das teilte sie auch am nächsten Morgen Mrs. Warren mit, die das Ganze etwas anders sah. Laura war in die Ehe von Karen und Ian eingebrochen, sie hatte ihre lesbischen Tendenzen, tatsächlich nannte Mrs. Warren es so, nicht beherrschen können. „Nun“, erwiderte Sara, „ich kenne Leute, die ihre Tendenzen auch nicht ganz unter Kontrolle haben, nur denken sie dann mehr an gewisse männliche Attribute.“

Dass Sara dabei Ole Bull im Hinterkopf hatte, war Mrs. Warren klar, deshalb errötete sie pflichtgemäß. Dann aber kamen beide zur eigentlichen Sache:

Hier spielte sich ein Schicksal ab: Laura saß in einer schrecklichen Klemme, zumal Mrs. Warren großes Misstrauen gegenüber dieser Nadine hegte. Sie brach, im Gegensatz zu Laura, dauernd ihre Ehe, hatte immer jemanden im Bett, und jetzt war es die arme Laura, die sich in einer hilflosen Situation befand und von Nadine sexuell ausgenutzt werden konnte. Außerdem sei sie Raucherin, ein Punkt, in dem sich beide einig waren. Was Lauras lesbische Neigungen anging, gaben sich sowohl Mrs. Warren als auch Sara inzwischen ziemlich gelassen. Denn sie hatten ja miteinander festgestellt, dass die Berührungen zweier weiblicher Körper auf keinen Fall grundsätzlich als unangenehm empfunden werden müssen, solange sie auf Freiwilligkeit beruhen.

Hier entschuldigte Mrs. Warren das Verhalten ihrer Kusine nur unter Einbeziehung des vorangegangenen Alkoholkonsums und wahrscheinlich auch, weil sie selbst gerne ein oder mehrere Gläschen zu sich nahm. Jedoch verurteilte Sara gerade diesen Punkt sehr scharf, was wohl aus mehr religiösen Gründen geschah.

Die beiden Damen führten am nächsten Tag lebhafte Unterhaltungen, um Lauras Lage zu analysieren. Einen Punkt übersahen sie allerdings in ihrem Eifer: Das Geschehen lag etliche Jahre zurück und damit war das Reden darüber zur Sinnlosigkeit

verurteilt.
Als ihnen das zur Teestunde bewusst wurde, fragte Sara ihr Gegenüber, ob sie schon eine Ahnung hätte, was Laura mit diesen Notaten beabsichtigte, aber Mrs. Warren musste ihr die Antwort schuldig bleiben.

LAURAS NOTAT 26

Tatsächlich sah Gérards Bungalow unbewohnt aus. Niemand saß auf der Terrasse, nur zwei Katzen, wohl Freiläufer, hatten es sich auf den Stühlen gemütlich gemacht. Ein beruhigender Anblick, der mir für ein paar Tage Sicherheit vermittelte. Es war entspannend, ganz alleine zu sein, während sich Nadine als Detektivin auf den Weg gemacht hatte. Außerdem musste sie noch im Büro nachsehen, ob sich neue Mieter angemeldet hatten oder andere früher abreisen wollten. Auf dem Rückweg wollte sie etwas zu essen kaufen. Es könne also etwas dauern, bis sie zurückkäme. Mir war es recht, ich legte mich in den Schatten hinter dem Haus, wo mich keiner sehen konnte, während sich die Bewohner der anderen Bungalows zum Strand hin bewegten, um dort mit ihren Familien und Freunden das Badeleben zu genießen.
Ich hörte ihr fröhliches Geschrei, das mich in meine Träume begleitete. Irgendwie verwandelte sich diese Geräuschkulisse in Karens Schrei, als sie versuchte, Ian davon abzuhalten, die Polizei zu rufen. Erschrocken fuhr ich auf, die Bilder des gestrigen Abends tauchten auf und vertrieben das Gefühl scheinbarer Sicherheit.
Panik breitete sich in meinem Inneren aus, denn Ian würde keine Ruhe geben, ehe er mich nicht auf die eine oder andere Art vernichtet hatte. Das konnte schwere existentielle Folgen für mich haben. Alles schien mir in diesem Moment bedrohlich. Konnte ich mich auf Nadine verlassen? Was wäre, wenn sie jemanden meinen Aufenthalt verraten würde? Mein Puls nahm wieder einmal an Tempo zu, zumal ich glaubte, Schritte zu hören, die sich dem Haus näherten.
Ich hörte eine Männerstimme und mein Herzklopfen verstärkte sich so, dass ich kaum Luft holen konnte. Ich war seit gestern zu einem Nervenwrack geworden und glaubte zu halluzinieren, als ich jemand leise meinen Namen rufen hörte.
Und schon sah ich gegen das Sonnenlicht einen Mann hinter

einer Palme hervortreten, der auf Spanisch sagte: „Erschrecke nicht, Geliebte, ich bin es, Paco.“

In diesem Moment war ich sicher, meinen Verstand verloren zu haben - wie sollte Paco, den ich in Cádiz wähnte, hierher kommen? Doch die Gestalt näherte sich. Wenn ich nicht geistig völlig neben mir stand, so kam tatsächlich Paco auf mich zu und nahm mich auf eine ungewohnt ruhige Art in seine Arme, wobei er mir vorsichtig über den Rücken strich. Wahrscheinlich, weil sich plötzlich der ganze Frust, die Furcht, der Verlust von Karen Tränen auslöste, die ich in sein buntes Hemd hinein vergoss, wobei er mir beruhigende spanische Worte zuflüsterte und meinen Kopf an sich drückte. Plötzlich kam eine große Ruhe über mich und ich war froh, dass mich Paco wie ein Kind in seinen Armen wiegte. Dabei erzählte er mir, meine Freundin unterwegs getroffen zu haben, die ihm den Auftrag gab, nach mir Ausschau zu halten.
Ich schämte mich, Nadine schon als Verräterin gesehen zu haben. Dabei hatte sie Paco aus Sorge zu mir geschickt, um mich abzulenken, damit ich nicht auf dumme Gedanken käme. So erklärte sie es mir später. Sie hatte ihm nichts Näheres verraten, nur dass ich etwas überarbeitet und erschöpft sei. Paco war davon überzeugt und bereit, alles zu tun, um mich zu beruhigen. Es war jetzt sehr heiß geworden und wir gingen ins Haus, wo ich ihm eisgekühlten Orangensaft servierte. Ich hatte mich kurz ins Bad zurückgezogen und sah erschrocken im Spiegel mein blasses Gesicht mit den dunklen Rändern unter den Augen. Ich versuchte, mit kaltem Wasser und einem Handtuch nicht nur die Spuren meiner Tränen wegzuwischen, sondern kühlte auch damit meinen Körper ab.
Erschrocken sah ich im Spiegel, wie hinter mir Paco auftauchte, der mir sanft das Handtuch aus der Hand nahm und mich dann in seine Arme schloss. Kleine, zarte Küsse trafen mich an verschiedenen Stellen meines Körpers, an den Wangen, an meinem

Hals, den nackten Schultern. Es waren sanfte Küsse und Berührungen, die nichts forderten, mir aber so gut taten, dass ich ihn gewähren ließ. Da ich viel gelitten hatte, glaubte ich, jetzt etwas Trost verdient zu haben und ließ mich wieder einmal treiben. Es war einfach schön, jemanden zu haben, der es gut mit mir meinte, meinen ganzen Körper verwöhnen wollte, mich auf den Boden legte, nicht ohne vorher ein weiches Handtuch unter mir auszubreiten, um dann langsam, behutsam in mich hineinzugleiten. Ich lag unter ihm, ganz entspannt, auch als seine Bewegungen stärker wurden und er mir Liebesworte zuflüsterte. Es war schön, seinen Körper so nah zu fühlen.
Als er stöhnend den Höhepunkt erreichte, zog er sich wieder rasch zurück, und ich fühlte warme Flüssigkeit auf meinem Körper. Erstaunt stellte ich fest, dass ich zwar bis zu einem gewissen Punkt mit ihm empfunden hatte, aber nicht den Höhepunkt mit ihm teilen wollte. Und ich fühlte mich zufrieden. Eine Befriedigung, die meinem Herzen gut tat in der Gewissheit, dass ich diese Nähe gebraucht hatte und dennoch meinen inneren Treueschwur nicht gebrochen hatte. Ich glaube kaum, dass Paco gemerkt hatte, was in mir vorgegangen war, denn schließlich hatte ich ein wenig und in den richtigen Augenblicken gestöhnt.

Als ich wieder angekleidet war und mit ihm an der Hand den Wohnraum betrat, sah ich erstaunt eine freundlich lächelnde Nadine auf dem Sofa sitzen, die einen Rauchkringel in die Luft blies und sagte, wie sie sich freue, dass Paco mich gefunden habe. Auch er war nicht im Geringsten verlegen, sondern verabschiedete sich von Nadine mit einem Augenzwinkern, das sie lächelnd beantwortete. Sie bat ihn sogar, bald wiederzukommen. Als er das versprach, war ein gewisses Verständnis zwischen den beiden. Nadine lächelte ihn an, so wie sie mich am Abend nach der Party angelächelt hatte, als sie mich bat, bei ihr zu bleiben.
Abends dachte ich an diesen Tag zurück. Es schien mir, dass an diesem Ort nichts unmöglich war. Nicht einmal, dass hier jeder

mit jedem schlafen würde. Selbst mich selber konnte ich dabei nicht ausschließen. Nadine war nicht glücklich, ich selbst todunglücklich, nur Paco schien mit seinem Leben zufrieden zu sein und konnte die Rolle des Beglückers übernehmen. Das Erwachen aus meinen Tagträumen kehrte synchron mit meiner Neugierde zurück. Was hatte Nadine erfahren? Genüsslich zündete sie sich eine weitere Zigarette an und klopfte einladend auf den Platz neben sich auf dem Sofa.

Als ich saß, legte sie mir sanft ihren Arm um die Schulter. Mir schwante nichts Gutes, diese Geste wirkte irgendwie tröstend auf mich und stimmte mit dem Inhalt ihrer Geschichte überein. Zuerst hatte sie Ians Geschäft in Marbella aufgesucht. Sie hatte ihn nach meiner Beschreibung gleich erkannt und meinte, er sei der typische „ausgetrocknete Schotte“. Da ihr das Flunkern nie schwerfiel, gab sie sich als gute Kundin von Karens Geschäft aus, beschrieb genau eine teure Kamera, die sie angeblich für ihren Mann bei Karen gekauft habe. In Wirklichkeit hatte sie vorher diese Kamera in Ians Schaufenster studiert. Offenbar hatte ihr Charme gereicht, um Ian davon zu überzeugen, dass sie mit Karen bei diesen Besuchen freundschaftliche Gespräche geführt habe.

Da sie von mir mit Details gefüttert worden war, konnte sie die örtlichen Gegebenheiten genau beschreiben. Kurzum, sie hatte bedauert, seine Frau schon das zweite Mal nicht anzutreffen. Daraufhin erfuhr sie, dass Karen sich in Cádiz nach Kopenhagen eingeschifft habe. Zuvor habe er mit ihr eine geschäftliche Sache in Gibraltar erledigt.

„An dieser Stelle sah er ziemlich finster aus“, meinte Nadine, „dem darfst du nicht mehr so schnell über den Weg laufen.“

Ich fragte sie, ob er etwas über die Dauer von Karens Abwesenheit gesagt habe. Nein, er habe nur vage geäußert, dass seine Frau gesundheitliche Probleme habe und in ihrem Geschäft eine Vertretung arbeite, an die sich Nadine wenden könne. Dann fuhr sie fort:

„Hör zu, Laura, danach bin ich in deine Redaktion gefahren und rate dir, dich bald mal bei denen blicken zu lassen. Wegen deines unentschuldigten Verschwindens waren sie etwas sauer auf dich. Aber“, Nadine lachte, „ich habe gesagt, du wärst von einem Betrunkenen angefahren worden und müsstest dich den Rest der Woche bei mir erholen. Deine Kollegen waren gleichzeitig besorgt und erleichtert.“

Es war klar, ich musste Nadine vor Dankbarkeit umarmen und tat es ausgiebig. Ihre Zigarette war längst auf dem Boden gelandet und ich fast auf Nadine, die mich aber beiseiteschob und kundtat, jetzt etwas Ordentliches essen zu müssen. Damit verschwand sie in der Küche und kam eine halbe Stunde später mit einem köstlich duftenden Nudelgericht zurück. Natürlich durfte der entsprechende Wein nicht fehlen, der mich nach dem dritten Glas meinen Kummer fast vergessen ließ, zumal Nadine eine Platte südamerikanischer Musik auflegte und wir erst Tango, dann Samba tanzten.
Zum Schluss war ich so benebelt, dass ich nicht wusste, wie ich später ins Bett gekommen war. Jedenfalls lag Nadine beim Aufwachen halbnackt schlafend neben mir. Ich konnte nicht sagen, ob wir uns in dieser Nacht nähergekommen waren, und nannte mich selbst ein Schwein, das nicht nur Karen, sondern auch mich selbst betrog und nebenbei auch noch auf irgendeine Weise Nadine. Ja, ich war unmoralisch, undiszipliniert, mit anderen Worten: nicht mehr Herr meiner Sinne. Das war ich wahrscheinlich nie in meinem Leben gewesen. Ich konnte das nicht mehr, weder einordnen noch beurteilen.
Schon seit einiger Zeit hatte ich mir Notate gemacht, wie das im Internat meine Ordensschwester für Latein genannt hatte. Ich muss diese Notate eines Tages meiner Kusine Abigail schicken. Trotz gewisser Defizite in der Beurteilung ihres eigenen Lebens, hatte sie immer Verständnis für andere Leute gezeigt, sonst wäre sie wohl nicht auf die Idee gekommen, mehr oder weniger

blutrünstige Mordgeschichten zu erfinden. Zuerst aber muss ich ihr ein Happy End servieren, denn ohne das kann sie weder leben noch schreiben.

***

Mrs. Warren zitterte vor Empörung, als sie das sechsundzwanzigste Notat von Laura zu Ende gelesen hatte. Was für ein Urteil wagte diese Madame Durcheinander über sie zu fällen! Wütend warf sie das letzte Notat zu Boden. Gingerbaby schreckte aus seinem Mittagsschlaf hoch und sprang hilfesuchend auf Mrs. Warrens Schoß, wobei er das neben ihr stehende Glas Sherry umwarf, das sie gerne nach dem Lunch zu sich nahm. Mrs. Warren fluchte wie ein Matrose, was wiederum Sara auf den Plan rief und sie zu Fragen veranlasste, die Mrs. Warrens Blutdruck in gefährliche Höhe trieben.
Sara bekam mit einem Tritt die am Boden liegenden Papiere zugeschoben und den Befehl, sich das einmal zu Gemüte zu führen. Die schockierte Sara stellte wieder einmal fest, dass Mrs. Warren über ein schreckliches Temperament verfügte, ordnete aber schnell die Blätter.
„Die letzte Seite unten“, wurde sie angeherrscht, „was diese entartete Person da von sich gibt, ist empörend.“
Doch Sara holte zuerst ein feuchtes Tuch und ein neues Glas mit Sherry und wischte das Verschüttete auf, in der Hoffnung, dass sich ihre Freundin, ja, so durfte sie sich jetzt nennen, beruhigte. Erst dann setzte sie sich hin, las die letzte Seite und wagte eine erste Äußerung:
„Aber das ist ja ganz neu für mich: Du heißt Abigail, was für ein hübscher Name!“
Das verstärkte nur Mrs. Warrens Ärger. Mit großer Mühe und Anstrengung war es ihr gelungen, diesen ihr scheußlich erscheinenden Vornamen loszuwerden, schon dessen Ursprung ihr fragwürdig vorkam, denn er hatte auch mit dem Grund der Lust zu

tun. Abgesehen davon verführte er während ihrer Schulzeit zu variablen Abänderungen und endete schließlich in Abbi. Als sie dann Mrs. Warren wurde und zu schreiben begann, hatte sie mit diesem Pseudonym ihre Geschichten versehen und damit etwas später bewirkt, dass jeder sie so ansprach. Selbst ihre Verehrer hatten das berücksichtigt, sogar wenn man Mrs. Warren höflich bat, mit ihnen zu schlafen.

Dass aber jetzt Laura diesen Namen wieder aus der Versenkung holte, ärgerte sie am meisten.

Doch Saras Geduld hatte auch ein Ende. Einige Male hatte sie schon erwogen, sich in das Bergdorf im Taurus zurückzuziehen, doch bei der Erwähnung war Mrs. Warren fast in Tränen ausgebrochen, und das wollte etwas heißen. So deutete Sara jetzt etwas Ähnliches an, denn sie fand Mrs. Warrens Aufregung über Lauras kritische Worte völlig unnötig, denn sie trafen den Nagel auf den Kopf. Nach ihrer Andeutung eines Rückzugs in die Heimat, konnte sie sich erlauben zu sagen:

„Abigail, Laura war doch noch jung, als sie das schrieb. Falls sie noch lebt, ist sie jetzt über fünfzig und denkt über vieles anders."

Es war, als würde Mrs. Warren aufwachen, als sie die genannte Zahl hörte. Natürlich hatte Sara wieder einmal recht. Was nur würde sie ohne dieses prachtvolle, vernünftige Weib anfangen? Selbstverständlich durfte Sara sie jetzt auch Abigail nennen, das versicherte sie ihrer Freundin, als sich die beiden in die Arme fielen. Tatsächlich schwebte Mrs. Warren nicht nur zu sehr in ihrer vergangenen Welt, sondern hatte auch gegen die ihrer Fantasie anzukämpfen. Es war diese Irre im Oberstübchen, die sie oft von der Gegenwart entfernte.

Nur Sara versteht mich, dachte Mrs. Warren, sie ist meine Symbiose und soll es immer bleiben.

Jetzt aber beschlossen sie, Lauras letztes Notat gemeinsam und bis zum Schluss durchzulesen.

LAURAS NOTAT 27

Meine Befürchtungen nach dem Aufwachen waren offenbar unnötig gewesen. Nadine hatte mir versichert, es sei in der letzten Nacht nichts zwischen uns geschehen, wir hätten wie unschuldige Engel nebeneinander geschlafen. Im Übrigen, so versicherte sie mir, habe sie für die Siesta eine Verabredung mit einem spanischen Leutnant in dessen Bungalow. Seine Familie käme erst in ein paar Tagen nach, und er könne nicht ohne eine Frau leben. Ich war platt.

Sie erzählte mir das so, als wäre es die selbstverständlichste Sache der Welt, mal kurz für die Ehefrau einzuspringen. Gott sei Dank bereitete mir das keinen seelischen Blutsturz mehr wie vor einiger Zeit, als sie mit dem Rothaarigen tanzte und sich dann in seinen Bungalow tragen ließ. Und zwar ziemlich betrunken. Das kam nicht oft vor, beteuerte sie, denn das würde ihre Leber nicht aushalten, so hatte ihr ein Arzt versichert, mit dem sie eine kurze Affäre hatte.

Als sie gegen Mittag verschwand, fühlte ich mich alleingelassen, einsam und depressiv, weil meine Sehnsucht nach Karen immer stärker wurde, je länger unsere Trennung währte. Ich schlenderte zum Strand hinunter und hoffte, mit einem fremden Menschen sprechen zu können, egal über was—das Wetter, die Wassertemperatur, die Möwen. Irgendeine banale Ablenkung, die mir helfen konnte, diese schreckliche Erkenntnis, Karen für immer verloren zu haben, wenn auch nur kurz zu vergessen.

Doch die Leute lagen in Grüppchen oder zu zweit beisammen, führten ihre Gespräche in verschiedensten Sprachen, wenn sie überhaupt etwas sagten, oder sie warfen sich schreiend ins lauwarme Mittelmeer. Es fiel mir auf, dass bei den sich Unterhaltenden viele rollende Rs zu hören waren. Offenbar Skandinavier, die meisten von ihnen kamen aus Schweden. Suecas, hörte ich einen der jungen spanischen Männer sagen, die im Sand herumlungernd auf weibliche Beute warteten.

Ich wusste von Paco, dass Schwedinnen als begehrtes Jagdobjekt galten. Es hieß, sie seien offen und geneigt, sich nur zu gerne in die heißen Umarmungen eines Spaniers zu begeben. Was aber nützten mir diese Schweden? Ich lief in der Mittagshitze, teilweise mit den Füßen im Wasser, den Strand entlang und strebte zu dem kleinen Versteck, in dem Nadine und ich fotografiert worden waren.

Warum es mich dorthin zog, war mir rätselhaft. Aber da war Karen in meinen Gedanken näher bei mir. Außerdem gaben die Büsche etwas Schatten und die Stelle war wegen des Abstandes zum Strand nicht so begehrt, falls nicht jemand das Versteck ausfindig gemacht hatte. Tatsächlich sah ich beim Näherkommen zwei weiße, nackte Frauenbeine und auch die verlängerten Oberteile davon, die den Unterleib mit einem kleinen Stofffetzen bedeckten. Sie lag auf dem Bauch und hatte den Kopf in die Arme gepresst. So lag dieses weibliche Wesen und schluchzte herzzerreißend in das unter ihr ausgebreitete Handtuch. Also noch jemand, der, wie ich, unglücklich war. Um sie nicht zu erschrecken, sagte ich nur ein leises Hallo. Auch ein lautes hätte sie kaum weniger auffahren lassen. Sie murmelte ein Hi zurück. Unter ihrer verweinten Miene kam ein hübsches, sehr junges Gesicht hervor, das von langen blonden Haaren eingerahmt wurde. Ohne zu fragen, ließ ich mich auf einem Zipfel ihres Handtuchs nieder, froh, unter den schattenspendenden Büschen zu sitzen. Ich entschuldigte mich und sagte, ich ginge sofort weiter. Energisch wischte sie die Tränen ab, schüttelte den Kopf und meinte, froh zu sein, etwas Gesellschaft zu haben und zwar weibliche, die spanischen Männer könnten eine echte Plage sein, wenn sie eine Frau alleine am Strand entdecken. Sie sprach Englisch mit einem Akzent, der mir sagte, dass sie wahrscheinlich zu den schwedischen Touristen gehörte. Ihr gerolltes R erinnerte mich sofort an Karen; ich blinzelte meine Tränen ins Sonnenlicht, in der Hoffnung, dass sie schnell trocknen würden.

„Ich heiße Lynn“, sagte sie, „schön, dass du gekommen bist.“

„Und ich bin Laura, schön, dass ich dich getroffen habe."
Wir lachten beide. Die Situation war ungewöhnlich, wurde aber weder durch Peinlichkeit noch durch Verlegenheit gestört. Manchmal geschieht so etwas eben; hier hatten sich zwei Unglückliche durch Zufall getroffen. Das machte das Ganze sehr anonym und auch entspannend.
Wir schwiegen eine Weile, ich sah sie von der Seite an; ihr Profil erinnerte mich an Hella mit ihrer zarten Haut, der leicht geschwungenen Nase und den vollen Lippen. Auch das Alter entsprach dem von Hella, als wir zusammen in Toms Atelier arbeiteten. Nur lag etwas sehr Zartes über Lynn, etwas Unschuldiges. Als sie dann zu sprechen begann, und das tat sie ganz ungeniert mit mir, einer Fremden, schienen auch ihre Probleme die gleichen zu sein wie die von Hella. Ihr Freund hatte sie wegen einer anderen Frau verlassen, die, im Gegensatz zu Lynn, bereit war, seinen sexuellen Wünschen nachzugeben.
„Er ist meine große Liebe", ihre Stimme zitterte; ich hoffte, sie würde nicht erneut anfangen zu weinen, „die Frau ist älter, ja so wie du und auch viel reifer."
Das saß. Also sah man mir schon meine Jahre an. Schmerzlich, aber nicht zu ändern. Ich wählte die Worte auch entsprechend und sagte so etwas wie: Das sind alles Übergänge, man trifft immer wieder neue Menschen, du bist noch sehr jung. Sie war siebzehn. Ich fühlte mich wie ihre Großmutter. Immer tiefer tauchten wir in dieses persönliche Gespräch ein.
Ich fragte sie, wo in Schweden sie beheimatet sei.
Lynn antwortete lächelnd, sie käme aus Dänemark.
Mein Herz begann sofort zu bluten und zu hämmern an. In Kopenhagen wolle sie bald studieren, aber geboren war sie in einer Kleinstadt, die sich wie Hurtiheiti anhörte. Was für eine Sprache!
„Kennst du Kopenhagen?", fragte sie mich.
„Leider nicht, aber jemanden dort, der mir sehr nah steht."
Wieder musste ich mit den Tränen kämpfen. Verdammt, seitdem

sich Nadine mit ihrem Leutnant beschäftigte, fühlte ich mich völlig allein gelassen. Mit ihr konnte ich wenigstens über Karen sprechen. Stattdessen log ich Lynn an, eine meiner Kusinen sei dort verheiratet, die aber ihren Mann wegen seiner Brutalität verlassen hatte. Nun versuche ich herauszufinden, wohin sie geflüchtet sei. Lynn schaute mich mit großen Augen an:
„Dann musst du sie aber sehr lieben, dass du schon wieder anfängst zu weinen." Dabei legte sie mir mitleidig ihren Arm um die Schulter.
„Ja, ich liebe sie sehr", gab ich nur zu gerne zu und hoffte, sie würde nicht die richtigen oder auch falschen Schlüsse daraus ziehen.
Aber Lynn schien wirklich so unschuldig zu sein, wie sie aussah, dazu war sie voller Mitleid. Die Skandinavier sind eben soziale Menschen! Doch Lynn kam rasch wieder auf ihr Leben zu sprechen. Nach ein paar missglückten Freundschaften mit Männern glaubte sie bis vor kurzem, den Richtigen gefunden zu haben. Aber hier stockte ihr Bericht. Offenbar hatte ihre große Liebe etwas zu früh Dinge von ihr verlangt, die sie überforderten. Sie wollte nicht recht mit der Sprache heraus. Den Andeutungen nach erwartete Mikkel, so hieß dieser Bursche, von ihr Sexpraktiken anstelle von Verhütung. Ihren Widerstand erklärte sie mit der Abartigkeit, die sie erschreckte. Wie auch immer, sie hatte ihn bisher romantisch verklärt gesehen, bis er zur Sache kam.
Ich konnte nicht umhin, Lynn zu fragen, ob sie es schon mal mit einem Mädchen probiert habe.
Sie sah mich derartig erschrocken an, dass ich das Thema sofort fallen ließ, als sie fragte, ob ich darin Erfahrung hätte.
Natürlich nicht, log ich. Vorsichtshalber erwähnte ich stattdessen John und Paco. Das interessierte sie glühend. Ein Spanier, wie das sei, ob der sehr viel erwarte und ob es nicht sehr anstrengend mit ihm sei.
„Nein, er ist wie ein Lamm, rücksichtsvoll und zärtlich, wie es sich gehört", antwortete ich und kam der Wahrheit damit nahe.

Etwas in meinem Hinterkopf fing sich an zu rühren. Wenn mich Lynn so sympathisch fand wie ich sie, konnte sie mir vielleicht helfen, Karen zu finden. Ich rechnete mir im Geist meine Chancen dazu aus. Lynn war vor der Liebe zu Mikkel hierhin geflohen, egal was immer er von ihr erwartete; sie steckte jedenfalls voller Gefühle und war zugänglich, was andere Menschen betraf. Ihr Urlaub endete, wie auch meiner, am Ende dieser Woche. Also durfte ich den Kontakt zu ihr nicht abbrechen lassen. Da sie alleine war und sich einsam in ihrem Liebesschmerz fühlte, dürfte es nicht schwierig sein, sie wieder zu treffen. Mich nahm sie anscheinend wie eine Beichtmutter wahr. Ich war bereit, diese Rolle zu übernehmen, denn ich mochte Lynn. Noch mehr, ich fand sie einfach süß, sie war so hetero, wie man es nur sein konnte. Ihr Wunsch war, diesen Mikkel zu behalten, ohne auf seine ihr pervers vorkommenden Wünsche eingehen zu müssen. Ach, was scherte mich Mikkel, Lynn sollte, wenn sie heimkehrte, Karen aufspüren. Ihrer Erzählung nach hatte sie zig Verwandte in Dänemarks Hauptstadt.
Ich lud sie für morgen zum Mittagessen in Nadines Bungalow ein und hoffte, dass diese wieder die Siesta bei ihrem Leutnant verbringen würde.

Als ich Nadine mitteilte, dass ich morgen gerne eine Freundin einladen möchte, lag sie auf dem Sofa und sah etwas mitgenommen aus. Als sie sich aufrichten wollte, stöhnte sie, dass Offiziere schrecklich sportlich seien und die Liebe sehr akrobatisch praktizierten. Dann wunderte sie sich darüber, dass ich mich so schnell nach Karens Abgang trösten ließ.
„Red‘ keinen Unsinn, das ist ein hundertprozentiges Heteromädchen, das mir Karen vielleicht zurückbringen kann.“

Nadine hohnlachte über das Wort Heteromädchen:
„Die kriegt man auch rum, wie du es bei mir geschafft hast.“
Ich machte ihr klar, dass ich nicht einmal daran dachte, jemanden rumzukriegen, im Übrigen hätte sie, Nadine, mich und nicht ich sie rumgekriegt.
Sie lächelte mysteriös und äußerte den Wunsch, morgen dabei zu sein. „Ich koche euch etwas Gutes, dann sehen wir mal.“
Das war mir recht, sie hatte ja auch Talent fürs Kochen.

Wieder lagen wir abends friedlich wie zwei Schwestern nebeneinander im Bett und sprachen über Lynn und ihren Kummer. Nadine versprach, sie aufzumuntern, denn es ginge nicht an, einem offenbar perversen Jüngling auch nur eine Träne nachzuweinen.
Wir schliefen lange; Nadine war froh, dass ihr akrobatischer Leutnant heute Kameraden in Ronda treffen wollte. Immer noch stöhnte sie bei bestimmten Bewegungsabläufen.
Mittags ging ich zum Strand, wo ich Lynn traf, um ihr den Weg zum Bungalow zu zeigen. Nadine stand in der Küche, aus der herrliche Düfte strömten.
Als ich mit Lynn eintrat, warf sie rasch die Schürze von sich und stand in einem dunklen Top mit ebensolchen Shorts vor uns, das blonde Haar streng zurückgekämmt. Ich muss sagen, sie sah prachtvoll aus, gleichzeitig herb und doch sehr weiblich.
Wieder erinnerte ich mich fast etwas wehmütig an die Nacht nach der Party und wusste wieder, weshalb ich mich damals in sie verliebt hatte. Auch Lynn starrte sie fasziniert an und errötete, als Nadine sie bei der Begrüßung umarmte und willkommen hieß.
Oh ja, Nadine verstand es, sich in Szene zu setzen. Wieder zeigte sie bei Tisch ihr Profil, „meine Schokoladenseite“, wie sie es nannte. Lynn sah sie bewundernd an, während wir an zarten Hähnchenkeulen nagten.
Auch da zeigte Nadine, was sie konnte. Ganz Grande Dame

schnitt sie das Fleisch erst in schmale Stücke. Kleine Glasschalen mit Wasser standen zum Reinigen der Finger auf dem Tisch und natürlich fehlten nicht die Wein- und Sherrygläser, mit denen uns Nadine mehrmals zuprostete. Immer wieder fand sie während des Essens Zeit, mit Lynn zu sprechen und sie geschickt auf den Grund ihres Kummers zu lenken.
Merkwürdigerweise flossen heute keine Tränen.
Lynn lachte über Nadines humorvolle Wortwahl und strahlte begeistert über diese vollendete Gastgeberin. Während ich den Tisch abdeckte, zog Nadine das Mädchen zum Sofa und setzte sich in angemessenem Abstand neben sie. Als sie Lynn eine Zigarette anbot, nahm sie diese zu meinem Erstaunen an.
Während sich Nadine vorbeugte und das Feuerzeug zückte, suchten ihre braunen Augen intensiv den Blick von Lynn, die verwirrt aussah und gegen das erneute Erröten ankämpfte.
„Mit allen Tricks will Nadine etwas bewirken", dachte ich, „es fragt sich nur, was." Jedenfalls konnte sie unter Einsatz ihres schönen Profils und Charmes einiges erreichen, davon konnte ich ein Liedchen singen.
Seufzend machte ich mich in der Küche zu schaffen und hörte, wie sich Lynn ihren Kummer von der Seele redete. Dabei klirrten die Gläser zu einem erneuten „Skål". Dieses Zuprosten war Nadine wohl in allen Sprachen bekannt.
Als ich einen Blick ins Wohnzimmer warf, sah ich, dass sie näher an Lynn gerückt war und einen Arm um deren Schultern gelegt hatte.
„Du bist wunderbar und schaffst das", hörte ich sie sagen. Oh Gott, bei dieser Platte war ich damals auch schwach geworden. Zusätzlich legte Nadine noch eine CD mit zärtlicher Tangomusik in ihren Player.
Ich konnte nur noch mit den Augen zum Himmel rollen, als sie sagte: „Bewegung hilft gegen jeden Kummer", damit hielt sie Lynn zuerst locker in den Armen und wiegte sie sachte im Rhythmus. Die Musik, zusammen mit Nadines Charme und dem

genossenen Alkohol, gelang es ihr, bei Lynn einen verklärten Gesichtsausdruck heraufzubeschwören. Ich glaube, sie wusste bald nicht mehr, wer sie in den Armen hielt, ob es Mikkel oder Nadine war, die Lynns Rücken streichelten. Als sie etwas stolperte, führte Nadine sie zum Sofa und ließ sie wie ein Kissen darauf fallen, wobei sie selbst dicht neben ihr landete.
Entgeistert kam in mir der Wunsch hoch, dass sie Lynn nicht noch küssen sollte, aber genau das tat sie. Allerdings berührte sie deren Lippen nur ganz vorsichtig. Meine Augen hingen fest an den beiden, wie würde Lynn reagieren?
Anstatt Nadine abzuwehren, lehnte sie ihren Kopf mit geschlossenen Augen zurück und umarmte ihre Verführerin. Dabei sagte sie leise: „Du bist eine wunderbare Frau, Nadine."
Jetzt räusperte ich mich und trat ins Zimmer. Lynn behielt ihre Stellung auf dem Sofa bei, während Nadine aufstand und mir einen triumphierenden Blick zuwarf. Offenbar wurde ihr die Sache etwas zu heiß, denn sie verließ uns mit der Ausrede, eine kranke Freundin besuchen zu müssen.
Sie ließ mich mit einer Lynn zurück, die eingeschlafen war und erst nach einer Stunde aufwachte.
Ihre ersten Worte waren: „Wo ist Nadine?"
Jetzt musste ich die Suppe auslöffeln und gab ihr vorsichtig bekannt, dass Nadine verheiratet war und eine Tochter in Lynns Alter hatte. Was in dem Mädchen vorging, wurde mir klar, als ich den Vorschlag machte, an den Strand zu gehen.
Sie fragte: „Und Nadine?" Dieser Name verfolgte uns den Rest des Nachmittags: Als wir uns auszogen, selbst beim Schwimmen, hörte ich kein einziges Mal den Namen Mikkel. Erst als ich sie zu unserem schattigen Sandplatz brachte, meinte sie, es gäbe viele kluge Frauen, aber unendlich viele dumme Männer, und Mikkel gehöre auch dazu. Sie hatte immer noch rote Backen, wenn sie von Nadine sprach. Ich konnte nur hoffen, dass sich diese Verliebtheit in Bereitwilligkeit katalysieren ließ, wenn sie Nadines bester Freundin einen Gefallen tun sollte.

Ich traf sie jetzt täglich, versehen mit Nadines Ratschlag, sie auf dieser „Frauenschiene“ zu halten.
Offensichtlich verwirrt, vertraute mir nun Lynn an, dass sie sehr merkwürdige Gefühle habe, wenn sie an Nadine dächte. Ich selbst dachte an meine gleichen Zweifel, als mich Hella zum ersten Mal geküsst hatte, und versuchte Lynn klarzumachen, dass man ab und zu solche Dinge erlebe. Vielseitigkeit gehöre auch bei Gefühlen zum Leben! Dabei streichelte ich sanft ihren vom Sonnenbrand gestraften Rücken und versprach, morgen ein Mittel dagegen mitzubringen. Enttäuscht meinte sie, morgen eine Pause einzulegen und sich im Bungalow behandeln zu lassen.
Ich sagte okay und gab Nadine bei meiner Rückkehr bekannt, dass jetzt sie gefragt sei und nicht ich. Aber die lachte nur und meinte, es läge jetzt an meiner Begabung, das Feuer am Leben zu halten. Außerdem hätte sie bewiesen, dass es kaum einen voll heterosexuellen Menschen gäbe. Danach tauchte ihr sportlicher Leutnant mit seinen akrobatischen Künsten wieder auf.
Ich musste Lynn erzählen, Nadines eifersüchtiger Ehemann sei zurückgekehrt. Damit war Nadine gezwungen, sich nur noch abends im Bungalow aufzuhalten oder sich hinter geschlossenen Klappläden zu verstecken. Lynn und ich trafen uns täglich in unserem Sandnest. Der Name von Mikkel fiel nur im Zusammenhang mit Nadine, die ihr die Augen geöffnet habe. Sie schien bereit zu sein, mich als Ersatz anzunehmen, zumal Nadine ihr am letzten Tag noch die Gelegenheit gab, sich von ihr zu verabschieden.
Mit einem rührenden Blick aus ihren braunen Augen hatte sie Lynn versichert, sie nie zu vergessen, hoffe aber, sie im nächsten Jahr wiederzusehen. Gleichzeitig nahm sie ihr das Versprechen ab, uns bei der Suche nach Karen zu helfen. Ja, sie sagte „uns“!
Eine nachdenkliche Lynn ging mit mir zum Strand. Ich hatte sie wirklich liebgewonnen und fand sie sehr süß in ihrer Naivität. So kam es an ihrem letzten Tag zu einer Nähe, die ich nicht berechnet hatte. Ihr Rücken war wieder zu einer normalen

Bräunung zurückgekehrt, sie konnte ohne Schmerzen darauf liegen. Da wir beide immer die schattigste Stelle des Sandnestes suchten, lagen wir dicht nebeneinander und hatten alle Kleidungsstücke abgelegt.
Die Tatsache, dass man in südlichem Klima raschere Hormonschübe erlebt, wurde mir wieder mal bewusst, als ich darüber nachdachte, wann ich das letzte Mal mit jemandem geschlafen hatte. Es schien mir sehr lange her zu sein, als ich Paco das letzte Mal getroffen hatte. Bei einem meiner kurzen Besuche bei Pepita erfuhr ich, dass er bald aus Cádiz zurückerwartet wurde. Und jetzt, in diesem Moment, als ich nackt neben Lynn lag, hätte ich gewünscht, ihn als erotischen Blitzableiter in meiner Nähe zu haben.
Es wäre masochistisch gewesen, an Karen zu denken, und der warme Körper neben mir erweckte den Drang, ihn nur mit der Hand leicht zu berühren. Wieder hatte ich Hellas Körper vor meinen Augen. Die zarte Haut ihrer Brust, die ich vor starken Sonnenstrahlen schützen wollte und vorsichtig eingecremt hatte. Und jetzt dieses ähnliche Profil mit der leicht gebogenen Nase, den vollen Lippen neben mir, so dicht, so warm, so einladend zur Berührung, ließ mich über Lynn beugen und ihre Lippen mit einem leichten Kuss berühren, unwissend, ob sie fest schlief oder träumte, von Mikkel, von Nadine? Es war mir in dem Moment völlig gleichgültig, ob sich jemand dem Sandnest nähern und uns vielleicht fotografieren könnte. Da war plötzlich eine Unbekümmertheit in mir, die sich mit der Lust nach Nähe und dem Wunsch, mich von dieser Lust zu befreien, mischte. All das war so stark, dass ich meinen heißen Körper an den ebenso heißen von Lynn presste und gleichzeitig meine Hand auf Wanderschaft schickte, um diesen Körper zu erforschen und gleichzeitig meinem Mund befahl, der Hand nachzugehen.
Alles war wie ein Traumgeschehen. Der Mund, den ich küsste, öffnete sich, die heiße Hand spürte Feuchtigkeit als Antwort auf meiner Forschungsreise, ein Körper wollte die gleiche Nähe, ein

Stöhnen vermischte sich mit dem Laut, der aus meiner Kehle kam. Der Wunsch nach Befreiung von dieser Lust wurde so stark erwidert, dass auch ich jetzt eine zärtliche Hand auf meinem Körper spürte, die mich zur Erlösung führen wollte. Mein Körper, der sich in letzter Zeit allen verweigert hatte, um zum Ziel zu kommen, vergaß, dass er einen Kopf voller Erinnerungen hatte und jetzt nur noch die Lust kannte, sich auf dem so willigen Körper neben mir zu bewegen, bis sich unsere stöhnenden Laute in Schreie verwandelten, die uns der Höhepunkt schenkte. Atemlos und überhitzt hielten wir an, sprachlos über das, was eben geschehen war.
Doch bevor wir uns trennten und Abschied nahmen, kam, als es fast dunkel war, die Lust erneut über uns. Dieses Mal im kühlen Wasser des Mittelmeers und jeder, der uns hörte, dachte wohl, wir schrien aus Freude. Und die gehörte, wie selbstverständlich, auch zu unseren Höhepunkten.
Bevor ich sie verließ, gab sie mir das Versprechen, den Aufenthalt meiner Kusine herausfinden zu wollen. Ich hatte ihr meine Adresse und Karens vollen Namen aufgeschrieben und konnte nur hoffen, dass Lynn mich und den letzten Ferientag nicht vergessen würde.

***

Gingerbaby hatte sich wieder einmal genüsslich auf den heruntergefallenen Seiten gewälzt und dabei ein paar miauende Laute ausgestoßen, die sein Wohlbehagen zeigten. Weniger wohl fühlte sich Mrs. Warren, die etwas erstarrt wirkte bei der Feststellung:
„Das kann doch wohl nicht das Ende sein!"
Dicht neben ihr saß Sara und fragte:
„Hast du nicht etwas im Umschlag gelassen?"
Verärgert ging Mrs. Warren zum Schreibtisch, nahm das Umschlagpapier von Lauras Päckchen in die Hand und warf es Sara

in den Schoß. Diese breitete es aus und schaute hilflos auf die Leere, die sich ihr bot. Sie sagte:
„Jetzt musst du ganz ruhig bleiben, Abigail, ich glaube, das war Lauras Vermächtnis. Sie kann nicht mehr leben, sonst hätte sie dir eine persönliche Nachricht zukommen lassen."
Ein zischender Laut aus Mrs. Warrens Mund hätte sie warnen müssen:
„Nimmst du an, ich wäre nicht mehr klar im Oberstübchen? Hast du nicht Lauras beigefügten Brief gelesen? Ein Hohn auf Menschen, die nur heterosexuell sind!"
Sara war klar, dass sie jetzt am besten schweigen sollte, doch sie wies auf die Tatsache hin, dass Laura nur wenige Jahre jünger war als Mrs. Warren und ihr abrupt endendes Manuskript, wenn man diese Notate so nennen wolle, als letzter Gruß für sie, Abigail, gedacht war. Die beiden stritten sich eine Weile darüber, wer recht hatte, und kamen an diesem Abend nicht mehr zu einer Einigung.

Auch in den Tagen der nächsten Wochen und Monate nicht. Auf Saras Rat hin hatte sich Mrs. Warren an einem Manuskript versucht, Lauras Notate romanhaft zu verarbeiten. Eine sehr schwierige Aufgabe, die Mrs. Warren über den Kopf zu wachsen drohte. Sie war Kriminalschriftstellerin, die mit logischem und kühlem Abwägen zwischen Verbrechen und Aufklärung jonglieren musste. An sich eine anscheinend nicht mit Mrs. Warrens Naturell zu vereinbarende Aufgabe, die sie aber auf ihre Art meisterlich gelöst hatte.
Auch ihre vor kurzem noch schwer zu lösende Auftragsarbeit hatte sie zur Zufriedenheit ihres Verlegers gelöst und trotz Lauras ablenkenden Notaten pünktlich fertiggestellt. Nun knabberte sie innerlich verzweifelt an einer Möglichkeit, einen erotischen Roman aus Lauras Aufzeichnungen zu fabrizieren, der sich teilweise nur aus Sexszenen zu bestehen schien. Sie hatte ja nichts gegen Sex an sich, aber Lauras Behauptung, dass es kaum

rein heterosexuelle Menschen gab, konnte sie nicht überzeugend darstellen und wollte es auch nicht. Was würden nicht nur ihre Leser, sondern auch die Leute sagen? Man würde sie gleich in die lesbische Ecke stellen, zumal Sara ihren festen Wohnsitz bei ihr hatte. Lauras Verteidigung dieser Art der Liebe war für sie nicht vermittelbar, auch wenn sie tief innerlich einräumen musste, in der Vergangenheit Sara gegenüber manchmal gewisse Empfindungen gespürt zu haben. Aber das schob sie auf Lauras oft intensive Beschreibungen der Frauenliebe und ihre eigene anfällige Vorstellungskraft. Ärgerlich, dass sie wohl nie erfahren würde, wie das Ende der Geschichte ausgegangen war, was wohl durch Lauras Ableben verhindert wurde.
Ja, Laura war tot, das stimmte sie traurig, wie immer, wenn sie einen Menschen mit besonderer Eigenart verloren hatte. Und Laura war ihre einzige Kusine gewesen, alle, außer ihrem eigenen Sohn, den sie trotz finanzieller Erfolge menschlich als missraten betrachtete, lagen unter der Erde. Wirklich schade. Wie gerne hätte sie Laura wiedergesehen.

Mitten im Winter, genauer gesagt, kurz vor Weihnachten, klingelte es an der Haustür. Ein Murmeln von Saras Seite her war zu hören, bevor sie ächzend ein größeres Paket hereinschleppte.
„Sicher ein Weihnachtsgruß deines Verlegers. So schwer sind nur Bücher.“
Mrs. Warren gab ihr das Signal zum Auspacken.
„Hier oben liegt ein Brief für dich“, sagte Sara, „bestimmt ein Scheck zum Jahresende.“
Mrs. Warren bat sie gelangweilt, ihn für sie zu öffnen. Geld war für sie von untergeordneter Bedeutung, zumal sie genug davon hatte.
Sara setzte ihre neuerdings erforderliche Brille auf die Nase und begann zu lesen, musste aber schon bald nach Luft schnappen:

Liebe Kusine Abigail!
Leider habe ich keine Antwort auf meine Notate, die ich dir zukommen ließ, bekommen. Natürlich haben wir lange nichts voneinander gehört, aber ich habe fast alle deine kriminalistischen Bestseller verschlungen. Also, weißt du, deine Ideen haben nicht an Originalität verloren.
Den letzten Roman „Eispickel im Mittelohr“ habe ich in einer Stunde verschlungen. Wer hätte gedacht, dass dieses brave Mädchen von Stanley Warren so viel kriminelle Energie besitzt. Dabei hatte ich gehofft, dich zur Verfechterin gleichgeschlechtlicher Liebe umzupolen. Nun, du hattest ja immer nur eine Schwäche für männliche Glieder. Als meine Notate vor einem Jahr beim Aufräumen in einer Schublade auftauchten (du kennst meinen fahrlässigen Sinn für Unordnung), bildete ich mir beim Lesen ein, einige Stellen könnten literarisch verwendbar sein. Übrigens hat dieser fahrlässige Sinn mich vergessen lassen, beim privaten Zustelldienst meine Adresse anzugeben. Somit konntest du mir gar nicht antworten.
Lange habe ich gewartet und war dann sicher, die große Mrs. Abigail Warren habe meine Ergüsse naserümpfend zur Seite gelegt. Dann dachte ich, dass Talente vielleicht in den Genen liegen und habe mich selber an die Arbeit gemacht. Jetzt weiß ich, warum früher in einigen kommunistischen Ländern Schriftsteller als Schwerarbeiter galten. So hoffnungslos mir der Versuch erschien, einen Verleger zu finden, hatte ich doch das Glück, ein seltenes Exemplar voll Entdeckerlust und Mut zum Risiko zu finden. Das Resultat will ich dir nicht vorenthalten. Du bekommst gleich neun Exemplare zur Weitergabe an Freunde, falls du welche hast, das zehnte wirst du hoffentlich selber lesen, denn deine Kritik ist mir wichtig und wird uns Gelegenheit geben, die alte Verbindung wiederherzustellen. Darüber freut sich heute schon deine Kusine Laura
P.S. Übrigens hatte Lynn die vor mir geflüchtete Karen aufgespürt. Man sieht, eine gewisse Verliebtheit kann Wunder

bewirken. Lynn hatte die Ereignisse im Sandnest länger im Blut als ich. Du ahnst vielleicht, wie hartnäckig ich daran arbeiten musste, diese absolute Heterofrau Karen wieder in mein Bett zu bekommen. Übrigens haben wir vor ein einiger Zeit den Bund der Ehe geschlossen. Und weißt du, wo? Natürlich in Marbella, obwohl wir in Stockholm wohnen.

Trauzeugen waren Nadine und Paco. Nadine hat es fertiggebracht, den arroganten Gerard zu überleben. Obwohl sie längst Großmutter von Zwillingen ist, hat sie immer noch eine Schwäche fürs Militär. Genau wie John, der übrigens kein Förster wurde, sondern als Militärattaché nach Stockholm versetzt wurde. Er sieht selbst als Witwer immer noch gut aus.
Wir haben uns ausgesprochen. Ich sagte, dass ich ihm nichts zu verzeihen habe, aber auch er hat meinen damaligen Zwiespalt verstanden.
Weißt du, was er nach meiner Heirat sagte? Wenn ich mich von Karen scheiden ließe, würde er mir wieder einen Antrag machen. Ich glaube, dieses Mal würde ich ihn annehmen, denn so einen Mann kann man einfach nur lieben!

Das Schweigen im Haus von Mrs. Warren wurde nur durch das Schnarchen von Gingerboy unterbrochen. Sara wischte sich ein paar Tränen aus den Augen.
„Wie leicht diese Türkinnen doch weinen“, dachte Mrs. Warren, unterdrückte ihre eigene Rührung und befahl mit ihrer Kommandostimme endlich, die Bücher aus dem Geschenkpapier zu pellen.
Sara nahm sich zusammen und tat, was ihre Freundin Abigail befahl.
Kurz darauf hielt sie triumphierend ein Buch in die Höhe mit dem Titel:

DIE SCHAMLOSEN OFFENBARUNGEN
DER MRS. WARREN

ÜBER DIE AUTORIN

Ingrid Schampel, geboren 1931 als Tochter eines Arztes und Enkelin des Theologen Heinrich Stuhrmann, wuchs im Bonner Villenviertel auf.

Sie begann nach fünfzehn Jahren als Arzthelferin ihre Karriere als Autorin.

Während eines Aufenthalts in Spanien schrieb sie Musikkritiken für deutsche Zeitungen, bevor sie in den späten 1980er Jahren begann, Kriminal- und Familienromane zu veröffentlichen.

Ihre Werke, oft geprägt von lokalem Bezug, wurden durch zahlreiche historisch-kulturelle Aufsätze ergänzt.

Mit über 90 Jahren legt sie nun einen Roman vor, der leicht, humorvoll und erotisch zugleich ist – ein literarischer Genuss, der Lebensweisheit mit verführerischen Bekenntnissen verbindet.

Printed in Poland
by Amazon Fulfillment
Poland Sp. z o.o., Wrocław

54926641R00134